本书出版得到
深圳大学学术著作出版基金资助

江玉琴 著

理论的想象

——诺斯洛普·弗莱的文化批评

中国社会科学出版社

图书在版编目（CIP）数据

理论的想象：诺斯洛普·弗莱的文化批评/江玉琴著. —北京：中国社会科学出版社，2009.10

ISBN 978-7-5004-8235-2

Ⅰ.①理… Ⅱ.①江… Ⅲ.①弗莱，N.（1912～1991）—文艺思想—研究 Ⅳ.①I711.065

中国版本图书馆 CIP 数据核字（2009）第 176745 号

责任编辑 雁　声
特邀编辑 张　维
责任校对 王兰馨
封面设计 大鹏工作室
技术编辑 戴　宽

出版发行 中国社会科学出版社
社　　址 北京鼓楼西大街甲 158 号　邮　编 100720
电　　话 010—84029450（邮购）
网　　址 http：//www.csspw.cn
经　　销 新华书店
印　　刷 君升印刷厂　装　订 广增装订厂
版　　次 2009 年 10 月第 1 版　印　次 2009 年 10 月第 1 次印刷
开　　本 880×1230　1/32
印　　张 9.625　插　页 2
字　　数 251 千字
定　　价 28.00 元

序

读者现在看到的这本写得很见功力的专著《理论的想象：诺斯洛普·弗莱的文化批评》，曾经作为江玉琴的博士论文获得答辩评委的一致好评。她为了撰写博士论文，不仅在国内广泛搜集资料，请教这方面的专家学者，还专门到加拿大多伦多大学的弗莱中心做了 3 个月的访问研究。可以说，此次访学为她最终完成博士论文并在其后的 3 年时间内将其修改扩充为现在这本专著奠定了扎实的基础。所以，我经常在指导我的研究生时告诫他们，不要急于将自己的不成熟作品发表，一旦你发现国内外的学术同行做得比你好的东西早已发表，你就会感到后悔的。几年的时间过去了，虽然国际上弗莱研究仍在稳步地进行，但真正有分量的专著却鲜有问世，国内这方面的研究就更是无法比拟了。所以在这个时候，江玉琴的这本专著的出版完全可以弥补国内的这一空缺。故当她再次要我为本书撰写一篇序时，我便欣然答应了。

毫无疑问，作为 20 世纪五六十年代北美最重要的一位文学理论批评家，诺斯洛普·弗莱的名字曾一度与神话－原型批评理论密切相关。众所周知，原型批评的一大功绩就在于终结了有着强烈精英意识并曾一度在北美批评理论界一统天下的新批评，使得文学批评走出了“文本中心”的狭隘领地；但原型批评理论本身也被认为是形式主义取向的，因而在很大程度上并未摆脱新批评的精英文学批评之樊篱。在当今这个文化批评和文化研究的大语境之下，原型批评早已成为历史。尽管在今天的文化批评语境下，仍不时地有批评家在创造性地实践这一批评模式，但当年曾和弗莱一起呼风唤雨的批评家们曾几何时已经被人们所遗忘。而作为一位高居于时代之上的文化思想家和文学批评大师，弗莱则时常受到不同学科的学者们的讨论和研究。毫不奇怪，弗莱在F. R. 利维斯这条线上对当代文化研究和批评所做出的贡献常常受到忽视，其原因就在于他早先的那些有着形式主义精英意识的文学批评著作。但作为一位有着独立批评意识并且不属于任何批评流派的理论大师，弗莱确实在文化批评和文化研究的发展演变过程中起了重要的作用，特别是在北美的文学和文化研究中，他的作用更是举足轻重的。当代加拿大的弗莱研究主要学者 A. C. 汉密尔顿（A. C. Hamilton）以及美国的新历史主义批评理论家海登·怀特（Hayden White）都曾对弗莱对当代文化批评所发挥的重要作用做过初步的探讨和研究；我本人也曾试图从一个跨越精英文化和俗文化、跨越主流文学和后殖民文学、跨越文学话语和文化话语、跨越文学和其他学科以及东西方文化之界限的广阔的文化研究视角来推进这一研究，以便“重新发现”弗莱在历史上所起的作用以及他的著述对当代文化研究的意义。可惜我在这方面仅写了几篇中文论文和一篇英文论文，就再没有能继续研究下去。现在我的学生江玉琴的这本专著将这一课题又继续下去并向前推进，确实可喜可贺。

正如我们所知道的，弗莱的文学研究方法，尤其是在他出版了《批评的解剖》之后，就与新批评的精英意识显出了对立的倾向，但却对后来的批评家更具有吸引力。确实，弗莱本人很少像那些马克思主义的文化研究学者那样在分析文学现象时强调历史的作用，但正如怀特所正确指出的：他的历史观是一种“文化史”观，而文学则仅作为其中的一部分。他的这一观点，在当今西方的不少文学理论家和研究者中产生了共鸣。而且从近十多年来的历届国际比较文学协会年会议题来看，从文化的视角来探讨各民族的文学已成为一种不可抗拒的历史潮流。越来越多的学者认识到，文化研究并非一定要与文学研究形成一种对立，这二者是可以沟通、对话进而共存的。因此我们可以说，在那些当代文化研究的实践者中，弗莱是极少数有着远见卓识的学者之一，正是他率先将传统的文学研究置于广阔的文化研究的语境之下，从而为文学的超学科比较研究铺平了道路。在当今的全球化氛围中，文化研究的诸多论题越来越远离文学研究，由此看来，给人造成的印象就是文化研究的崛起敲响了文学研究的丧钟。因此毫不奇怪，一些传统的文学研究学者难免不对文学研究的未来前景忧心忡忡，甚至充满了悲哀——他们认为文学研究的领地正在逐步被文化研究的大潮淹没。是不是文化研究非得与文学研究相对立呢？是不是文化研究的崛起就标志着文学研究的终结呢？对这些问题，弗莱的批评实践已经做了回答。他的批评理论和实践在当今时代的重要意义恰在于他通过扩大文学研究的范围，为其与文化研究的可能性交融和互动奠定了基础。那么，这也许是我们从弗莱的理论和文化批评实践中获得的最重要的启示。

正如我们所知道的，F. R. 利维斯尽管有着强烈的精英意识，但他仍被认为是当代文化研究的一位先驱者。我们完全可以理解，在当时的气氛下，他不得不为伟大的英国文学经典之启蒙功能而辩护；同样也可以使人理解的是，弗莱作为一位加拿大学者和批评家，他也不得不在国际论坛上为有着后殖民特征的加拿大文学的合法地位辩护。利维斯去世时，他的朋友和同事雷蒙德·威廉斯在一篇短文中高度赞扬了他对当代文化批评和文化研究做出的贡献。同时也指出了他对文学研究和文化研究的精英态度的顽强执著，“（利维斯）学派的联结模式被人们认真地广泛地解读为一种对谁处于局内和谁处于局外所抱有的基本的先入之见，在这方面，当然也包括其消极的方面，他们始终保持并强调他们本阶级的作风。”确实，这种等级分明的特征最终也导致利维斯模式的文化批评思想受到后来者的批判和超越，而弗莱则试图把属于非经典的加拿大文学也包括进文学研究的范围，这一点自然也预示着他对当代比较文学研究中的经典的形成和重构作出的贡献，而这些也正是文化研究学者们所热烈讨论的问题。与利维斯相同，弗莱始终恪守他的文化批评和文化研究理念，但这一点却被当今的文化研究实践者全然忽视了。因而弗莱及其理论被不少人认为“过时”就不足为奇了；但从江玉琴的论证来看，弗莱的文化批评并没有过时，它正在为更多的后来者实践着并取得了长足的发展。

最后应当指出的是，弗莱从事比较文学研究的方法论也是独树一帜的。虽然他的著述中很少出现比较文学的字样，但比较文学研究者们却公认他是一位比较文学大师，尤其在超学科研究方面有着精深的造诣和重大影响。他的这种方法论的特征既体现在打破文学本身的狭窄领域，将其置于广阔的文化研究语境下来考察，从而预示了当代英语世界文化研究的异军突起；同时也体现在比较文学学者在各种场合中所热烈讨论的一些论题中。我们可以得出这样的结论：即从根本上来说，弗莱对文化研究的意义就像利维斯和巴赫金的意义一样重要，但是他的潜在意义在很大程度上还留待未来的弗莱研究者和文化研究者去“重新发现”。

江玉琴博士从中国学者的独特视角分析了弗莱的文化批评思想，这在中国的弗莱研究史上尚属首次，在国际弗莱研究中也不多见。本书的出版将丰富国际弗莱研究，在当代文化研究中也具有重要意义。尤其应该指出的是，她曾于 2003 年 6 月至 10 月期间前往加拿大多伦多大学弗莱中心做短期访问学者，采访了一些国际弗莱研究专家，掌握了大量翔实可靠的第一手资料，因此写作本书的准备工作比较充分，文献资料丰富，内容可靠、新颖。她梳理了贯穿弗莱一生的神话学批评思想，提出弗莱文化批评思想包括以下三个方面：神话学批评、人文教育批评及加拿大文学文化批评，认为弗莱文化批评的核心是他的神话学批评，人文教育思想则是他试图实现神话学批评的途径，加拿大批评则成为他实践文化批评的实验地，最后得出结论：弗莱的这种文化批评使他在当代文化研究中不仅成为坚持文学的文化学批评的伟大文化批评家、坚持文学为基本人文教育的批评家，而且还是一位以后殖民理论视角批评加拿大文学文化的后殖民文化批评家。应该看到，这些具有理论意义的洞见将为后来的弗莱研究者的进一步深入研究奠定基础，同时也是中国学者从自己的独特视角出发对国际弗莱研究的一个贡献。

当然，本书的缺点也是在所难免的。希望广大读者在阅读中能够及时地与作者沟通，以便本书将来修订再版时得以进一步完善。

王 宁

2008 年 11 月于北京

目　录

前　言

文化是人文社会科学中最为复杂也最为困难的概念之一。人们对文化的含义进行过各种不同的界定，归结在一起不下几百种。英国文化理论家雷蒙德·威廉斯曾经对“文化”这个概念作了追溯，他发现，“文化”一词在15世纪进入英语词汇，最初的意思还只是指畜牧和自然万物生长的趋势。到18、19世纪之前，“文化”这个词还没有什么重要或者特殊的意义，但开始逐渐发展某种现代意义。到19世纪，德国、英国和法国进行的浪漫主义运动、特别是赫德尔和其他浪漫主义作家产生的影响，使得当时的思想集中在“文明”和“进程”两个概念上，以此来强调民族和传统的文化；这个概念还被用来攻击当时出现的所谓新文明的“机械化”特征，即当时工业发展所产生的抽象理性主义和“不人道性”，以此来区分“人性的”与“物质的”发展。柯勒律治将文化（culture）与培育（cultivation）进行了区分，即认为文化在现代意义上与行为和品位有关，具有艺术的、知识的和人类学上的意义；而真正对“文化”这个词出现争议的现象则开始于英国文化批评家马修·阿诺德（Matthew Arnold）。19、20世纪文化开始与“美学”相对立，而且其中还存在一个阶级差异的问题，因为高级艺术文化（culture）和流行文化与娱乐（popular culture and entertainment）之间存在着高级知识修养和差异。最后，威廉斯指出，“文化”这个词的发展记录了真实的社会历史，是一个非常复杂且容易混淆的社会和文化发展的词语①。

威廉斯对文化概念的追溯为他的学生英国杰出文化理论家特瑞·伊格尔顿所认同，伊格尔顿也提出：“文化是一个派生于自然的概念……文化最先表示一种完全物质的过程，然后才比喻性地反过来用于精神生活。于是，这个词在其语义演变中表明了人类从农村向城市存在、从农牧业向毕加索、从耕种土地到分类原子的历史性的转移”。② 在伊格尔顿看来，“文化”的概念和意义的转变开始于 18 世纪。其中柯勒律治首次开始将“文化”看作是人的价值和自我表现的发展，从而成为一种精神状态，将文化赋予了精神意义③。显然从柯勒律治开始，文化作为一种精神的培育已经在发展它的现代意义，而且对后来的文化批评的形成和文化研究的发展都起到了重要的作用。

实际上，文化的概念进入现代以来呈现出了千姿百态。综合各种不同的文化观点，我们认为可以粗略地从三个层面来界定文化的含义，即人类学意义、社会学意义以及美学意义的文化。从人类学意义上来看，被尊为文化人类学的开拓者爱德华·泰勒的观点极为精辟。他在《原始文化》中提出了第一个具有现代意义的文化定义，认为“所谓文化或文明乃是包括知识、信仰、艺术、道德、法律、习惯以及其他人类作为社会成员而获得的种种

① Raymond Williams, *Keywords*, Fontana/Croom Helm, 1976, pp. 74—82.

② 特瑞·伊格尔顿：《文化的观念》，方杰译，南京大学出版社 2003 年版，第 1—2 页。

③ 参见萧俊明《文化转向的由来》，社会科学文献出版社 2004 年版，第 16 页。

能力、习性在内的一种复合整体”[1]。泰勒的定义是描述性的，但却第一次给了“文化”一个整体概念感。在这里，它可以表示为一种生活方式，因此可以进行描述；也可以根据不同的生活方式规范出不同的文化，它呈现为复数形态。泰勒这种关于“文化”概念的定义虽然在欧洲和美国颇受欢迎，但却遭到了以博厄斯为代表的美国人类学家的批评，认为泰勒的文化论带有强烈的进化自然主义和种族优越感。从社会学的意义来看，文化表现为文明与社会规范，指的是人类从原始文化进化而来的文明程度和社会关系，在现代甚至派生出反资本主义的批判，还可以表现为高雅文化与低俗文化之间、帝国主义与殖民主义文化之间的区别。而这种社会学意义上的文化概念与英国批评家马修·阿诺德从某种意义上也具有这种共通之处。阿诺德以及阿诺德之后的英国批评家提出了文化的一种专门指向于艺术的美学意义，在这里“文化”成为世俗化的时代历史中的一个组成部分，文学在所有事物中继承了沉重的伦理、意识形态乃至政治的任务[2]。雷蒙德·威廉斯曾经将这三个方面综合起来，把“文化”界定为一种完美的标准；一种思维习惯、艺术、一般的智力发展；一种整体生活方式、一个表意系统；一种情感结构、生活方式中各要素的相互关系以及从经济生产和家庭到政治机构的所有一切[3]。因此可以说，威廉斯在英国文化研究中担当着承上启下的作用，既宣扬了文化的审美性，又打破了高雅文化与低俗文化之间的界限，

---

① 参阅爱德华·泰勒著，连树声译：《原始文化》，上海文艺出版社1992年版。

② 参阅特瑞·伊格尔顿著，方杰译：《文化的观念》，南京大学出版社2003年版。

③ 参阅雷蒙德·威廉斯著，吴松江、张文定译：《文化与社会》，北京大学出版社1991年版。

从而推动着英国文化研究朝向文化的整体性研究发展。

本书中所进行的文化批评分析和文化研究都倾向于自阿诺德以来，历经弗·利维斯和雷蒙德·威廉斯的英国文化批评范畴，并以威廉斯的文化唯物主义意义上的文化定义作为参照。本书所讨论的文化批评就是当代文化研究的一个方面。

当代文化研究，是指对当代仍在进行着的文化的研究。目前，它的研究范围已进入到探讨人类一切精神文化现象的境地。它所涉及的研究领域，主要包括对文化本身的价值问题的探讨。对文化身份或文化认同的研究、对各种文化理论的反思和辨析、对传统的文学研究者所不屑的那些“亚文化”以及消费文化和大众传播媒介的考察和研究，以及对当今的后现代、后殖民、女性或女权主义的研究、区域研究[①]。但究其发展源头，它开始于自20世纪50年代在英国兴起的伯明翰学派的社会文化研究，以理查德·霍佳特的《有文化的用处》（The Use of Literacy：Aspects of Working Class Life）和雷蒙德·威廉斯的《文化与社会：1780—1950》（Culture and society：1780－1950）为标志。威廉斯作为F.R.利维斯的学生，不仅继承了利维斯将文学作品与社会环境相联系的研究方式，而且超越了利维斯的经典文学研究，将各种文化现象放在一个大的社会语境下进行考察，打破了高雅文化与通俗文化研究之间的界限，从而开拓了文化研究的新天地。因此我们说，当代文化研究虽然始自文学批评，但其范围早已大大超出了文学的领地，发展到涵盖一切文化现象的研究。但从另一个方面说，我们认为，当代文化研究正是从文化批评发

① 参照王宁在《超越后现代主义》里对当代文化研究的论述。王宁：《超越后现代主义——王宁文化学术批评文选之4》，人民文学出版社2002年版，第160页。

展而来的。文化批评产生于19世纪后期马修·阿诺德的批评思想，在利维斯那里得到大力发展。只是在20世纪相当长的一段时间内，由于语言学和形式主义批评占据了主导地位而被“边缘化”了，而在后结构主义从结构主义之内部进行反叛、进而文学批评逐步走出形式主义的囚笼之后，文化批评又重新得到了重视，并迅速居于当代批评的主导地位。50年代文化研究从经典文学研究转向社区文化与工人阶级文化研究，形成了英国文化研究学派，同时进一步扩大了研究领域，占领了当代批评主导地位，文化批评反而成为当代文化研究中的一个发展方向，主要指涉的是对文学的文化学视角的批评和研究，同时也指将广义的文化现象当作文本进行批评，它与早先的社会学批评和其后的形式主义批评迥然有别，是对有着鲜明的精英文学意识的利维斯以及他开创的文化批评模式“利维斯主义”（Leavisian）的反拨和超越。

综上所述，本书认为，文化批评涉猎的主要领地是文学，或者说是扩大了研究范围的文学的文化学批评。文化批评并不是把文学文本当作一个自主自足的客体，纯粹从审美的或艺术的角度解读文本，其目的也不是揭示文本的“审美特质”或“文学性”，不是做出审美判断，而是将文学研究引入社会文化的语境，从整体上考察文学的特性以及社会作用，揭示人类的发展与精神想象的历程及其相互关系。

诺斯洛普·弗莱（Northrop Frye，1912—1991）不仅是加拿大最杰出的文论家、思想家和教育家，还是一位文化批评的先驱者。根据当代弗莱研究的权威学者罗伯特·丹纳姆（Robert D. Denham）的考证，从各国学者对弗莱以及其著述的引用和评述来看，他的地位应当排在马克思、亚里士多德、莎士比亚、列宁、柏拉图、弗洛伊德和罗兰·巴特之后，是一位高居于自己的时代之上的伟人，应当被当作一位划时代的思想家来研究[①]。弗莱最为人们所熟悉的是他在五六十年代出版的《批评的解剖》一书中提出的神话—原型批评理论，该书既成为终结盛行于二三十年代英美批评界新批评的力作，也成为使他在学术界声名鹊起的杰作。当时哈罗德·布鲁姆（Harold Bloom）就评论道，弗莱“赢得了在所有英语写作里成为文学批评理论家领袖的声誉”[②]。这本书作为“那段时期内批评思想史上最显著的成就”[③]，使弗莱成为自20世纪50年代以来最具有影响力的批评家。“他影响着一代发展中的文学批评家，具有绝对的影响力，比近来批评史上的任何理论家的影响力都更巨大、更独特”[④]。很多批评家将弗莱归类为新批评的终结者，同时也把他归类为结构主义的主要干将之一。而随着20世纪后半期后现代主义和后结构主义的兴起与盛行，结构主义逐渐衰退，原型批评在当代文化研究和文化批评语境中逐渐成为历史，当年曾与弗莱一起享受盛誉的批评家也早已为人们所遗忘，但弗莱作为一位预言式的文化思想家和文学批评大家，仍时常受到不同学科的学者们的讨论和研究。弗莱在当代文化研究语境中，以其对文化批评独特的视角和具有预见性的批评而成为当代文化研究中的先驱者。他的文化批评不仅为当前纷繁的文化研究提供了一种思考和思路，更为

① Robert D Denham, “Introduction”, Robert D Denham ed., *Northrop Frye: An Annotated Bibliography of Primary and Secondary Sources*, Toronto: University of Toronto Press, 1987, p. 9.

② Robert D. Denham, “preface”, *Northrop Frye and Critical Method*, University Park: The Pennsylvania State University Press, 1978, vii.

③ *Northrop Frye and Critical Method*, p. vii.

④ Murray Krieger ed., “Northrop Frye and Contemporary Criticism”, in *Northrop Frye in Modern Criticism*, New York: Columbia University Press, 1966, p. 1.

文学研究在当前的发展展现了光明的前景。因此，有学者提出“弗莱确实在文化批评和文化研究的发展演变过程中起了重要的作用。特别是20世纪的北美文学和文化研究的发展过程中，他的作用更是举足轻重的”[①]。不过，在当代文化研究语境中详细考察弗莱的文化批评思想仍是一个尚待我们探索的领域。

本书认为，弗莱虽然并不归属于任何流派，与利维斯也没有什么渊源，也并非如利维斯那样强烈地坚持文学批评的精英意识，但只要关注弗莱的著作，尤其是他的晚期写作，我们显然可以发现，弗莱对文学的文化学研究所进行的实践表明他是属于F. R. 利维斯一条线上的文化批评家，是坚持以文学批评为基点的文化批评的先驱。但这一点却往往为研究弗莱的学者所忽视，或者说有学者注意到这个方面，但缺乏系统的论述与分析。故此本书认为，廓清弗莱文化批评思想形成的始末和丰富内涵、分析弗莱文化批评的主张和研究方法、论述弗莱与当代文化研究中其他文化批评家的异同，不仅可以在当代文化研究中坚持并强调文学的文化学批评发展，以抗衡当前文化研究的“泛文化”化，并以此恢复文学研究在当代文化研究中的信心，而且还可以使人们更多地走出对弗莱的局部认识，了解他对西方文学宽泛的、百科全书式的文化观照，尤其是感受到弗莱在文学日益遭到贬斥的时代对文学创造力与想象力的殷切期待。换言之，我们试图通过对弗莱文化批评思想的研究来丰富弗莱研究，力图在当代文化研究语境中使其开放思想进一步发扬光大。

对弗莱文化批评的研究意义还在于，现代性在全世界的盛行推动了全球化文化的发展，使得世界文学与文化的研究具有一种

① 《超越后现代主义——王宁文化学术批评文选之4》，第199页。

整体上的视角；而无论弗莱是在早期的《批评的解剖》，还是晚期的《伟大的代码》、《权力的词语》，他始终都以普世关怀的心灵审视着精神世界的发展，而这一点无疑为我们当前盛行的文化研究和全球化研究提供了一种启示，也使得弗莱的思想始终在时代的前列发出璀璨的光芒。

本书要讨论的重点是在全球化和当代文化研究的语境下审视弗莱的文化批评，因此本书将从弗莱众所周知的神话批评着手，条分缕析地展示弗莱思想的开放性和预示性，从而为我们当前的文化研究提供一种新的思考方式。本书认为，弗莱一生其实都沉溺在对神话的研究与理解中，但这里的神话已经是文化化的神话，而非一般人们所认为的神话故事。虽然弗莱被人们归类为神话批评家，那也是因为人们看到弗莱在文学研究中对大量神话故事类型进行了归类与探讨而且构建了宏大的人类文学结构，但他们所提出的神话批评家的称呼与本书在这里要讨论的神话批评并非一个层面的意义。本书是以神话学批评来加以区分的。弗莱从诗歌研究中发现了神话的影响，进而对众多的神话进行了系统分析，终于发现了隐藏在神话故事背后的故事原型，提出了著名的神话原型理论。这一理论使他在20世纪五六十年代的英美批评界成为享誉一时的批评家。弗莱在盛誉之后并没有停止思考与批评性创造，他仍然致力于神话的研究，只是这时的神话研究早已经超越了文学的范畴，而是将神话置于广阔的人类历史与社会文化语境中，从而使他提出了文学批评的社会文化语境说、文学的社会关怀论等观点。尤其要引起我们注意的是，弗莱在他的最后两本书——《权力的词语》和《双重视角》里论述的神话、文学与意识形态之间的关系。他从语言的角度切入，在西方文化语境里考察了西方古典神话与圣经神话，认为神话学先于意识形态，意识形态是一种实用的神话学，从而将神话提升为一种无所不包的社会文化、文学等的发源体。弗莱强调神话在社会中的关怀和想象功用，这又使得他的神话学批评不仅超越了纯粹的文学批评，更囊括了他的教育批评。弗莱以人文教育作为实现文学想象的途径，将文学艺术的社会作用提到前所未有的高度。另一方面，在当代文化研究语境中的后殖民批评中，弗莱同样也表现了他所具有的超前意识以及与时俱进精神。他自始至终关注着加拿大文学和文化的发展，发表了大量论述加拿大文学和文化的批评论著，这又使得他的文学文化批评不仅具有普遍性、全球性，同时还具有特殊性、本土性，他提出的民族（文化）身份的观点切合后殖民批评中对全球性与本土性以及文化身份的探讨。弗莱未必一定熟悉后殖民理论，但身处于一种后殖民环境中，他在潜意识中自觉地运用了后殖民视角，对加拿大文学和文化做出了极其精辟的评论，以致他的加拿大文学批评文字直到今天仍然可以成为后殖民批评的早期范例。

因此回顾弗莱批评的一生，尤其是他的晚期著述我们不难发现，弗莱充分表现了作为一个独立的、不从属于任何批评学派的批评家和学者所拥有的开阔的视野与海纳百川的气度。本文将弗莱的批评思想放置于全球化的文化语境和文化研究的学术语境，对弗莱的思想做一个全面的分析和解剖，发现弗莱的批评思想就是一部百科全书，越是深入探讨越能发现尚未为人所了解的精神，而且弗莱思想的开放性使之在不同的时代与不同的批评潮流中都可以找到他的切入点。所以希望本书对弗莱文化批评的一点探讨可以抛砖引玉，能够引起人们对弗莱文化思想的关注，能够使人们更多地了解弗莱博大精深的思想和睿智的预言。

本书的整体布局如下：

全书共分为五个章节。

第一章：回顾中西以往的弗莱研究，提出弗莱的文化批评思想研究是弗莱研究的新方向。西方弗莱研究虽然论述很多，但以前多专注于弗莱的神话原型批评，晚近时期文化批评逐渐成为了他们研究的一个新方向。纵观西方的弗莱文化思想研究，虽然相关论文不少，但少有专著出版，而且迄今为止没有一本详细阐述弗莱文化批评的专著。中国学术界从 20 世纪 80 年代中后期才开始弗莱研究，当然比不上西方浩如烟海的弗莱研究，但却在 20 世纪 90 年代中后期开始与西方的弗莱研究界进行密切交流，共同探讨弗莱在西方开始为人们日益重视的文化批评思想。只是对弗莱文化思想的研究虽然日趋被重视，但在具体研究中却不多见，因此加强对弗莱文化批评思想的研究更是迫在眉睫，需要学者们做出大量的、不懈的努力。弗莱思想与理论的开放性和预见性，使得世界弗莱研究越来越呈多样性与丰富性，本书主要侧重在弗莱的文化批评，力图理顺并勾勒出弗莱具体的文化批评观念，并理解弗莱在当代文化研究中的地位。

第二章：重新审视世人眼中的弗莱以及他的神话原型批评，提出弗莱的神话学批评是他文化批评的核心。本章认为既然弗莱不属于任何学派与任何文学运动，他的神话原型批评就不能局限在现代主义与结构主义的框架内，并在考察弗莱一生的著述之后，提出弗莱的神话批评是他文化批评的核心。本章首先勾勒了弗莱的文化批评发展脉络，详细分析了弗莱与神话批评家詹姆斯·弗雷泽爵士、历史文化学家奥斯瓦德·斯宾格勒以及原型理论家和心理学家卡尔·荣格的相互关系以及不同之处，提出弗莱是一位以神话为切入点、坚持文学研究的文化批评家，他的神话批评本身就是最宽泛的文化批评，其中蕴涵社会、宗教、历史与文化等诸多方面。正是坚信文学想象的力量，弗莱才可以在当代文化批评和文化研究中始终坚持以文学研究为基本，摒弃传统的形式主义的内部研究，把文学作为拯救人类的精神力量。弗莱的文化批评在某种程度上预示了当代西方学术界出现的文学研究与文化研究的对话和共融之倾向。

本章还详细分析了弗莱一生著述中的主要四部著作《批评的解剖》、《批评之路》、《伟大的代码》和《权力的词语》。本章首先以《批评的解剖》为出发点，认为《批评的解剖》不只是形成了人们所公认的结构观和整体观，而且反映了弗莱式的文化批评，树立了他的文化史观和语境观，使他开始了以文学研究为基点的文化批评研究。在《批评之路》一书中弗莱继续发展语境观，通过对关怀神话与自由神话的分析，他由此提出的文学批评的社会语境说实际上成为他文化批评意识的主要部分，从而使他把文学、宗教、历史、人类学、心理学一并看成了一个完整的文化结构，进一步由文学批评走向广泛意义上的文化批评。弗莱晚期的两部作品《伟大的代码》和《权力的词语》，尤其是后者最终形成了弗莱成熟的文化批评思想。他以宏大的气势从语言模式的分析出发重新审视了西方文学的发展脉络，探讨了文学与意识形态之间的关系，提出以文学的想象为基础，赋予文学以社会关怀并在社会权威制约下试图超越意识形态的理想。

第三章：全面分析弗莱为实现文学想象的培育而大力讨论的人文教育批评思想。该部分是弗莱文化批评中不可缺少的部分。本章认为如果说神话学批评是弗莱文化批评的灵魂，那么人文教育批评就是躯壳，承载了弗莱实现文化批评的理想，因此这两者是相辅相成的，教室成为他实践文学、文化批评思想的实验室。弗莱提出了文学批评的文化语境说等，但他的目标是通过学习文学想象，通过在学校里进行的文学教学以实施他的人文教育，以此来培养人们的想象力和创造力，因此弗莱的人文教育批评思想表达了弗莱希望实现他的神话学批评的理想。

第四章：详细论述弗莱的加拿大文化研究实践，分析弗莱进行加拿大文化研究的后殖民视角以及他所从事的后殖民批评实践在当代后殖民理论建构中的意义。弗莱对加拿大的国家历史形成背景、文化发展特色和文学想象等方面做了非常精彩的阐述，他的加拿大评论显然无可避免地具有后殖民批评意识，因此我们将其纳入到当代后殖民批评的讨论中去。本章分析了贯穿于弗莱一生的加拿大文学写作，认为尽管我们未必可以说弗莱是一个后殖民理论家，但他显然具有敏锐的后殖民视角，并以这种视角分析与解剖了加拿大文学与文化的发展。因此可以说他的加拿大题材写作不仅是当代后殖民批评中关于论述英联邦国家后殖民语境与后殖民写作的最好典范，而且进一步充实了当代后殖民理论，丰富了后殖民理论的多元性与复杂性。

第五章：在系统概要地回顾弗莱的文化批评及其批评特点之后，本章将弗莱置于文化研究的语境中进行比较，尤其是分析他与马修·阿诺德、F.R.利维斯、雷蒙德·威廉斯的关系，提出弗莱可以归类为以利维斯为代表的文化批评战线上的先驱。但他的平民意识以及摒弃对文学进行的价值判断使他不同于利维斯，更何况后期的弗莱积极地参与到当代文化研究中，不遗余力地讨论着文学批评的社会语境、文学与意识形态之间的张力，为后殖民国家的加拿大文学与文化发展进行着诊断与分析，力图结合自己一贯论述的想象批评以敦促加拿大的文学文化的繁荣，以此构成加拿大的民族身份。因此，弗莱以其宽泛的文化意识与文化实践但又始终扎根于文学批评的理论构建；使他可以当之无愧地被称为当代文化批评研究中最具有兼容性和开拓性的文化批评家。

根据以上分析，本书总结出弗莱文化批评的特色，即为：首先，弗莱对神话所进行的研究以及针对神话所进行的系列文学研究，使弗莱意识到文学文本离不开它的社会文化语境，从而提出文学研究需要放在一定的文化语境中进行观照，才可以获得文学批评的价值；其次，弗莱从纵观人类历史的神话发展中勾勒出关怀神话和自由神话以及两者之间的张力，并由此阐述作为想象的文学与作为社会权威的意识形态之间的关系，提出意识形态虽然可以对文学进行一些限制，但文学以其对社会文化的想象推动了社会的创造力，也从某种方面超越了意识形态，从而成为人类的第三种经验，使文学艺术成为类似于宗教的人类精神的皈依所在；第三，为了实现文学的这一社会功能，弗莱提出了人文教育的观点。尽管他的人文教育观点与19世纪英国的自由人文主义者马修·阿诺德等有着密切的联系，但弗莱强调的不仅是人文主义观点，还更多的是关注人类由远古神话所继承的文化与想象，从而使他的教育观点成为使人类摆脱技能培训、进入想象天堂的精神享受。当然，这在现实生活中正因为它的难以实现而成为一种“乌托邦”理想；最后，非常重要的一点就是弗莱对加拿大文化和文学的后殖民视角。弗莱充分认识到加拿大的后殖民环境以及加拿大地位的双重性，分析了民族身份与民族想象，提出了以民族主义与国际主义相结合的方法，试图以此使加拿大文学和文化既具有普遍性又保持独立性的民族文化，这无意中与当前的后殖民理论家的论述不谋而合，故从这个方面说弗莱又是一个后殖民理论的先驱。总而言之，弗莱强调文学应该是放在文化的大语境下来进行研究，无论是他早期的神话——原型批评，还是他晚年的神话关怀理论以及后殖民文学分析，都体现了他的确如此身体力行的实践着他的这种主张，因此称呼他为当代文化批评的先驱当之无愧。然而弗莱的文化批评虽然可以归属于利维斯式的文化批评家，但毕竟他们之间有着诸多的不同。利维斯以其精英意识注定会被后来的文化研究学者所超越，因此可以说弗莱是特立独行的文化批评家，是将文学批评与历史、社会、宗教和文化相结合的最广泛意义上的文化批评家。

第一章 诺斯洛普·弗莱及其思想遗产

诺斯洛普·弗莱作为一位大理论家，曾在20世纪50—60年代独树一帜，成为当时英美学术界的领军人物，被认为是用英语写作的最伟大的批评家之一。他的作品被翻译成很多国家的语言并被广泛分析与讨论。毫不夸张地说，他为运用西方批评理论理解理论和文学、理解个体作家和文本做出了持续贡献[①]。对弗莱的批评论述与引用更是数不胜数。美国学者罗伯特·丹纳姆是较早对弗莱进行系统研究的弗莱研究专家，他不仅编辑了数本弗莱的论文选集以及采访论文专集，而且出版了专著《弗莱的批评方法》(Northrop Frye and Critical Method) 来系统地探讨弗莱的文学文化批评思想。丹纳姆根据众人对弗莱的研究特意出版了多本研究弗莱的目录学，发现迄今为止研究弗莱的论文有数千篇之多，而且弗莱的众多著作被翻译为多种文字，仅他的《批评的解剖》(普林斯顿大学出版社1957年版，下同) 就至少被翻译成8种文字在世界各地流传。弗莱的学生也是弗莱研究专家乔纳森·哈特 (Jonathan Hart) 认为，"人们越是阅读弗莱，越是意识到弗莱创造了一个变化体，不同于亚里士多德或莎士比亚那种的变

---

① Jonathan Hart, *Northrop Frye: the theoretical imagination*, London and New York: Routledge, 1994, p. 1.

化体。作为一个类型批评家，弗莱创造了许多类型，包括寓言、短故事、传教、譬喻、解剖、论文、演讲和玄学系统。弗莱是我们回过头来研究发现比第一次看到、收获更多的作者之一”[①]。哈特显然认识到弗莱思想的丰富性和开放性，并且还提出了研究弗莱的现代意义，因为他发现“弗莱在理论与想象、文学与批评、圣经与文学、文学与社会世界之间编导了一场舞会。他从来没有从我们时代紧迫的时间中走开，比如对意识形态和语言、文学创作与政治的研究，但他有自己的观点，有可能他的这些观点在 20 世纪 80—90 年代的批评家中并不受欢迎，尽管他存在着比年轻的理论家所承认的还要多的误解、矛盾以及对社会的关怀”[②]。本章意欲介绍弗莱及其研究历程，试图重新估量弗莱留给我们的思想遗产，并提出弗莱的文化批评思想在当前文化研究中的重要性。

第一节 诺斯洛普·弗莱其人及其学术历程

诺斯洛普·弗莱曾经将他的批评之路描述为《荷马史诗》中奥德赛式的历程，充满着喜剧和浪漫色彩[③]。纵观弗莱一生的学术历程，的确充满了奥德赛式的漫长与艰苦卓绝历程。

弗莱于 1912 年 7 月 14 日出生于魁北克的一个牧师家庭。1929 年弗莱进入多伦多大学维多利亚学院之前，他已精通几国

① Jonathan Hart, “Preface”, *Northrop Frye: The Theoretical Imagination*, New York: Routledge, 1994, p. xiii.

② Ibid., p. 2.

③ John Ayre, *Northrop Frye: A Biography*, Toronto: Random House, 1989, p. 1.

的文字和语言。1933年获得文学学士学位后，弗莱进入维多利亚学院的伊曼纽尔学院（Emmanuel College），为成为加拿大联合教会（United Church of Canada）的牧师做准备。到1936年的时候，他已经成为加拿大联合教会的一名准牧师。弗莱第一个职位就是骑在马背上穿越荒野执行他的使命。这段时间并不是很长久，但正是在这个阶段，弗莱意识到自己并不适合做一名牧师。于是他决定去牛津大学的默顿学院（Merton College，Oxford University）学习，并获得了英国文学硕士学位。在默顿学院读书期间，弗莱还在多伦多大学维多利亚学院任教了一年。自1939年开始在多伦多大学维多利亚学院工作以来，弗莱此后的所有生涯都在这里度过。弗莱在以下几个领域成绩斐然：他自1948年至1952年期间担任《加拿大评论》（*Canadian Forum*）的编辑、1959年至1966年他担任维多利亚学院的院长、1968年至1977年间他担任了加拿大无线电—电视通信委员会的委员，同时在1976年他还担任过现代语言学会的主席。在完成一个文学批评家的使命以外，弗莱还将自己的精力贡献给加拿大国内外的文化和知识事业。弗莱于1991年1月23日在多伦多逝世。究其一生，很难用简单的词汇进行概括。作为批评家，他几乎像僧侣似的追求个人的探索。弗莱回顾自己的学术生涯时是这样评价自己的："任何传记都会说我学术的一生是传道的一生，这是与我的精神自传相背离的，我宁愿说，我逃进了学术塔并从此乐在其中，成为一个自我传道者。"①

弗莱一生著述丰富，著作等身。他的论著及论文集共28本，弗莱自己至少编辑了15本书，给60多本书写过文章或章节，他

① Jean O'Grady, "Introduction", *Northrop Frye's Writings on Education*, Toronto: University of Toronto Press, 2000, p. xxv.

的论文和评论超过100余篇。从1950年到1960年间，他在加拿大多伦多大学季刊上每年发表一篇综合评论一年间加拿大诗歌的文章[①]。鉴于他对加拿大文学与文化发展做出的巨大贡献，多伦多大学特成立了弗莱研究中心，继续挖掘弗莱思想对人类的贡献。也正因为这些成就，弗莱获得了众多的荣誉：1951年弗莱被选举为加拿大皇家协会（the Royal Society of Canada）成员，1958年获得皇家协会罗内·皮尔斯奖章（the Society's Lorne Pierce Medal），并于1970年获得皮埃尔·乔维奖章（Pierre Chauveau Medal）；1967年弗莱在多伦多大学荣升为大学教授，同年间他获得皇家议会奖（the Canada Council Medal）；1971年他被授予加拿大议会莫尔森奖（the Canada Council Molson Prize）；1978年获得皇家银行奖（the Royal Bank Award）。1987年他又被授予总督文学奖（the Governor General's Literary Award）和多伦多艺术终身成就奖（the Toronto Arts Lifetime Achievement Award）；他同时还是美国艺术科学委员会会员（1969），牛津大学莫顿学院荣誉成员（1974）、英国委员会会员（1975）、美国哲学学会会员（1976）以及美国艺术和写作委员会成员（1981）；弗莱还是世界38个国家的荣誉博士。

纵观弗莱所有论著和评论文章，他的学术生涯可以分为以下三个时期：

第一个时期即从他出版第一部书《可怕的对称》（1947）到《批评的解剖》（1957）的第一个10年。在这个阶段，弗莱建立了他的文学原型批评和文学结构论。

《可怕的对称》是弗莱的首部专著，也使得他成为英国诗

① 有关弗莱学术成就及所著作品的介绍参见多伦多大学维多利亚学院诺斯洛普·弗莱中心的介绍。网址 http：//vicu. toronto. ca/fryecentre/。

人威廉·布莱克的研究专家。他的研究革新了我们对诗歌的理解[①]。正是从这本书开始，布莱克成为影响弗莱思想最大的作家。

弗莱对出版前《可怕的对称》五易其稿，但一经出版后弗莱就再也没有修订它。弗莱研究布莱克开篇就标榜为“反对洛克”，因为洛克作为经验主义家认为人类的思想就像是贫瘠的土壤，被动地种植在经验世界上；而布莱克最具有感染力的关于人类天性的信念则恰恰相反。布莱克认为，“人类的思想是所有事物的最有力的源头，是取之不尽用之不竭的。”[②] 弗莱在《可怕的对称》中的目的是要去阐述地方性语言对布莱克的想象性世界具有特殊的作用。在布莱克的想象性世界中，地方语言是作为语言交流的形式，是想象的象征，而这也是语言在所有文学中的常态。可以这样说，弗莱在《可怕的对称》中最突出的贡献就在于他将布莱克作为人类想象的微缩，强调了诗人创造性想象的重要性。而对创造性想象的理解也由此贯穿了弗莱学术研究的一生。因此有批评家认为，弗莱在《可怕的对称》结尾想让读者获得一种理解诗歌的方法，这个方法是他从布莱克研究中获得的，但最终他又超越了布莱克，以致对布莱克的阐释仅仅成为了弗莱式的阅读诗歌的完整革命性的开始[③]。弗莱与布莱克在某些方面具有着相同的特点，比如他们对人类想象的整体形式都有着相同的认识，他们

---

① Ian Balfour, *Northrop Frye*, Boston: Twayne Publishers, 1988, p. 2.

② Lan Singer, “Introduction”, *Northrop Frye's Fearful Symmetry: A Study of William Blake*, Toronto: University of Toronto Press, 2004, p. xxii.

③ *Northrop Frye's Fearful Symmetry: A Study of William Blake*, p. xxiv.

对想象在社会上的作用方式也有着相同认识。除此之外，他们还具有着对人类想象本性的共同认识。因为对布莱克而言，同时也对弗莱而言，《圣经》和特殊的文学变化之间的类比并没有纯粹的类比，而是在真实身份的现实中掌握较快的类比。

也正是从《可怕的对称》中，弗莱提出，布莱克的个人神话显示了布莱克所处文化的普遍神话。而这种普遍神话就是圣经神话。在《批评的解剖》和他的两本研究《圣经》及文学的著作《伟大的代码》与《权力的词语》中，弗莱进一步推进了他的认识，那就是伟大的诗人，就像是伟大思想的传递从世界的开端就已经形成。因此，他把布莱克放置在布莱克的历史和文化语境中作为一个原创性的诗人而不是地方性诗人来看待。

弗莱自己也说，第二部书《批评的解剖》孕育在首部书《可怕的对称》之中。如果说布莱克的原创性吸引弗莱的地方主要是弗莱生长环境中诗人能够制造出特殊持久的亚文化，那么还可以说，布莱克的持续吸引力在于他想象了一种普遍的想象传统来作为人类永久的希望和恐惧。“布莱克传递的信息……并不仅仅是他个人的信息，也不是一种外在于文学的信息。布莱克试图告诉我们的是，他认为诗歌试图告诉我们的东西是：想象的内容是由一种想象性的语言形式的存在来暗示的。我以全部的信念来完成我的这本书，即学习阅读布莱克是一个阶段，对我自己而言是一个必要的阶段，因为我是在学习阅读思想，学习写作批评。[①]”

在弗莱所有著作中，最为人所知的就是他的名作《批评的解剖》，这本书为他赢得了极大的荣誉，并使他跻身于世界一

① Northrop Frye, *The Stubborn Structure*: *Essays on Criticism and Society*, London: Methuen, 1970. p. 176.

流学者之列。这本书在今天的文学批评界仍然产生着影响，常常被研究者作为研究方法和引述对象。“20 世纪被称为批评的世纪，但是在西方，真正把文学批评当作一门独立的学科，对其自身进行比较系统的探讨的，应当说是从《批评的解剖》开始。”[①] 正是在《批评的解剖》中，弗莱提出文学和批评都有自己的发展规律，不应该在意识形态上从属于任何科学、政治、历史、心理学、人类学或任何学科。因此他试图将文学批评认定为科学性的，或者说接近社会科学，形成了一种方法和知识体。可以说弗莱是在神话结构原则上建构了他的体系，他不是简单地将文学服从于一种超文学的神话学，而是把文学看作是最复杂和最有意思地对神话学的转换，如果没有文学，神话学研究就毫无意义。同样，如果文学批评没有建立在对神话学的理解基础上，很容易将神话学的历史有限性看作是无历史性或者反历史性。

对此，弗莱研究专家 A. C. 汉密尔顿特别撰书细致地分析了《批评的解剖》的价值。他认为“《批评的解剖》是一本巨大的百科全书式的著作，它将所有‘基本的需要测试的’概念都包含在文学研究里，这些概念到现在还不大被改变”[②]。《批评的解剖》原本是处于 50 年代语境下人们进行阅读的一本书，但实际上，这本书还可以在它的特定背景下阅读，这样就可以理解弗莱所讨论的批评问题，能够以他论述的方式与阐述的原因来回应其他批评家的质疑。汉密尔顿还指出，最重要的是弗莱的《批评的解

---

① “一部眼界宽宏的文学批评专著——《批评的解剖》译序”，诺斯洛普·弗莱著，陈慧等译《批评的解剖》，百花文艺出版社 1998 年版，第 2 页。

② *Northrop Frye：Anatomy of his Criticism*，p. x.

剖》不仅在50年代受到了热烈欢迎，而且在60年代期间及其以后的时间内仍然非常受人欢迎。因此汉密尔顿得出结论：弗莱对几代读者的影响力，在于他以扩大读者对文学与文学批评的理解力的方式来解放了他们。

第二个时期贯穿于20世纪的六七十年代。如果说第一个时期，弗莱提出了自己的文学理论主张并跻身于世界理论大师的行列，那么在这个阶段，弗莱则是对自己理论的实践。在此期间他先后出版了15本书，其中涉及批评方法的运用。如《好脾气的批评家》(1963)、《自然的视角》(1965)、《时代的傻瓜》(1967) 等；英国文学研究如《T. S. 艾略特研究》(1963)、《伊甸园的回归》(1965)、《英国浪漫主义研究》(1968)；进一步对神话原型批评的阐述如《同一的寓言》(1963)、《顽固的结构》(1970)；文学教育方面的论述如《培育的想象》(1963) 以及在这个阶段开始关注的文学、文化、社会等方面的论文集如《现代百年》(1967)、《灌木丛》(1971)、《世俗经文》(1976)、《精神的灵光》(1976)、《弗莱论文学与文化》(1978)。在这个阶段最需要指出的弗莱的突出成果，就是弗莱在神话原型理论的基础上提出了文学想象论，而且还形成了自己的批评路径，提出了文学的关怀神话和自由神话观点，明确了批评家的作用和职责。值得一提的是，他扩展了第一时期的学术视野，将关注点超越了经典文学，融入了宗教、神话、教育和文化等领域，明确了一个文化批评家的身份和角色。

弗莱在这个阶段最大的成就就是《批评之路》的写作。弗莱曾在访谈中说到这个书名的来源取自康德的《纯粹理性批判》最后一个章节中康德提到我们已经用到了教条的方法，教条的方法不起作用；我们用怀疑的方式的方法，怀疑的方法不起作用；批评之路总是开放的，批评家要勾勒出他所知道的和不知道的东西[①]。这也就成为弗莱在《批评之路》中提出来的“关怀”的观念的原因。弗莱说，“关怀”这个词实际上是自我解释的。人类作为一个关怀性的存在，既有与生物相似的衣、食、住、行的生存需要，更有宗教信仰、政治忠诚及意识形态的关怀。因此他将文学看作是一种与人的初级关怀相连的具有深刻意义的关照，并将文学的关怀与意识形态关怀区分开来。可以说，弗莱在《批评之路》中对文学关怀作用的建构不仅是他一贯以来对神话学研究的深入，更是一种社会文化批评，从而将他的学术之路进一步向社会、文化批评拓展开来。

第三个时期贯穿于20世纪八九十年代直至他逝世。这个时期他主要关注的方面有两个：一个是对《圣经》与文学之间关系的探索。他先后出版了《伟大的代码》（1982）、《权力的词语》（1990）。这个时期的研究虽然仍然受他第一个时期就开始关注的圣经想象影响，但他已经完全走出了神话原型批评的文学结构式框架，继续《批评的解剖》中所展现的对文学与神话文学与宗教的叩问，研究文学与《圣经》的关系，并以关怀神话和自由神话重新审视西方文学与《圣经》，从而推进他创造的想象性观点，形成了完整的文化批评思想。除此以外，弗莱还着力分析加拿大文学与文化的发展，出版了《分界》（1982）、《不确定的声音》（1988）等著作，同时弗莱的一些论文也被结集出版，如《神话与隐喻：弗莱1974—1988年间论文选集》（1990）、《阅读世界：弗莱1935—1976年间论文选集》（1990）、《双重想象》（1991）、《创造的永恒活动：弗莱1979—1990年间论文选集》（1991）等。

① David Cayley, *Northrop Frye in Conversation*, Concord: Anansi, 1992, p. 112.

在《伟大的代码》及其续篇《权力的词语》中，弗莱考察的是《圣经》与文学的关系。他既摆脱了以往人们从《圣经》的历史和文化背景来考察圣经文本的研究方法，也摆脱了神学和教会的研究方式，而是把《圣经》作为一个影响着西方想象力的整体来看待，因此他从文学批评的语言、隐喻、类型等角度对《圣经》与文学的关系作了非常细致的分析。《伟大的代码》一方面从文学的角度来阐释圣经，具有着神秘性和趣味性；另一方面又透过《圣经》对文学文本和文学原型作全新的观照，因此被乔纳森·哈特指出："这本书的结构就像《圣经》一样是一个双面镜。"① 弗莱后来在《权力的词语》一书的导言中也强调指出，他写作《伟大的代码》一书的原因就因为很多文学批评家还像研究《圣经》的学者一样，不愿意承认神话和隐喻是构成他们自身学科的首要语言。诗歌的、想象的思想从柏拉图以来就一直受到忽视。因此他将文学批评理论视为一种全面思考的观念，以来说明《圣经》在他的批评理论中的作用②。

显然，到目前为止，弗莱并不像有的批评家那样，学术思想风行一时然后随着时间的流逝而成为过往云烟。弗莱的文学和文化批评思想至今仍然是人们关注和研究的对象，而且人们还一直在挖掘着弗莱批评中的新意。在对弗莱进行的研究中，人们除了对他早期的杰作《批评的解剖》继续作一些适应当今时代的解读以及围绕弗莱的重要著作进行的相关讨论外，更多的是将关注重心集中在弗莱晚期的著作和他的文化批评思想上，研究弗莱在文

---

① Jonathan Hart, *Northrop Frye: The Theoretical Imagination*, London& New York: Routledge, 1994, p. 109.

② Northrop Frye, "Introduction", *Power with Words: Being a Second Study of the Bible and Literature*, San Diego: Harcourt Brace Jovanovich, 1990.

化批评研究中的重要性。

第二节　诺斯洛普·弗莱的思想遗产

1992 年 10 月 29—31 日（弗莱去世后的第二年），多伦多大学维多利亚学院举办了题为“诺斯洛普·弗莱的遗产”国际会议，探讨诺斯洛普·弗莱留给世人的遗产以及如何应对这些遗产。与会的三百多名学者从文学、文化、宗教、社会等方面探讨了弗莱的学术成就以及对学术界的影响作用，他的思想被重新理解和解读，产生了巨大的社会反响。其中 A. C. 汉密尔顿（A. C. Hamilton）提出，弗莱在文化、宗教和社会方面的批评引导我们思考弗莱的核心思想，也就是弗莱曾经谈论过的问题以及他想探讨的问题。汉密尔顿还明确指出弗莱在当前学术语境来看是一个文化批评家。弗莱进行文化批评的伟大之处（这一点也正是他最大的遗产）就在于他总是设身处地于西方文化之中，而且研究贯穿于整个西方文化，他将问题放置在西方文化的宏大语境中进行审视，以神话和隐喻来解读文学与文化，摒弃了政治领域的意识形态干扰，他的批评思想在今后的学术探讨中仍然具有挑战性且研究空间很大①。也有学者针对“原型”一词探讨弗莱双重想象的源起。汤玛斯·威莱德（Thomas Willard）认为弗莱在《批评的解剖》中使用了“原型”一词，但在 25 年后出版《伟大的代码》时却摒弃了这个词，原因在于弗莱并没有将这个词与荣

① A. C. Hamilton, “The Legacy of Frye's Criticism in Culture, Religion, and Society”, Alvin Lee and Robert Denham ed., *The Legacy of Northrop Frye*, Toronto: University of Toronto press, 1994, pp. 3—13.

格的“本能原型”一词充分地区分开来。而在这个方面还有待学者进一步的挖掘[①]。新历史主义批评的旗手海登·怀特（Hayden White）则高度赞扬了弗莱的成就，指出弗莱是我们这个时代最伟大的自然文化批评家，在我们20世纪后半叶革新了人文主义研究，甚至可以与维科、黑格尔、马克思、尼采、弗洛伊德和韦伯这些伟大的思想家并驾齐驱，因为弗莱发展了历史变化史和文学文化变化史，并唤醒了新生活[②]。应该说，正是从这次国际会议开始，人们开始意识到弗莱在文化批评和文化研究方面做出的卓越成就，而这些成就以往都遮蔽在弗莱成名作《批评的解剖》之中而未能得到深入挖掘和理解。越来越多的学者关注弗莱后期著作，如《伟大的代码》、《权力的词语》，分析弗莱的文化、宗教、社会思想，同时弗莱对加拿大文学和文化发展所产生的作用也日益被人们认识到，而这些分析也越来越与当前的后殖民批评分析连贯在一起。值得一提的是，“互文性”理论的提出者朱利亚·克里斯蒂娃从自身的理论建构经验出发来证实弗莱对当前文学理论发展的影响。克里斯蒂娃指出，弗莱的三部百科全书式的论著《可怕的对称》、《批评的解剖》和《伟大的代码》对她形成自己的“互文性”理论产生了巨大的影响。20世纪60年代末，她正试图超越形式主义和结构主义，《可怕的对称》这本书中弗莱在圣经传统中看待英国文学的诗歌文本，使得关系和象征模式的批评成为可能，这坚定了她进行“互文性”研究的信念。弗莱的第二本书《批评的解剖》在克里斯蒂娃看来，使批评看上去显

① Thomas Willard, “Archetypes of the Imagination”, *The Legacy of Northrop Frye*, pp. 15—27.

② Hayden White, “Frye's Place in Contemporary Cultural Studies”, *The Legacy of Northrop Frye*, pp. 28—39.

得有些过度歧义。弗莱强调原型是联系诗歌与另一首诗歌之间的方法并因此整合进文学体验中。因此我们能够在西方玄学传统中准确地看待内容，而且能发现文学是如何与西方宗教哲学密不可分。弗莱的第三本书《伟大的代码》在克里斯蒂娃看来，是试图通过几个世纪来的多样性文学来保持圣经信息以及希腊和罗马传统。弗莱启发人们文化记忆和人们探索文明之源都是文学批评的最初目标①。

显然，弗莱的影响是深远的。这种影响随着西方文学理论思潮的东渐曾经在中国20世纪80年代掀起了神话原型批评的热潮，而进入90年代之后，在文化研究日益兴盛的时候，弗莱的思想恰如其分地为文化研究的兴盛开启了一扇门。中国学术界先后在北京和内蒙古举办了弗莱国际研讨会，这两次研讨会不仅仅是将弗莱的学术遗产和学术新启示传递给中国，更多是因为中外学者开始认识到弗莱思想的价值，尤其是在新学术思潮的涌入和发展下，弗莱思想的前瞻性和开阔性愈加使人深受启发，中外学者以阐发弗莱思想作为契机，开始就对弗莱批评的不同的研究视点开始了交流和探讨，弗莱的思想遗产研究也被推入新的高潮。

1994年在中国弗莱研究专家王宁教授的主持下，北京语言文化大学举行了“诺斯洛普·弗莱与中国”国际研讨会；5年后的1999年，加拿大研究专家吴持哲教授主持在内蒙古大学举行了一次最新弗莱研究国际研讨会。这两次国际会议既展示了中国学者对弗莱研究的重视，更突出了弗莱作为一个思想家和批评家在20世纪末所展现的精神魅力。紧追1992年“弗莱的遗产”研

① Julia Kristeva, “The Importance of Frye”, *The Legacy of Northrop Frye*, pp. 335—338.

讨会的宗旨，中外学者开始进一步对弗莱文学批评进行文化方面的解读。在1994年北京举办的弗莱国际会议上，有关学者越来越多地发现了弗莱晚期作品的价值，以新的理论视角来重新审视弗莱及其批评理论的价值①。其中汉密尔顿提出，虽然弗莱一贯被人们认为是一位文学理论家或神话—原型批评家，但若从文化研究的角度来看，弗莱是一位重要的文化批评家，他的文化意识和将文学置于文化之中的观点是根深蒂固的；他还预测因为弗莱独特的文化批评方法，即将文学本身当成大文化语境中的一个整体，随着时间的推移，弗莱对当今文化研究的重要性将更加明显②。沃代斯则从探讨多元文化主义话题出发阐述了弗莱与当今一系列批评论题的关系及其意义，其中涉及不少文化研究者和当今后殖民主义理论家所关注的问题③。中国学者王宁教授则从后现代视角细读弗莱的著作，认为弗莱是居于现代与后现代之间的批评家，弗莱的很多批评思想很具有开拓性，诸如神话等亚文化研究、加拿大文化的后殖民性研究等都显示出弗莱理论的开放性和开拓性。这是中国学者首次全面地认识弗莱的学术地位和在当前学术界的价值④。

而1999年在内蒙古举行的弗莱研究国际研讨会则进一步以

① 参阅王宁、徐燕红编，《弗莱研究：中国与西方》，中国社会科学出版社1996年版。

② 参阅A.C.汉密尔顿，“作为文化批评家的诺斯洛普·弗莱”，《弗莱研究：中国与西方》，第3—16页。

③ 参阅马里欧·沃代斯，“弗莱的学术生涯：超越多元文化主义的修辞”，《弗莱研究：中国与西方》，第17—29页。

④ 参阅王宁“弗莱理论的后现代视角阐释”，《弗莱研究：中国与西方》，第93—102页。

新的方法解读弗莱[①]。最引人注目的是弗莱的一些日记和未发表的文章被重新发现，人们开始重新认识弗莱。最为突出的有罗伯特·丹纳姆（Robert Denham）从个人和理论的层面对弗莱的日记进行细读，探讨了弗莱不为人知的一面，这有助于帮助读者获得对弗莱这位加拿大伟大的思想家和学者更深层次的认识。相对于1992年的弗莱国际会议，弗莱的文化批评也有学者进行着更具体、更深层次的研究，乔纳森·哈特（Jonathan Hart）试图把弗莱重新置于更宽泛的文学和文化语境中以图建构语境的诗学。吉恩·欧·格拉第（Jean O'Grady）则主要关注弗莱的人文教育思想，这一点目前尚未得到充分讨论。弗莱对加拿大文学与文化的建构在当前语境中也一直是弗莱研究的热门领域。桑德拉·德加娃（Sandra Djwa）研究了弗莱在《加拿大文学史》的写作中所起的作用，认为部分原因是弗莱非殖民化加拿大文学的策略使加拿大文学从边缘走向中心。其中，汤姆斯·威拉德（Thomas Willard）研究了两部作品——弗雷泽（James George Frazer）的《金枝》和斯宾格勒（Oswald Spengler）的《西方的没落》对弗莱原型理论以及弗莱对加拿大文学的原始性的特殊理解的影响。同样，弗莱晚期著作也被进一步纳入人们的研究视野。格兰·罗伯特·吉尔（Glen Robert Gill）密切关注了《权力的词语》，对尚未为人所注意的弗莱最后的著作《权力的词语》进行了详细地分析，解析了神话批评在当代的意义。

世界学术界在进入21世纪后仍然深切关注着弗莱的遗产，对弗莱的文化批评思想与宏大的文化研究连接在一起，共同挖掘着弗莱带给我们的新启示。2000年在加拿大本土的麦克麦思特

---

① Jean O'Grady and Wang Ning ed., *Northrop Frye: Eastern and Western Perspective*, Toronto: University of Toronto Press, 2003.

大学（Mcmaster University）又举办了一次弗莱研究学术研讨会，会议集中探讨了弗莱的写作与宗教的关系，比较关注弗莱的宗教思想以及他写作的宗教语境①。这进一步推动了人们对百科全书式的弗莱思想的热情和探讨。

综合弗莱去世后中外学者对弗莱留给人们的学术遗产所做的论述和分析，我们认为弗莱作为一个文化批评家的价值越来越受到学术界的重视。而相比较当前的文化研究大视野，弗莱的文化批评思想少了政治意识形态的批判，多了文学批评的视野；相比较传统的文学批评，弗莱超越了文学本身的狭小领域，将文学放置在西方文学史和文化史的平台上进行审视，从而使得他的文学文化思想始终闪烁着智慧之光。

---

① Jeffery Donaldson, *Frye and the Word: religious contexts in the writings of Northrop Frye*, Toronto: University of Toronto Press, 2004.

第二章　诺斯洛普·弗莱的文学文化批评

第一节　弗莱的神话学批评与理论的想象

《批评的解剖》被认为是“一本在文学里研究神话、仪式与神秘解释（或绝对想象）的书”①，弗莱本人也被看作是一个神话批评家或者结构主义批评家。因为在该书中，他通过梳理文学作品中的神话发现：诗歌与诗歌之间存在着原型或神话结构；文学模式起着统一文学并作为一个整体的作用，形成了一个文学世界或由诗学想象创造的词语秩序；诗人不必模仿自然，但要描绘文学世界里包括的原型与习俗等。我们认为，弗莱与别的神话批评家不同之处，就在于弗莱并不是从人类学的视角来看待神话的功用，而是从文学批评的角度来分析神话，认识到神话是人类想象的源头：它一方面发展成为了文学，另一方面又与文学相辅相成，对社会文化机制产生着巨大的影响。弗莱在 1963 年的系列广播演讲中很明确地表述了这个观点，那就是“在人类的文明史

① Imre Salusinszky, *Criticism in Society*, New York: Methuen, 1987, p. 28.

中，文学产生于神话学之后。神话是一种区别人类与非人类世界的简单原始的想象，它最典型的结果是关于神的故事，再后来，神话学开始融入文学，而且神话也成为一个讲故事的结构原则”[①]。显然，弗莱的神话批评并不局限在对神话本身的研究，他更多的是关注神话以及由神话发展而来的文学在社会文化中的作用与地位，以此来了解人类想象的源头与想象的作用，因此弗莱的神话批评固然是基于对神话、仪式的研究，但却完全不同于神话批评家如仪式学派的弗雷泽与斯宾格勒、心理学派的弗洛伊德与荣格以及哲学学派的卡西尔等；同时尽管弗莱的神话原型理论提出了神话原型结构的观点，却与 50 年代法国人类学家列维·施特劳斯与符号学理论家和文化思想家罗兰·巴特从索绪尔的语言学与符号学的角度出发开辟的以神话结构研究为基础的结构主义批评与语义学流派不同。正是因为如此，弗莱非常抵触人们为他贴上的神话批评家标签，他说，“我在 1947 年出版布莱克研究一书的时候，我并不知道人们后来告诉我属于的任何‘神话批评’学派：我仅仅是知道我研究了在理解布莱克中有关神话学的一些东西。十年后当我出版《批评的解剖》的时候我也没有听过结构主义这个词：我只是意识到，结构是批评的一个中心意义，意识到那时候‘新批评’错误地低估了这本书”[②]。因为弗莱提出的神话批评并不是普通意义上的神话批评，他更多的是在文学研究的范畴内对神话进行的社会文化学上的阐释，所以我们可以提出弗莱的神话批评或者神话观点应该归类为文化批评。

---

① Northrop Frye, *Fable of Identity*: *Studies of Poetic Mythology*, New York: Harcourt, Brace & World Inc, 1963, p. 45.

② Northrop Frye, *Spiritus Mundi*: *Essays on Literature*, *Myth*, *and Society*, Bloomington: Indiana University Press, 1976, p. 100.

综观当前西方批评理论界后现代主义与后殖民主义等思潮理论以及当代文化研究热潮的涌现与更迭交替，神话批评理论作为有别于精英文学文化的亚文学文化，在当前文化研究的人类学转向中从昔日的学术边缘化地位重新回归到人们的研究视野，因此研究弗莱的神话批评当然属于当代文化研究的领域。虽然为人们记忆犹新的是，弗莱是一位强调文学走出文本自足性与文本肌体研究而进行宏大叙述的原型理论家和神话批评家，但不可否认，弗莱所建构的原型结构却是在更为宏大的西方文学文化语境中完成的，文学深层的结构隐喻了整个西方文化。神话学研究对弗莱来说始终是一个研究的对象而不是研究的目的，他的着眼点是西方文学与文化。他从神话分析中以纵览西方文学和文化发展整个历程的宏大气势，发现了神话尤其是圣经神话在西方文学文化中的主导作用，并从语言的角度辨析了神话的发展过程以及神话在西方社会历史变迁中的两个发展方向，即一个导向纯粹的文学，一个导向逻各斯中心主义以及与之发展而来的意识形态权威，大大超出了普通的人类学神话研究，走向社会文化批评的中心，因此弗莱的神话论述或者神话学批评是呈开放状态的，这使得他成为当代文化研究领域里具有社会文化研究意义上的神话批评家，他的神话学批评成为理解他文化批评的关键。尤其是在他晚期的著作《批评之路》、《伟大的代码》和《权力的词语》里，神话对于他已经不完全是一种故事或叙述，而是具有特殊社会功能的东西，这种社会功能就是社会关怀，也就是“一种充分发展的神话或百科全书式的神话，包括最关心社会所要了解的一切东西”（《批评之路》，第 36 页）。詹姆逊（Fredric Jameson）在《政治无意识》里由此指出“他（弗莱）的伟大之处以及他的著述与那些众多的一般性神话批评之间的重大区别在于，他善于提出具有共同性的问题，并从作为集体表现的宗教性中得出基本的、本质上具有社会性特征的解释性论断”[①]。基于弗莱的这种神话研究，他被称为是最广泛意义上的文化批评家，他“百科全书式的综合性批评除了把他称为文学批评家没有更合适的称呼了，但‘文学’是宽泛文化意义上的意思”[②]。弗莱的学生、也是著名的弗莱研究专家阿文·李教授多次提到弗莱的神话学批评贯穿在他的批评生涯中[③]。因此研究弗莱的文化批评不可能脱离他的神话学研究，神话学批评始终处于他文化批评的核心地位。所以在第一章，我们认为有必要重新解释弗莱的神话批评，重新梳理弗莱毕生为之研究的神话学批评，尤其是结合他在晚期对神话思想的发展，寻找其内涵的文化意义。

一　弗莱的神话学批评概述

神话学批评既然是与神话相关的批评，那首先必然与神话的意义密切关联。神话是一个古老的词语，它的字面意思是指“古老的故事，通常包括宗教的与巫术的观点，可以解释自然或历史事件”[④]，格兰翰·洪恩（Graham Hougn）发现神话“最早出现在柏拉图的《斐德若》（Phaedrus）里，在拿破仑时代继续，重新出现在文艺复兴的神话作家里，在牧人与德国浪漫主义里获得

① Fredric Jameson, *The Political Unconscious: Narrative as a Socially Symbol Act*, New York: Cornell University Press, 1981, pp. 69—70.

② A. C. Hamilton, “Northrop Frye as a Cultural Theorist,” in *Rereading Frye: The Published and Unpublished Works*, David Boyd and Imre Salusinszky ed., Toronto: University of Toronto Press, 1999, p. 107.

③ 我在与弗莱研究专家阿文·李教授讨论时，他指出弗莱的神话批评是他思想的核心，但他强调神话已经不是原来意义上的神话，而是被赋予了社会意义。

④ Longman English Dictionary, 1992.

了新的力量"[①]，但来源于亚里士多德的纯粹文学批评的主流却忽视了它。亚里士多德似乎忘记了希腊悲剧的神话起源，而将伟大的神话时代故事的复活这一事实解释为几个家庭所遭遇的可怕行为与苦难故事。由此而来，人们逐渐形成习惯把文学中的神话成分认为理所当然，"神话被认为是文学的一个组成部分，为文学提供某种激动的情节与大量的装饰性想象"[②]。现代批评对神话的兴趣部分来自于人类学家与心理学家（弗雷泽、弗洛伊德和荣格），部分是来自卡西尔的哲学，以及由苏珊·朗格（Susan Langer）在英语国家里继续的神话哲学。从这些不同的影响产生了一种新的批评，这个新的流派就被叫做神话批评。现代神话批评家不再把神话看作一种纯粹的辅助工具，而是将其看作产生所有文学的母体。由此罗杰·弗勒（Roger Fowler）在文学批评中归纳了神话的意义，认为"神话"与"神秘的"长期以来被用于相对于"真理"与"现实"的语境，神话是不很确定的起源或有助于解释宗教信仰权威性的故事，通常它们的主题是神或者英雄的业绩，也可以是荒诞的或超自然的人，也可以组成宇宙产生的变化或社会生活条件中的变化。批评家对神话持肯定态度是因为神话显而易见的自然而发性与集体性，表达了人类经验的某种持续的、具有概括性的、满意的叙述。同样吸引人的，还有神话显而易见的普遍性与永恒性。神话英雄与他的业绩的可望而不可即的复活，或者自然的或动物的主题（月亮或水或蛇或马）在很多的神话学中起着关键的作用[③]。

---

① Graham Hough, *An Essay on Criticism*, London: Duckworth, 1966, p. 140.

② Ibid., p. 140.

③ Roger Fowler ed., *A Dictionary of Modern Critical Terms*, New York: Routledge & Kegan Paul, 1987, p. 153.

艾布拉姆斯（M. H. Abrams）吸纳了当代神话批评家的观点，在《批评术语词典》中对神话的意义进行了概括的归纳。他指出，一般在古希腊“神话”（mythos）中指的是任何故事或情节，无论它们是真实的还是创造的。但在当代的核心意义里，神话是指神话学里的一个故事，是由一群特殊的群体一度相信是真实的、世代相传的故事体系，它的作用是解释（根据神与其他超自然存在的意向和行动）为什么世界是现在的样子，事情为什么恰好是那个样子，来为社会提供习俗，为观察提供一个理性的解释，并为他们在生活中制定的规则建立约束力[①]。显然艾布拉姆斯参照了弗莱的观点，将神话不仅看作是讲述众神与英雄的故事，还具有解释世界的作用，但他没有理解神话这种作用的社会意义是什么。只有弗莱才具体分析并给出了文学批评里神话的复杂定义，他曾在《哈伯文学手册》中对神话的意义作了一个概述，认为在人类历史上，每个人类社会都拥有某种语言文化形式，其中小说或故事会占据重要地位。有一些故事看上去比其他故事重要，因为这些故事讲述主要与社会相关的某些东西，这些故事有助于解释社会宗教、法律、社会结构、环境、历史及宇宙论的某些特点。而其他故事则看来没有那么重要，只是为了娱乐。这就意味着讲述这些故事是为了满足社会的想象需求，以致词语的结构能满足这些需要。两种故事中更重要一些的故事则倾向于传递某些特别知识，阐述了社会的宗教、历史、阶级结构或自然环境的具体特点的来源[②]。弗莱把社会语言结构中心的这些

① M. H. Abrams, *A Glossary of Literary Term*, 6th Edition, Holt, Rinehart and Winston, Inc, 1993, p. 121.

② Northrop Frye, Sheridan Baker, George Pertins ed., *The Harper Handbook of Literature*, New York: Harper& Row, 1985, p. 300.

更重要的故事群称作为神话，而不那么重要的故事则形成民间故事。神话与民间故事作为故事都享有故事的相同结构，但它们的社会功能不同。神话的特殊社会功能赋予它本身两个特点：首先，神话的社会功能定义了一个文化领域并赋予神话一个共享的隐喻遗产，正如荷马的史诗对希腊文化、《旧约》的写作对希伯来文化那样。其次，神话彼此相互连接形成了一个神话学，成为一个相互连接的故事体，表达了特别是在宗教和历史上的主要社会关怀。因此，神话是关怀的、受到一定社会条件制约的；而民间故事则相对而言是游牧性的、毫无语言障碍的、可以在各个国家间自由来往的。正是从这里弗莱赋予了关怀神话以新的意义，从而使神话超越了故事叙述的层面，进入到社会文化批评领域。

弗莱的神话批评之所以与众不同，在于他提出了神话的社会功用的观点。我们可以大致追溯弗莱的批评历程观，分析他如何发展了这种观点。

弗莱于 1947 年出版了他从事学术研究的首部专著，即厚达 400 余页的布莱克研究专著——《可怕的对称》(*Fearful Symmetry*)，这本书是他花费了至少 12 年时间进行布莱克研究所取得的成果，“不仅改变了几代人的布莱克研究模式，而且还成为了作为‘原型’或‘神话’批评所进行编撰的最初的范例”[①]。在此基础上，弗莱发展形成了他主要的文学理论著作《批评的解剖》。弗莱在《可怕的对称》里，从布莱克的诗歌尤其是从预言里，发现“布莱克的单一原创语言与宗教教条暗示了仪式、神话与所有宗教之间教义的相似性比它们之间的差异性更为重要。这暗示了比较宗教学、神话形态学、仪式与神学的研究会将我们领

---

① Ian Balfour, *Northrop Frye*, Boston: Twayne Publisher, 1988, p. 1.

至一个人类思想试图表达的单一的想象概念，一种由神圣牺牲赎罪的已创造的堕落世界与正在进行重生的世界的想象”[①]。由此弗莱领悟到这样一种研究会提供给我们在当代思想中所失去的历史片段，而一旦恢复这些片段，人类统一的整体模式便有可能实现。弗莱后来承认，正是这种认识使得他想把布莱克放置于他一直都在试图勾勒的神话学框架里，因为他发现任何人在阅读布莱克这样的诗人时，都会很快意识到文学史不再是讲述地区的民族的事件，而是在西方语境中承载着大量犹太教、基督教传统，包括古希腊和罗马以及人们不是很熟悉的东方的神话体。如果弗莱只是沉溺于对神话的研究，那他就与其他神话批评家没有两样。重要的是弗莱在从事的布莱克研究中更喜欢通过艺术作品的比较研究来寻求人类思想的统一性，而不是通过仪式或神话时代的梦来达到这一点。对弗莱而言，意识统一比无意识统一更具有价值。因此弗莱在寻求一种理论，也就是文学的类比研究，希望找到构成当代思想整体模式所需要的片段之间的联系，这就是弗莱在所有文学文本里所发现的，作者为词语和读者提供意义，历史语境在这个过程中非常重要，我们必须走向世界类型，走向大悲剧。

正是这种在《可怕的对称》里发现的诗歌的统一性和整体性使弗莱试图抓住诗歌的结构并将其表达清楚，“《批评的解剖》是弗莱在布莱克研究形成的原则基础上尝试将文学作为一个整体的努力”[②]，于是在《批评的解剖》里，他开始建构一个神话世界的原型批评，一个具有虚构构思与主题构思的抽象的或者纯文学

---

① Northrop Frye, *Fearful Symmetry*, Princeton: Princeton University Press, 1947, p. 420.

② *Northrop Frye*, p. 18.

的世界，这个世界丝毫不受与我们所熟悉的经验相适应的规则的制约，在这里，“神话世界可以是与充满活动的场所或者领域相同的世界，只需记住一条原则，那就是诗歌的意义或模式是具有概念内涵的想象结构”（《批评的解剖》，第 136 页）。《批评的解剖》是弗莱从 1947 年出版《可怕的对称》之后 10 年间对神话与文学的关系进行研究的一个小的总结。毫无疑问，弗莱侧重的是神话在文学创作中的文学性作用，他从圣经故事以及古典故事里寻找到表现了西方文化原型结构的神话想象，将文学的世界勾勒出一个结构形状，发现在文学世界里每件事都潜在地与另一件事相同，好像一切都处于一个单一无限体中，通过神话构成了所有文学经验共享的深层结构。尤其是在《批评的解剖》中第三篇，也即最有影响的一篇论文“神启的批评：神话的理论”中，弗莱描绘了在原型层面上的文学想象的结构。他认为，想象类似于绘画。这类视觉艺术在欣赏画面的时候，如果我们离画太近就只能看到或分析到详细的线条，文学批评中的新批评派使用的就是类似的方法；但如果稍微站得远一点，图画的设计就会更加清楚，我们才能完全看到画面所展示的内容。因此他认为，我们在欣赏诗歌时也是如此，“必须与一首诗歌保持距离，这样我们才能看到它的原型组织”（《批评的解剖》，第 140 页）。神话的想象成为理解文学的起点，因为原型在这里最清楚地被勾画出来。

相对于弗莱提出的神话原型结构论，还有最重要的一点是他在《批评的解剖》里产生的关于神话想象的教义。丹纳姆认为“弗莱强调想象使他更接近于这些人，如康德的传统，他们将原则置于人类理解的中心或思想的中心，他们使用‘想象’本身作为他们讨论艺术的基本术语”[①]。但康德的美学观点并不是弗莱

① *Northrop Frye and Critical Method*, p. 152.

想象概念的来源，弗莱主要的思想来源是浪漫主义传统，主要是布莱克的传统。像布莱克一样，弗莱将想象理解为创造性的与领会性的东西。在“想象的与虚构的”（The Imaginative and the Imaginary）一文里，弗莱把想象等同于思想的创造力，创造力产生了“我们叫做文化与文明的一切事物。它还将亚人类心理世界转变为具有人类形式与意义的世界”①，是“想象创造现实”。因此弗莱指出：想象不仅创造了超自然的文化，而且还创造了文学语言，但它创造的最重要的东西不是文学的表面文理，而是深层的文学结构与设计。在弗莱眼中，想象是思想的建构力量，从单元中建立统一的力量，想象所创造的设计在没有移置的文学作品中最为明显。而且因为文学作品在合理地朝向现实主义的方向移置，那里的形式结构不那么严密，想象的语境就能够被看作是展现了与现实的具象主义或被移置的文学作品语境相反的空间，艺术因此阐述了人类想象的普遍性。

既然想象是理解文化结构的基础，那么弗莱关心的就不仅是文本结构，更多的则是构成文本的社会文化结构与语境。因此如果说在60年代弗莱在《同一的寓言》里还在深化与解释提出神话是原型，此时的他也已经逐渐领悟到，神话其实是“一个贯穿许多当代思想领域的概念，这些领域包括人类学、心理学、比较宗教学、社会学和其他领域”②，神话的意义不仅仅与文学相连，更是文学的语境。神话学作为一个完整的结构，是文学的母体，所有主要的诗歌都会回归到神话学那里，因此神话批评的主要用途之一是使我们能够理解文学作品在文学作为一个整体的语境中的相应地位。到了70年代，弗莱在这一基础上走得更远，对他

① *Fable of Identity*：*Studies of Poetic Mythology*, p. 152.

② Ibid., p. 21.

而言，神话不仅是产生文学的源头，更具有丰富的社会功能。这时候的弗莱已经在考虑神话与文学的关系、神话的社会功能等问题了，并开始赋予神话更多的社会文化意义。

弗莱成熟地考虑文学批评的社会语境问题的最终成果体现在他于1971年出版的《批评之路》，该书的副标题为“论文学批评的社会语境”。这本书是弗莱从文学批评转向文化批评的最具里程碑意义的重要著述，他在书里不仅继续了《批评的解剖》里提出的将批评看作是一门科学的观点，进一步论述了文学批评是属于社会科学的范畴，更重要的是他将文学批评的语境指向神话，并在这里赋予神话以新的意义，提出了关怀神话与自由神话的概念，神话已经成为了产生初级关怀与意识形态的源头与本体，这使他对神话的论述不只是拘泥于文学结构与文学想象，而是结合产生神话的西方文化，论述了神话社会功能的发展过程。但弗莱研究思想最终的落脚点还是文学的想象与创造力，他希冀通过社会契约使人们在文学的想象世界里可以得到精神的慰藉。

在《批评之路》里，为了更明确地解释神话的意义及其社会作用，弗莱首次对神话的意义进行了详细的分析，他在之后的著述中还多次对这里所进行的神话解释进行重复与补充。在弗莱看来，神话首要的也是主要的意义是他在《批评的解剖》里提出的神话、故事、情节和叙述。他从希腊语里借用“myth”一词，意思是指情节、叙述，神话成为一种故事类型，在这个故事里讲述的都是神与其他拥有比人类更大权力的生物的故事，这个故事很少会被放置于历史之中，它的行为发生也都通常在普遍时间之前或之上，因此是一种抽象的故事类型。“神与英雄在神话里的重要性取决于这个事实，即这些人物为人信服地类似于人类，拥有超越自然的权力，逐渐建立了一个无所不能的超越冷漠自然的个人社会的梦想"[1]，但这个意义上的神话不只是成为一种文学类型，而且还"成为了一种将文学作品组织进词语秩序的一种方法，不是通过它们的历史与意义的顺序，而是通过它们更大的类型形式"[2]。从第二个意义（也是更重要的意义）来看，神话被赋予了一种特殊的严肃性和重要性。关于这一点，弗莱在后来的文章中也一直在不停地阐述。"当神话在一种文化的中心被具体化的时候，那种文化的周围就会被罩上一个神奇之圈，一种文学就会在一个有限的、由语言、参照、典故、信仰、继承和共有的传说等构成的范围之内历史地形成"[3]，神话成为了产生法律、道德、政治、宗教等社会意识的源泉并享有权威。这使它与民间故事不一样，民间故事只是为了娱乐或者别的次要目的，而神话则具有严肃的社会意义，讲述的是有关神的、历史的、法律的甚至阶级结构的事情，神话成为了文化暗示所享有的遗产，"因此神话促进文化历史的创造"（《伟大的代码》，第 56 页）。当神话集中在一起时形成了神话学，"主要是作为信仰结构或社会关怀而不是作为想象为人们所接受"[4]。神话的社会功能产生了神话的社会关怀功能，这时的神话已经倾向于包罗各种学科，扩展成一个总的神话，包括社会对过去、现在和将来的看法，成为了人类文化的一种产物。弗莱将这种充分发展了的神话或百科全书式的神话称为关怀的神话学。在西方社会，很长一段时间内宗教的

---

① *Fable of Identity*：*Studies of Poetic Mythology*，p. 19.

② *Northrop Frye*：*Anatomy of his Criticism*，p. 123.

③ Northrop Frye，"The Koine of Myth：Myth as a Universally Intelligible Language"，Robert D. Denham ed.，*Myth and Metaphor*：*Selected Essays 1974－1988*，Charlottesville：University Press of Virginia，1990，p. 3.

④ Northrop Frye，*The Secular Scripture*：*A Study of the Structure of Romance*，Cambridge，Mass：Harvard University Press，1982，p. 12.

终极关怀一直处于整个关怀神话的中心，圣经神话是神话能够在某种社会压力下聚结在一起构成神话学的一个超级例子。不过，圣经神话在基督教时代、中世纪最为明显。但随着文艺复兴与18世纪技术革命的发展，西方关怀神话的基督教一统天下让位于一个更加多元化的状态，其中一些新的、更加世俗化的神话与它一起共享这个领域，圣经神话逐渐被剥离了意识形态权威，丧失了它的社会中心地位，成为了纯粹的故事。

弗莱使用了关怀神话与自由神话来解释他所认为的西方文化的社会语境。他指出，关怀神话天性是传统的、保守的，极其强调连续性与一致性的价值。它产生自口头或前文字文化里，与连续的语言习俗和不连贯的散文形式相关，是“深深地黏附于仪式、加冕礼、婚礼、丧礼、游行以及某种公开表达社会内在身份的东西”（《批评之路》，第45页）。与关怀神话相对的是自由神话，自由神话来自于关怀神话，“只能在与关怀神话的对立之中产生，而且只能在个体的社会良知中产生，因为个体的真理观和现实观与关怀的神话背道而驰”①。它天性是自由的，有助于发展尊崇这类的客观性、疏离、判断的搁置、容忍、尊重个人等价值，自由神话强调文化中非神话因素的重要性，强调的是所研究的而非创造的、自然的而非由社会幻象所产生的那些真理和现实的重要性，产生于写作文化以不断的散文与不断的语言形式为社会产生的思想习惯（《批评之路》，第44页）。因此，自由神话与关怀神话之间存在着一种张力，“这个张力组成了他（弗莱）自己的中心神话，通过这本书，弗莱检视的文化现象是以来自这种

① Eva Kushner, “The Social Thoughts of Northrop Frye”, *The Living Prism: Itineraries in Comparative Literature*, Montreal: McGill-Queen's University Press, 2001, pp. 271—275.

张力的视角解释的”[①]。

在《权力的词语》里，弗莱继续了这种神话与关怀的讨论；他还提出了神话严肃的社会功能就是后来社会发展的意识形态，神话在定义一个社会、赋予社会共同享有的知识问题上起着主导作用。他将关怀神话区分为初级关怀与次级关怀两个层面。初级关怀就是指人类基本生存的四个方面，分别是食物与水，这与人类的身体需要有关；性；财产；与活动的自由。次级关怀与社会文明和秩序有关，就是弗莱在《批评之路》里提到的社会契约论，包括爱国与忠诚、宗教信仰以及阶级条件制约下的态度与行为。次级关怀产生了神话的意识形态方面，趋向于以意识形态的术语进行表达。在神话阶段通常伴随有某种仪式来表现这种意识形态。因此“我们叫做意识形态的东西非常接近于次级关怀，而且在很大程度上由次级关怀的理性化组成”（《权力的词语》，第43页）。弗莱一直认为，意识形态是一种次生的事物，主要的事物是一种神话学，也就是人们不会去发明树立一种假设或信仰，他们发明的是一套故事，假设与信仰都来自于故事。为了进一步解释意识形态是适用的神话学，弗莱从语言模式的角度进行了分析。对弗莱而言，语言文化是文化体验的有利方式之一，它的特点是一定数量的语言有特色方式之间的相互渗透，意识形态是其中一种特殊方式，而所有的这些方式又都包含在一个神话的模式里。意识形态是语言从描述性模式发展为逻辑理性的修辞性模式的产物，作为一个修辞性的口语形式，其功能是说服或强迫读者或社会团体或整个社会赞同某些观点并采取某些行动。因此每个社会都由一种意识形态所支配，一切意识形态都包括在神话学结构中。艺术家生活在一个想象的世界，他们必须与他们生活时代

① *Northrop Frye and Critical Method*, p. 189.

的意识形态结构达成一致，尤其是如果他们不能找到任何鼓励的源泉来相信他们正在从事事情的有效性的时候更是如此。但弗莱也指出，文学艺术这类想象性作品提供的视角使人们认识到意识形态结构最终会被创造性精神所代替，只有通过在文学、艺术和诗歌的表达达到顶峰的神话中才能体会到已完成的初级关怀、自由、平等、健康和爱的向往，一个永远使人有理性的世界。在这里实际上弗莱又回归到布莱克传统里对想象的创造性的教义。

由此看来，弗莱从《可怕的对称》出发，发现了布莱克诗歌里神话的意义，并在《批评的解剖》中发展了这一研究，将神话看作是文学的原型与深层结构，从而建构了他的原型理论。更重要的是，他在此基础上发展了想象的意义，这也是他理解所有文学与文化的关键。弗莱认为，文学承载着人类文化想象的作用，神话作为想象的产物从而不仅是文学的母体与原型结构，更是文学的社会文化语境，是一种社会关怀。这使得弗莱的神话批评从一开始就具有强烈的文化意识，因而也使得他的神话批评区别于一般的神话批评思想，成为广泛意义上关注文学的文化批评。可以说，弗莱在其后漫长的文学和文化批评生涯中继续并发展了这一观点。

二　弗莱的神话学学批评与弗雷泽、斯宾格勒及荣格之关系

正如前文所述，弗莱的神话学批评与神话理论仪式学派弗雷泽（James Frazer）、心理学派荣格（Carl Jung）以及属于哲学流派的卡西尔（Ernst Cacier）常被人放在一起进行比较，而且毫无疑问，弗莱神话学批评的提出深受这些研究成果的直接或间接的影响。另一个很重要的人物就是历史哲学家斯宾格勒，虽然他没有提出神话批评，但他的文化整体观思想也深刻地影响了弗莱的神话学批评理论的建构，因此本节把他也包括进来一并进行

比较研究。在这里，本节将主要比较弗莱、弗雷泽和荣格的神话观点的异同，以及斯宾格勒对他神话批评形成性的影响。本章认为，不能把弗莱的神话批评归属于他们的阵营，即使他们对弗莱理论的形成具有深刻的影响，弗莱的神话批评也已经超越了神话作为故事的功能，从专注于文学批评走向了文学的文化批评。

（一）弗莱与弗雷泽的仪式研究

弗雷泽是英国社会人类学家，他于20世纪初通过对不同文化仪式进行的大量研究，发现了仪式中杀死老国王或死亡之神以重新获得力量与生机这一相似的主题，从而成为人类学研究中仪式学派的代表人物。弗莱与弗雷泽的仪式研究有着密切的关系，弗雷泽通过《金枝》里对仪式的细致研究，发现了处于不同文化背景之中的神话与祭祀仪式的相似性，这一点对弗莱启发很大，使弗莱开始远距离地看待文学文本并发现其中的结构。

弗莱早年因为圣经《旧约》课程的原因偶然发现了《金枝》，他立刻如饥似渴地吸收弗雷泽关于垂死神的象征意义，于是一个全新的世界在他面前展开，尤其是里面充满着艺术的生机及其艺术的历史基础，使弗莱感觉到他的“思想迅速地扩张成型，快得连自己都很害怕，我有时害怕别人在我之前说出这个发现，或者我活不了那么长的时间来完成这项发现”[①]。对弗莱而言，《金枝》与其说是一本人类学的著作不如说是一本文学批评著作[②]，因为这本书进行的是象征主义的比较研究，而且吸引的主要是艺术家、诗人、批评家和宗教学研究者。他把《金枝》里的仪式研

① John Ayre, *Northrop Frye: A Biography*, Toronto: Random House, 1989, p. 105.

② Northrop Frye, "Sir James Frazer", *Architects of Modern Thought: Twelve Talks For CBC Radio*, Toronto: Canadian Broadcasting Cop., 1959, p. 26.

究看作是人类想象的一种语法，它的价值在于其中心思想，即其中的每个事实都能够被质疑或者无须影响它的价值而可以进行重新评价。弗莱从弗雷泽的仪式里发现了人类想象中潜在的某种东西，虽然有时它可以以文学的形式表达出来，但基本上是以一种假设解释仪式中的特点，而不必是其他仪式来源的原仪式。“《金枝》并不是描述在久远的过去人们所做的事情，而是试图表述自己关于最伟大的神秘、生活的神秘、死亡的神秘以及死后生活的神秘时人类的想象所能达到的程度”①。换句话说，它是在社会方面的无意识象征主义的研究，反映并完成了弗洛伊德、荣格及其他人在关于个人的梦以及类似的无意识象征主义心理学方面所做的工作。特别是弗雷泽的模式非常适合心理学模式。弗莱比较分析说，弗雷泽的死神就像弗洛伊德梦里的力比多；弗雷泽替罪羊仪式里衰老的女人与男人的形象与弗洛伊德的父母形象相似；狂欢上的暂代国王是弗洛伊德已经研究的作为智慧机制的社会形式。对此，马克·马格纳洛（Marc Manganaro）指出：“正是通过对仪式研究挖掘出植根于原始想象的极度扩张意义的这些偶像，以及‘神话诗学梦想’构成了弗莱‘原型批评’的主要概念”②。

弗雷泽的《金枝》被弗莱看作是一部文学批评的著作，是“一部关于天真戏剧的仪式内容，也就是说这本书重建了一种原

① Northrop Frye, “Sir James Frazer”, *Architects of Modern Thought: Twelve Talks For CBC Radio*, Toronto: Canadian Broadcasting Cop., 1959, p. 28.

② Marc Manganaro, *Myth, Rhetoric, and the Voice of Authority: A Critique of Frazer, Eliot, Frye & Campbell*, New Haven & London: Yale University Press, 1992, p. 111.

型仪式，从而戏剧结构的、类型的原则可以逻辑地由此而生”[①]。弗雷泽的假设、仪式世界不可避免地有很多惊人的实际仪式的类比，而且这些类比都是弗雷泽讨论的部分；但弗莱认为，仪式与戏剧的关系是内容与仪式的关系，而不是本源与来源的关系。相似的、天真罗曼司（innocence romance）的内容是可交流的梦的内容，它与分析已死的诗人的心理没有关系，但它原本与心理分析过程中所采用的幻想有着惊人的相似之处。从《金枝》研究中，弗莱还发现，仪式的比较研究不仅把我们带到人类思想统一性的含糊与直觉的感觉中，而且艺术作品的比较研究应该阐述它已经超出了揣测。在弗莱看来，仪式在巫术里具有特殊的意义。在宗教里，仪式是某种信仰与希望以及超自然存在的理论。但当剥夺了信仰与作用时，仪式就成为它真正的自己，“某种想象制造的东西，艺术的一种潜在作品”[②]。这样，对弗莱而言，仪式形成戏剧或罗曼司，或小说，或象征诗歌，诗人从弗雷泽那里获得一种他们自己想象所意味着的新感觉，而批评家则了解到人类想象怎样比从任何现代作家那里学习到更多地回应自然的东西。因此弗莱认为，弗雷泽在这方面为自己将要建构的文学批评做了压力释放，通过无视文学传统、时间，尤其是文学文本之间的界限，推动人类意识的最终统一。

正是受弗雷泽仪式研究的影响，弗莱发现诗歌与诗歌之间实际上有着密切的联系，每一首诗歌就像是总体诗歌的一个单位。当诗歌之间彼此产生联系时形成了文学的类型与习俗，原型就是

---

① Robert D. Denham ed., *Northrop Frye: Culture and Literature: A Collection of Review Essays*, Chicago: University of Chicago Press, 1978, p. 125.

② *Architects of Modern Thought: Twelve Talks For CBC Radio*, p. 29.

诗歌之间可以交流的象征，原型批评作为一个社会事实和交流技巧与文学相连。“原型批评把诗歌当作一个整体来研究，把象征作为交流单位来研究。从这点说，文学的叙述方面是象征交流的重现行为，也是一个仪式。文学作品的叙述内容被原型批评家当作了仪式或行动的模仿来进行研究，而不仅仅是一个行动的模仿”[①]。

尽管弗莱深受弗雷泽人类学方法及仪式研究的影响，但他毕竟与弗雷泽还是有着根本的不同。弗莱的传记作家约翰·爱尔（John Ayre）指出，弗莱对弗雷泽的反应与其说是弗雷泽的仪式研究，倒不如说是弗雷泽的材料“暗示了使弗莱激动的具有四季循环组织的死亡与复活的象征主义，而且为他提供了一种新的视野”[②]。弗雷泽联系了仪式与神话，侧重于去阐述正发生的杀死国王的仪式；弗莱却认为，弗雷泽假设这种可怕的仪式有着某种基于偶然历史存在的东西是没有必要的。弗雷泽按照时间顺序工作，就像大多数19世纪思想家采取的方式，希望找到某种外在暂时性因素的整一的相关部分；而弗莱则坚持自己是逻辑的，不是按照时间顺序取源自弗雷泽的死亡之神或国王必须死亡的模式。因此《金枝》对弗莱而言，是“一部关于素朴戏剧仪式内容的论著”，阐述了所有戏剧中心的成分行动，帮助文学批评抽取“戏剧的结构与类型原则以适用于后来的复杂工作”（《批评的解剖》，第109页）。弗莱与弗雷泽的不同之处还在于弗莱对任何特殊的仪式没有兴趣，弗雷泽则相反：他一直在补充特殊例子以致

① Northrop Frye, "The Literary Meaning of 'Archetype'", Robert D. Denham ed., *Northrop Frye on Literature and Society, 1936－1989*, Toronto: University of Toronto Press, 2002, p. 185.

② *Northrop Frye: A Biography*, p. 106.

他的著作最终达到四千多页。因此，弗莱的体系显示的是以神话术语告诉人们文化是什么、神话怎样成为文化的体系。如果说整个文学史是从低级原始进入高级复杂的形态，那么原型研究就是一种文学人类学，关注文学由前文学范畴如仪式、神话与民间故事的方式①。

弗莱总结他对弗雷泽的研究成果，并运用到他的神话原型中，提出他所称的仪式只是一般情节，仪式不应该作为戏剧源头来研究。弗莱认为，弗雷泽的《金枝》从文学批评的观点来看，“重建了戏剧的结构与类型原则所来源于的原型仪式。但仪式与戏剧的关系就是内容与形式的关系，而不是源头与来源的关系。死神与弗雷泽的其他构造都是戏剧的主题，这是每一个戏剧家通过经验发现如果他想要吸引观众游离的注意力，尤其是对一群并不复杂的观众时他必须运用的主题”②。因此我们认为，弗莱是以文学的视角去阅读弗雷泽的著作，并将其主题运用到他的文学分析与文学批评上，受其仪式研究的影响发现了人类深层的文化结构，从而成为他在建构神话原型理论时一个非常重要的思想来源，这使他终结了新批评派的语言中心论，成为以文学批评为核心的文化批评家。

（二）弗莱与斯宾格勒的社会循环论

奥斯瓦德·斯宾格勒是德国历史哲学家，他于1918年出版了《西方的没落》。当时因为经济原因无人愿意出版这本书，最后出版时印量也少得可怜，但一经出版便很快成为在欧洲讨论最为热烈、最为广泛的一本书。于是，斯宾格勒开始修订与扩展该书，1923年最终以两卷本完成；3年后这本书在德国销售了10

① *Fables of Identity*: *Studies in Poetic Mythology*, p. 12.

② *Northrop Frye on Literature and Society*: *1936－1989*, p. 187.

万本。同年，阿金森（C. F. Atkinson）开始将其翻译成英文出版。弗莱在17岁的时候（即1929年）开始接触到《西方的没落》这本书，并对他产生了巨大的影响。弗莱在他批评生涯的不同阶段还一直保持着他年轻时对斯宾格勒的热情。在1955年的一次广播谈话中，弗莱声称《西方的没落》是“一种想象而不是一种理论或哲学，是一种萦绕着想象力的想象。它的真理是诗歌或预言的真理，而不是科学的真理……如果说《西方的没落》不是什么任何其他的东西，它应该仍然是世界上伟大的浪漫主义诗歌之一”[①]。1974年，弗莱在《重访斯宾格勒》一文里承认，“在我的经验里很少有书像斯宾格勒那样具有扩张与刺激思想的力量。他勇敢跳动的想象万花筒似的模式使他把这些糅合在一起时产生了一种在前面展开的整个人类思想感与文化感”[②]。因此他把斯宾格勒与弗雷泽看作是在20世纪30年代他学生时期的“两位文化英雄”；40年后弗莱还一直认为，“他们的概念好像进入并形成了我所做的每件事情中”[③]，这说明弗莱已经把他们整合进自己的著作中了，弗莱的神话批评也有着斯宾格勒社会文化循环论的深刻影响。

我们认为，斯宾格勒从两个方面给弗莱后来的神话批评带来启示：

首先，斯宾格勒以一年中的四季来象征人类的四个主要阶段以建构历史的宏大结构，这影响了弗莱在神话研究的基础上建构文学想象与文学类型的结构。斯宾格勒将人类历史看作一个整

① Robert D. Denham ed., *Reading the World: Selected Writing 1935－1976*, New York: Peter Lang, 1990, p. 319.

② *Reading the World: Selected Writing 1935－1976*, p. 321.

③ *Spiritus Mundi: Essays on Literature, Myth and Society*, p. 111.

体，经历了春季（中世纪，由贵族与僧侣统治的社会，文学主要是关于英雄与骑士的主题）、夏季（文艺复兴时期，王子与宫廷统治社会，莎士比亚取代了无名的艺术）、秋季（18世纪末，歌德的诗歌、莫扎特的音乐与康德的哲学）以及冬季（拿破仑与他的世界帝国，这时西方文化转变为西方文明进入了它的最后阶段）。对斯宾格勒而言，文化是像肌体主义那样运动，像婴儿一般出生，最终的结果是死亡，即迟早要回归到他们生长的纯粹的原始生命中去。他把文化产生的每一样东西看作是文化的特点，也就是文化的象征，结果历史成为展示几乎无法用词语表示的象征集合体，因为文化的存在不可能真正地被证实，它只能让读者通过象征的安排指出、感觉或知觉到。弗莱屡次提起这种观点对他的影响很深刻，他"在写作《可怕的对称》时已经受到了斯宾格勒的影响，因为他避免通常学者以自传或历史语境或细读方式解读布莱克的作品，而是把布莱克置于'历史的文化语境'"[①]。弗莱把文化的原始生命指向神话，并从中发现了类型，根据四个季节划分为喜剧（春天的神话/叙述）、罗曼司（夏天的神话）、悲剧（秋天的神话）以及讽刺与反讽（冬天的神话），这些类型实际上就是想象的结构。同时正如斯宾格勒的肌体文化循环一样，弗莱发现想象的四个范畴（神圣的世界、火的世界、人类的世界、象征的世界）形成了一个循环体，像四季那样周而复始，历经生长、成熟、衰落、死亡复生的肌体循环，形成了另一个个体形式。

其次，斯宾格勒的整体文化观促使弗莱把文学看作是一个整体，把文学看作是文化想象的核心。斯宾格勒的文化意象与一个个体一样属于肌体活动，这个观点提出历史文化发展是多元的，

① *Rereading Frye：The Published and Unpublished Works*, p. 109.

是一般把历史分为古代、中世纪与现代阶段这种线性历史观认识的巨大提高。因此对弗莱而言，斯宾格勒是站在一块坚实的土地上，他所产生的东西是一种历史想象，非常接近于文学作品，因此他也非常接近于一个文学批评家①。最重要的是斯宾格勒为肌体文化的概念提供了一种“宏大的叙述”。弗莱指出，《西方的没落》是一本试图采取更为开阔的视野观照人类历史的书，与通常的历史分析很不一样。通常的历史分析认为，希伯来人、希腊人、罗马人提供给我们宗教、文化和法律，古老的社会就是中世纪，中世纪产生了现代社会，现代社会又产生了我们。任何外在于这个观点的都不是真正的历史。但斯宾格勒认为还可以以地区划分的方式做出同样的区分，实际上，文化的范畴比国家或帝国更宽泛、更广大。英国之所以有一个漫长的历史，是因为它属于其中的一种文化，属于欧洲的已向外扩张到全世界的西方文化。弗莱完全认同斯宾格勒的观点，因此对他而言，斯宾格勒的书与其说是一个设想，不如说是一种理论或者一种哲学，甚至是徘徊的想象力的设想，他的真实在于昭示诗学或者预言的真理，而不是科学。弗莱后来解释说，斯宾格勒“显示了所有时代的文化产品怎样形成一个可以感觉到或直觉到的整体，尽管并没被阐述出来，一种整体感接近这种感觉那就是人类文化是一个单一的更大的整体，一个在时间里出现的巨人”②。

斯宾格勒的这种思想极大地影响弗莱成为一个文化批评家，“实际上，是斯宾格勒将弗莱整合进了将文学作品当作主要的文化文本，将文学批评定义为‘社会的理论’。而且使他将现代批评家的整个主题并不看作纯粹的文学，而是同神话语言建构和进

---

① *Spiritus Mundi*: *Essays on Literature*, *Myth and Society*, p. 187.

② Ibid., p. 111.

入并了解的信仰相关的领域”[1]。因为受到斯宾格勒思想的启发，弗莱发现了文学作品存在着习俗、神话和文类的相互影响，构成大的社会语境，也使他发现了文学的宏大叙述，这恰好是他在后期的著作中一直在强调与阐述的问题。

（三）弗莱与荣格的心理学

荣格是20世纪著名的精神分析学家，他通过对人类意识的研究发现人类具有相同的“集体无意识”，并将其称为人类心理的“原型”。因为荣格对心理结构的假设与弗莱的文学原型的建构有着某种程度的联系，人们很容易把他与荣格的原型理论归为同一类别，称其为神话批评家或原型批评家。但弗莱对此多次表达了自己的不满，因为他认为自己使用“原型”这个术语并不是像人们想象的那样受荣格的“集体无意识”及原型术语的影响，“我使用‘原型’这个词是因为它是批评的一个传统术语，尽管并没有人经常运用这个词语。但我没有想到荣格已经霸占了这个术语，以致因为我使用了这个术语，每个人都认为我是一个荣格主义者”[2]。弗莱因此强调他与荣格的不同之处在于：他是在研究主体心理世界与社会世界、客体的或自然世界之间的中间世界，而且认为将主体与客体融为一体的隐喻世界就是神话与隐喻的世界。但无论弗莱怎样否认他与荣格之间的联系，显而易见的是，弗莱确实受到当时的心理学研究成果的影响，并将心理学的研究成果运用到他的文学研究中去。

从1947年出版《可怕的对称》到1957年《批评的解剖》问世，弗莱花费了10年时间来发展原型理论。在《批评的解剖》里有一篇论文就冠名为“原型批评”，然后他用了25年的时间来

---

① *Legacy of Northrop Frye*, p. 6.

② *Northrop Frye in Conversation*, p. 76.

解释这个术语。直到 1982 年《伟大的代码》的出版，他才放弃了使用这个词，声称如果他早知道荣格使用这个词且已经占领了这个领域的话，他早就不用这个词了。在《权力的词语》里他确实没有再使用这个词。以弗莱自己的话说，“原型”这个词是以传统的基督教中“基督是作为一种创造的模式，通过他产生了万物”的意思发展而来的[①]。而据托马斯·威拉德（Thomas Willard）对弗莱与荣格进行的细致比较，发现不可否认的是弗莱受到了荣格的影响。他发现当荣格的选集开始自 50 年代以英译本出现的时候，弗莱就已经接触到荣格的作品，而且因为翻译不够完全的原因导致弗莱把荣格理解为很难理解的诗人。弗莱阅读了荣格关于梦的两篇分析，了解到荣格的方法是从人类学与宗教里组成一个扩大的梦。50 年代，弗莱在一篇题为“布莱克对原型的理解”的文章结尾，将荣格的阿尼马（anima）与布莱克的发散（emanation）进行了比较，认为布莱克的诗歌几乎完全由对原型的解释组成，但他又解释说，他所指的原型是文学作品的一个成分，以此区别荣格的原型概念。尽管在这之后弗莱对原型进行了进一步的定义，强调他的文学的原型，人们甚至可以追溯到他的布莱克传统中去，但“荣格流派之后写作的原型批评，以及类似于弗莱作为一位原型批评家的遗产仍然与荣格有关”[②]。

弗莱认为隐喻的世界是主体与客体融合在一起，是神话与隐喻的世界；而荣格的原型是指灵魂内部的力量，它们与文学的某些习俗人物具有令人非常熟悉的且迷惑人的相似之处。因此弗莱强调指出他与荣格的原型意义不同之处在于：荣格关注的是存在的原型，不是想象的原型，是出现在“个人化”上的复活人物和

---

① *The Legacy of Northrop Frye*, p. 16.

② Ibid., p. 21.

意象[①]。弗莱把荣格认同为是与斯宾格勒和弗雷泽一样对批评理论家与文化理论家具有最重要意义的人物。他认为，荣格对生活想象的核心是从“自我”（即一般的生活具有对时间与空间危险的与不情愿的思考）到“个人”（以更为合作的和图表式的思考模式）的进步。在荣格看来，“个人”思考的象征是曼德拉(Mandela)，是一种类似在中世纪和文艺复兴时期非常普遍的几何宇宙观的对称格式。在弗莱的《批评的解剖》里最初的文学观点与曼德拉具有很多相同之处，因此很多人认为弗莱的著作来源于曼德拉。但弗莱与荣格的强调点是不同的，弗莱关心复活的事实，而且他以季节复活与重生的神话层次进行的类比来阐述这一点。弗莱没有谈到原始起源，却可以宣布原型是将一首诗歌与另一首诗歌相连接的象征，有助于统一并整合我们的文学经验，“对弗莱而言，原型是文学，而不是基本，而且很少与深层心理学的类别有关。事实上，原型提供了文学与生活之间的联系，使文学成为了一种伦理工具。因此原型也是可以进行交流的意义，是人类的梦想，不是模仿自然而是包括自然”[②]。弗莱指出，戏剧来源于仪式，仪式不是源头而是戏剧作品的内容。同样宇宙学是神话学的分支，有时作为诗歌的结构原则。这种新的批评立场原本可以得到荣格原型理论的支持，但弗莱自由地使用原型而没有尝试荣格理论的其他部分。同时，弗莱还指出，集体无意识的假设对他的计划来说并不是必不可少的。因此弗莱从各种假设中分离出弗雷泽主义与荣格主义的模式，因为这些假设都寻求处于

① *Spiritus Mundi*: *Essays on Literature*, *Myth and Society*, p. 119.

② Nishi Bir Chawlar, “Northrop Frye and the Mythos of Comedy”, S. Krishnamoorthy Aithal ed., *The Importance of Northrop Frye*, Humanities Research Centre published, Century Prints, 1993, p. 21.

神话学思想范围之外的神话源头。从这种意义上说，弗莱根据通过对新批评的悖反定义了他的神话批评。

总而言之，虽然弗莱抵制人们将他使用的原型术语与荣格的原型术语混为一谈，但不可否认的是，弗莱或多或少受到心理学的影响，并自觉地运用到他的文学分析中去。弗莱与荣格最大的区别在于：弗莱始终处于文学的想象领域，而荣格展现的却是一种心理存在。因此，虽然荣格的原型理论可以作为分析文学的一种方法，却不是文学批评。

综上所述，尽管弗莱因为对神话的研究被人们有意识地看作是神话批评家，他的神话批评形成过程中也的确受到神话理论尤其是弗雷泽的仪式学派、荣格的心理学派以及斯宾格勒的历史哲学的影响，但弗莱始终立足于文学研究与文学想象，因而使他的神话批评与其他人的神话批评不相同，更何况弗莱后期的神话批评已经具有他们所没有的文化社会功能，从而使他的神话批评超越了一般的神话批评，进入了文化批评的领域。

三　弗莱神话学批评的文化意义

既然弗莱主张神话不仅具有故事功能，而且具有特殊的严肃的社会功能，因此他的神话批评就不是人类学家纯粹的神话研究或对文学文本的研究，而是与社会文化密切相连，并且使文学实现了它的严肃社会功能。弗莱的神话批评的文化意义主要表现为以下几点：

（一）神话研究从边缘走向文学研究和社会文化研究的中心

神话在文学批评中一直是处于边缘地位，但弗莱在研究中不仅将神话置于文学研究的中心，而且赋予它严肃的社会作用，使神话研究成为一直为经典文学所占据的文学中心的主要主题。弗莱主要从神话与文学、神话与社会的关系所进行的分析来实现了这一点。

首先，神话成为文学想象的源泉与结构，是文学的母体。在弗莱看来，文学来自于神话，神话的内容组成文学的一部分，神话与文学两者都承载着想象的功能，神话本身的结构形成文学的原型。神话学产生了诸神的谱系，一种以众神的起源与它们个性化的自然起源相关联系的叙述，还提供了大量的讲述神与其他诸神以及与人之间的通常为谨慎道德等关系的故事章节。这些神话故事证明了地方宗族存在的各种不同的神，认可了赋予神话学神圣起源的法律，为神话学的国王与英雄提供了一个神圣的祖先，因此成为由神话学扩大到人类起源、人类形势、人类命运的相关叙述，一种在形式上仍然保持为一系列故事的叙述，但这些故事又显然具有哲学与道德寓意，具有明显的文学特征[①]。神话与文学最重要的联系就是文学来自于神话学，因此摆在诗人面前的某种故事又与大量的传统与权威有关。当神话学成为一种文学，文学能够为社会人类的状况提供某种想象的社会功能就来自于它的神话学模式，在这种发展里神话的典型形式成为习俗与文学类型，而且只有在习俗与类型被认可为文学形式的两个重要方面时，文学与神话的联系就不证自明了。

在西方文化传统中，神话已经是文学不可分割的一部分，不了解神话就没法真正理解诗歌。早在荷马时代，诗人就开始对神话和神话学产生了浓厚的兴趣，因为“神话带给作家一个已经准备好的结构框架，带有古老的灰白，允许作家将所有力量奉献给

---

① Northrop Frye, “Literature and Myth”, *Relations of Literary Studies: Essays on Interdisciplinary Contributions*, James Thorpe ed, Modern Language Association of America, 1967, p. 34.

他精美的设计”[①]。神话与诗歌之间具有某种内在联系，使诗歌与神话的关系比与民间故事或传说的关系更为密切。神话的中心与它的永恒意义都反映在文学作品里，神话的制造者就是诗人。在希腊，神话学从来就没有成为神学，荷马和贺拉斯所具有的文化权威也都来自于拓展超越文学，因此“当诗人重新创造了神话，他们就从预言家走向了不同方向。诗人的冲动就是重述故事，或发明同样人物的新故事，但不是理性化故事”[②]，而且诗人对诗歌的文化影响主要是强调神话里具体的、个人的、讲故事的成分，倾向于某些过时或古老的东西，因此诗人的预言家角色倾向于试图摆脱神话里人物的神圣个性而将神话集中在事件上，诗人还倾向于只把事件看作是人物性格活动的象征。显然神话在文学里成为了文学创作与文学批评的中心。

其次，关注神话中的仪式（亚文化）并将其解读为文学文本。弗莱对神话中的仪式研究不同于 20 世纪的仪式主义研究，因为弗莱不是从人类学的角度，他更多的是从文学的角度来分析解释仪式。弗莱认为神话学思想的主要特色是它的循环特性，因此他着重的不是神话的创造性，而是神话的季节性循环特征，从而使“他很多基于神话与仪式模式的讨论证实了他想要找出历史与文化领域的诗学创造源头”[③]。弗莱认为，在诗人的主题与人类从事的重要活动之间有一种密切的类比，因为两者都是典型的循环，都是我们称之为仪式的行动。而仪式的口头模仿就是神话，诗歌的典型行动就是情节，因此对文学批评家而言，这类情

① *Fables of Identity*: *Studies in Poetic Mythology*, p. 30.

② *Relations of Literary Studies*: *Essays on Interdisciplinary Contributions*, p. 33.

③ Eleazer M. Meletinsky, *The Poetics of Myth*, New York: Garland Publishing Inc., 1998, p. 86.

节，因为描述的是典型行动，自然会具有典型形式，其中之一是悲剧情节，另一个就是喜剧情节，还有讽刺情节。当历史学家的主题成为某种综合性的一点时，它就在形式上变成了神话的，而且在结构上接近诗学。但从某种意义上说历史是神话的对立面，大多数历史学家宁愿相信，诗歌是“伪历史”，或至少历史是一回事，诗歌是另一回事，而且所有的元历史都是对这两者的“阉割式”的结合，因为这两者从来没有真正地结合过。正如亚里士多德所说，诗歌因为它对宇宙的普遍关怀而不是对个别的特殊关怀，因此诗歌更多哲学性而少历史性[①]。诗人通常寻求的是新的表达，而不是新的内容。当我们发现诗歌里深刻的或伟大的思想时，通常也会发现机智的不可避免的表述对人类境遇的关心。因此，诗人通常使用的“想法”并不是真实的概念，而是思想形式或者概念化的深化，常用于处理意象而不是抽象，故一般是由隐喻或者由意象词汇统一起来，而不是逻辑统一。

再次，神话作为培育想象的结构，是创造力的源泉。正如弗莱所指出的，虽然我们期待有大量的文学来源于特殊神话，但神话学与文学之间的关系并不是一对一的关系，因为神话学作为一个完整的结构，在任何时代，作为思想家的诗人，深刻关注人类的起源与命运、欲望的诗人，以及关注属于文学所能表达的更大框架的任何事情的诗人，几乎找不到不与神话偶遇的文学主题，因此在史诗与百科全书里的明显神话时代诗歌的宏伟整体形成很多最伟大的诗人使用的形式，把神话学接受为有效的信仰的诗人。如：但丁和汉密尔顿接受基督教，而且会自然地运用它；在这样的传统之外的诗人则转向其他神话学，如建议性的、象征性

① Northrop Frye, “New Directions from Old”, Henry A. Murray ed., *Myth and Mythmaking*, New York: Beacon Press, 1960, p. 119.

的可以为人相信的东西，如：歌德、维克多·雨果、雪莱以及济慈，他们改编古典的神秘的神话学体系[①]。因此神话还是年轻人接受想象训练的结构，“通过阅读伟大的神话体，圣经以及希腊与罗马古典书籍而达到这一点”[②]。

所以对弗莱来说，神话不再是人们所认为的古老故事，在文学研究中也不再是处于微不足道的地位，神话产生了文学，也产生了后来的社会形态，更重要的是神话一直处于想象的中心，成为了文学世界的中心。这使得弗莱的观点大大超越了文学研究中人们对神话普遍的轻视态度，与人类学一起推动文学研究的神话学转向，从而成为开辟文学、人类学领域的先驱。

（二）神话形成文学批评的社会语境

弗莱晚期著作显示了一个共同点，那就是对文化产物进行社会、哲学与道德方面的分析，这个共同点最集中地体现在《批评之路》，即讨论批评的社会语境问题。

《批评之路》是一本高度民主理论化的著作，在该书里弗莱声称解释文化的社会神话过程非常类似于文学里的批评，而且“批评阐释的不同形式不可能严格分析，无论它们适用于莎士比亚的戏剧、圣经文本、美国宪法或者土著部落的口头传统。在总的关怀领域，无论在法律、神学或人类学中有可能区别多么大，它们都趋向于一致”（《批评之路》，第123页）。丹纳姆认为这可能描述了这本书基本的假设，即当文学批评家没有资格处理文化所有的技术语境时，如果他是一位原型批评家的话，他尤其应准备去解释形成文学的社会环境的文化现象[③]。在这本书里，弗莱

① *Fables of Identity: Studies in Poetic Mythology*, p. 33.

② *Northrop Frye in Modern Criticism*, p. 77.

③ *Northrop Frye and Critical Method*, p. 186.

表明批评家的作品有两种作用：即文学的作用与社会的作用，一个转向文学结构，一个转向其他文化现象所形成的文学的社会环境。两者在一起时是平衡的，而当一方作用于另一方时，批评的视角就走出了焦点。如果批评处在适当的平衡之处，批评家倾向于从批评走向更大社会的视角就成为更有智慧的行为。

实际上在《批评的解剖》里，弗莱已经预设了批评的社会语境。因为原型层面的批评不只是与类型与习俗相关，它的范围被扩大到包括文明，所以诗歌成为人类劳动目标的想象产物[①]，是以神话的深层结构使文学作品形成表现社会生活与社会想象的整体。在《批评之路》中，弗莱指出批评的社会语境就是关怀神话。关怀神话是组成社会最关心和最想了解的一切事情。弗莱通过阐述两位不同的为诗辩护的诗人（锡德尼和雪莱）的观点来宽泛地使用自由与关怀的辩证方法。他将锡德尼的诗歌置于文艺复兴时期人文主义的背景中并得出结论说，锡德尼将诗人的作用适用于阅读与写作文化的价值，适用于散漫的散文作家建立的意义标准；而在雪莱的为诗歌辩护里，我们则回到了把诗歌接受为神话的、心理学的原始性。弗莱倾向于赞同雪莱的观点，“他们（弗莱和雪莱）都反对锡德尼的还原性观点，锡德尼把批评家作为一个价值判断并使诗歌服从于恰好可以与一个精英社会媲美的关怀框架里建立的东西”[②]。对弗莱而言，雪莱的诗歌观点把我们带回到原始的口头神话学表达的关怀领域时，批评家由关怀神话所表达的价值方法必须来源于自由神话。在关怀神话与自由神话之间存在着张力。当关怀神话以自己的方式占有一切的时候，它就变成最卑劣的暴政，而自由神话以自己的方式占有一切的时

① *Northrop Frye*: *Culture and Literature*, p. 29.

② *Northrop Frye and Critical Method*, p. 189.

候，它又会变成权力结构的一种懒惰自私的寄生虫。因此在关怀神话与自由神话之间的张力中，要产生第三种经验，于是便“出现了一种可能并不存在但却在完成其存在的世界，这是个由确定的经验构成的世界，诗歌促使我们得到这个世界，但我们永远不可能真正得到”（《批评之路》，第170页）。因此诗歌可以为我们创造一个我们想要的世界，批评则成为现实与想象之间的调停者。

总而言之，在弗莱看来，神话作为文学的母体产生了文学的整体结构，神话的关怀功能导致批评与社会文化互动，神话是批评的社会语境，这使得弗莱的批评都是置于广阔的社会语境下来完成，他的文学批评也因此具有强烈的文化意义。

（三）文学的社会关怀性

既然文学的社会语境就是关怀神话，那么文学不可避免地具有社会关怀性。弗莱从关怀的神话与自由神话，初级关怀与意识形态等方面讨论了文学的社会关怀性，认为关怀神话里产生了两种关怀：即初级关怀与次级关怀，初级关怀主要关心人的生存状态，次级关怀则是有关权威与真理的意识形态。通过语言与想象，文学最终表达社会的初级关怀与次级关怀。

在人类早期社会，神话表达了人类关怀，而且从某种程度上说，人们相信神话讲述的是真实的东西并进而发展到对它的信仰；关怀神话则逐渐发展成为宗教神话，尤其在中世纪宗教神话强调排他性的终极关怀，关注死后的生活，从而使宗教的终极关怀始终处于整个社会神话的中心。基于关怀神话对整个社会的影响，在每个社会占支配地位的阶级都试图接管关怀神话，利用它或它最基本的部分使其统治合理化。而对原始的关怀本身而言，并不是直接产生终极关怀，而是先存在初级关怀与次级关怀，初级关怀指的是对人类生存基本条件的关怀。但弗莱意义上的初级关怀不仅仅是对人类生存的物质基础的关注。次级关怀则包括我们的政治、宗教及其他意识形态的忠诚，因此次级关怀实际上就是意识形态。多查尼认为，弗莱所说的意识形态是“人类欲望的一种表述，更准确地说是生活在社会契约范围之内受环境制约的人类欲望，受到这样环境制约的有限的欲望”[①]。在弗莱看来，初级关怀的精神维度与意识形态关怀的区别在于它们属于两个不同的社会，即原始社会与成熟社会。在原始社会或初级社会中，个人具有社会群体的一定功能。在这样的社会权威阶级结构内，必须建立以确保个人不会走出边界线。而成熟的社会则会在社会中发展真正的个性，“在一个完全成熟的社会里，权威的结构成为了机构之内个人的功能，所有一切无须区别性、阶级或种族，生活、爱情与思想，而且产生一种包围他们的空间感”[②]。很显然，以弗莱的标准来看，人类历史上人类社会还没有发展到成熟社会，还处于原始社会阶段。同时弗莱分析说，出现这种情形的原因是因为我们从一出生就被设置在一个语境中，我们的身份、阶级等社会条件已经确立，因此我们所有人都属于某种在我们成为任何东西之前的东西。初级关怀的精神形式需要物质基础，在个人化的社会语境中与意识形态关怀在理论上是相同的，但意识形态要求个人服从于因为社会需要而不断被推迟实现初级关怀，从而产生一种社会参与和积极活动的对立；而这一切在成熟社会则是不存在的。

我们再回到弗莱对神话的定义分析中，也许可以更加清楚地理解他对所有关怀的定义。弗莱始终强调神话的两层含义，“神

① Michael Dolzani ed., *The "Third Book" Notebooks of Northrop Frye, 1964—1972*, Toronto: University of Toronto press, 2002, p. xxvi.

② *The Double Vision: Language and Meaning in Religion*, p. 9.

话对我而言，意味着首先是叙述（mythos），即故事或叙述。在早期社会，这些故事是严格限制意义上的故事。当随着时间的推移它们成为更加弹性的叙述，你就可以获得一种描述生活方式的叙述类型。你能够以某种可以识别的语言术语来定义中世纪或马克思主义的俄国或民主的美国的叙述。它不再是严格限制的故事，而是某种意义上的叙述，在那里它将看到进入到某个方向与走向某种想象的社会，就像罗曼司的寻找主题那样”①。神话开始是由一种口头语言表达，后来逐渐发展成为书面语言。通过语言表达神话社会功能的是隐喻，是相对于描述和概念的想象，人类创造现实的线性的或叙述的和结构的或主题方面。正如神话结构进入神话学，隐喻以图解式的甚至是图表的聚集。在这些事情发生的时候，很显然，人类思想中的想象建构里可以而且的确存在着运动，并产生了超出意识形态、价值以及任何特殊社会的权力结构之外的存在，那就是文学的想象。正如弗莱所指出的，文学也是文化的伟大代码，“整个文学像宗教和政治运动一样，也同一种中心生活相联系，但它的中心生活是人性，它的富有灵感的教师是人。这再次表明，文学在整体上不是超越的关怀神话，它更真实是因为它所包含的内容比所有现存的关怀神话合在一起还多”（《批评之路》，第128页）。因此，文学巨大的重要性在于它表明了一种永远无法表达而只能通过艺术本身的多样性来说明的无限的整体关怀。

《圣经》是弗莱晚期著作中关注最多的文本。在他眼中，《圣经》是神话的，而不是历史的，因为历史讲的是过去的语言，神话是现在时态唯一的语言，也是诗歌的语言。在《伟大的代码》

① Robert D. Denham ed., *A World in a Grain of Sand: Twenty-Two Interviews with Northrop Frye*, New York: Peter Lang, 1991, p. 298.

里弗莱讨论了圣经对于文学创作想象力的作用，在该书里他指出，当我们用艺术或文学的形式来表现人们的想象时，我们只知道这些想象表现了神话世界的构成成分，并没有清楚地理解它们构成的整个世界。实际上我们从这个由人类的关注构成的神话天体中所见到的一切，都具有社会的前提和文化的继承。在文化的继承的底层必定还有一种共同的心理继承，否则我们就无法理解那些超出我们自己的传统的文化表现形式和想象表现形式了。因此弗莱强调，“文学批评的实际功能之一就是使我们更加认识到我们神话的熏陶作用”（《伟大的代码》，第 9 页）；他还指出，“神话是想象最原始的努力以认同人类与非人类世界，最典型的结果是关于神的故事。后来神话学开始融入文学里，神话于是成为了讲述故事的结构原则”①。正是基于这一特点，文学不是疏离的而是关怀的，所要处理掉的是根据人们想要的与不想要的东西。关怀的相关性意义还进入到很多语言领域，大量的哲学与历史、政治理论和心理学领域，还延伸进入实用科学的大多数领域，因此对他而言，“关怀的语言就是神话的语言”②，神话是文学的结构原则，文学进入到并给出与关怀有关的语言原则的形式。文学世界是一个直接经验的具体的人类世界，是通过想象建构的一个人们想生活的世界，并以神话与隐喻的方式表达了人类的最深层关怀。

综上所述我们发现，弗莱的神话批评可以说是一个百科全书式的批评。以伊默·萨鲁辛斯基的观点来看，他认为实际上从

---

① Northrop Frye, *The Educated Imagination*, Montreal: Canadian Broadcasting Corp, 1963, p. 45.

② Northrop Frye, *The Stubborn Structure: Essays on Criticism and Society*, London: Methuen, 1970, p. 17.

《批评的解剖》以来，弗莱的神话批评进入了三个主要方向：第一个方向是运用他在研究布莱克时发现并在《批评的解剖》里系统化的神话原型批评技巧来分析很多其他诗人；第二个方向是把自己的观点扩展成为自由人文主义的社会分析，把神话与文学的研究作为理解整个文化与文明的关键，第三个方向也就是在他晚期认为《圣经》是杰出的"百科全书"或西方想象的储存库①。但他忽视了弗莱原典型的神话学研究中对想象的批评是自始至终的。我们认为，弗莱在建构自己的神话批评时，尽管关注亚文学形式如仪式和神话，但是从来没有脱离过文学文本，他的研究焦点始终集中在文学作品上面，因此弗莱的神话学批评是一种基于文学的文化学批评。弗莱的神话批评导致他把文化定义为一个人类社会不可摧毁的核心，他提出的社会神话学概念，即关怀神话的概念已成为诗歌表达的主要神话学的声音。因此可以说，弗莱的神话批评就是他的文化批评的核心内容，不仅提出了想象的理论，更为他的教育理论和对加拿大的民族文化的发展做好了铺垫。这也就是他的文化批评观念与众多活跃在当代的文化批评家的观念的根本区别之所在。

第二节　文化研究语境中的《批评的解剖》新解

《批评的解剖》是弗莱思想体系的标志性著作，弗莱在这本书里提出了神话原型理论，建构了一个文学深层的结构。我们认为，弗莱站在文学批评的立场上对神话以及人类文化的关注，使他的神话原型批评无意中形成了一种文化阅读。因此在这个章

① *Criticism in Society*, p. 29.

节，我们试图从《批评的解剖》的神话与原型阐述入手，详细地分析弗莱尚为人们所忽视的文化史观、文学人类学视角以及已初见端倪的“语境说”，由此来证实弗莱在这里已经开始了他的文化批评研究，并借此发现《批评的解剖》在当前文化研究的语境中绽放的异彩。

从弗莱的思想发展过程来看，他在《批评的解剖》中提出的神话原型理论并非来源于突如其来的想法或者一蹴而就的。他最初在进行布莱克研究的过程中发现了神话在文学中的影响作用，尤其是在他完成第一本论述布莱克文学思想的专著《可怕的对称》时更加意识到了神话的文学作用。之后，他花了 10 年时间深入研究，最终在《批评的解剖》里形成了他成熟的神话原型思想。《批评的解剖》最初被命名为《结构诗学》，在交付普林斯顿大学出版社出版时编辑建议弗莱改动名字，几经反复最后弗莱选择了《批评的解剖》为名，原因是“在莎士比亚时代及稍后的年代里‘解剖’的意思是指对综合性概述的剖析。在英国文学里我最喜欢的一本书是巴顿（Burton）的《忧郁的解剖》（*Anatomy of Melancholy*）……使用解剖这个术语我认为是非常适合我那时所做的事情”[①]，这表明在弗莱看来，他出版《批评的解剖》是为了对当时的批评进行一个系统性的综合分析。在《批评的解剖》中弗莱通过对神话的研究对比，发现了隐藏在文学文本之间的内在结构，以致人们将弗莱归为结构主义研究之列。尽管弗莱自称那时对法国结构主义并没有什么兴趣，而且在 20 世纪 50 年代中期北美大陆也还没有听说过结构主义这个词，但不可否认的是他的确建构了一个关于文学批评的深层结构，在 20 世纪 50—60 年代的语境里成为人文领域的体系建造者与隐语构造者。弗

① *Northrop Frye in Conversation*, p. 69.

莱不仅在《批评的解剖》里扩展了一种新的人文科学，而且还通过强调运用隐喻来表达了他对想象的原始性回归的认识。《批评的解剖》自出版以来被认为是“20 世纪最重要的文学理论作品之一，没有其他的文本可以与它的综合性相匹配”[①]。在《批评的解剖》一书中，弗莱不仅开启了他对文学与社会、文化的研究，而且为《批评的解剖》提供了一个非常有价值的视角，也就是他一直在顽固地证明他一直不变的批评原则，以致在晚期的每一部作品都形成了一本概要的《批评的解剖》，几乎每一篇文章都是一个《批评的解剖》的缩影[②]。《批评的解剖》一书“不仅触及文学理论里的所有批评问题，潜在地为老师、学者以及文学批评家感兴趣，而且以它的机智成为了包括最先进的理论家甚至刚接触文学的学生在内的所有读者的文学研究的奠基石”[③]。因此《批评的解剖》不仅为弗莱赢得了结构主义、现代主义大师的盛名，更为他晚期的文化研究开辟了道路。

一 《批评的解剖》的文化史观

《批评的解剖》作为弗莱的成名作，出版时间与英国当代文化研究先驱者雷蒙德·威廉斯的《文化与社会：从 1780 年到 1950 年》[④]（出版于 1958 年）时间相差无几。虽然两人并未有正面的思想交流，但两者在同一时代都表现出了对文学与文化关系的关注。威廉斯以文化唯物主义的方式追溯了 1780 年至 1950 年间的英国文化概念的批评史，使得文化的概念与文学批评紧密地

---

① *Northrop Frye*, p. 18.

② *Northrop Frye*: *Anatomy of His Criticism*, p. xi.

③ *Northrop Frye*, p. 18.

④ Raymond Williams, *Culture and Society*: *1780 — 1950*, London and New York: Columbia University Press, 1958.

结合在一起，打破了高雅文化与低俗文化之间的界限，也使得在这之后的亚文化研究开始在英国兴盛，甚至推动了全球的文化研究。而弗莱的《批评的解剖》分析的文学类型本身就打破了高雅文化与低俗文化之间的隔阂，将不为正统批评家所重视的神话、民间故事等引进到严肃文学批评的殿堂，同时更是将文学的发展融入整体的文化环境中，使得《批评的解剖》创造了一种文学的文化史观论。

《批评的解剖》中所产生的文学的文化史观论主要体现在第一篇论述中，即“历史批评：模式理论”，表现了他对20世纪上半叶档案式历史批评观点的反对，他在努力建构一种新的文学史观，即文学的文化史观。

弗莱反对历史性文学批评运用文学作品来阐述传记的、政治的与社会的实践或当代思想，认为这种传统的历史批评将文学看作是纯粹记录社会历史的资料，使文学根本就不具备文学性。为此他在“历史批评”里将文学内在结构区分为几个模式：如悲剧虚构性模式、戏剧虚构性模式和主题性模式，并借此指出，既然文学是词语的结构，批评必须超越按时间顺序来概述文学的做法，应该将文学看作是一种按照词语的整体秩序形成的统一体，是一种既含有时间的或历时的秩序又含有空间的或共时的秩序的统一体。这表明弗莱强烈要求将文学作为具有自己结构和发展规律的创作，与社会文化语境之间产生了既是离心的又是向心的关系。换言之，文学作品彼此之间存在着相互联系，形成一种内在结构，弗莱用“原型”一词来描述这种结构，这使得文学史不同于社会文化史。但既然文学是处于社会文化环境中，它必定反映社会文化生活，或者说文学本身表达的就是过去的生活与文化，因此这种文学史又必定是文化史的一部分。弗莱的这种观点极得新历史学家海登·怀特的欣赏，他以赞赏的口气说“我曾经将他

（弗莱）评价为我们时代最伟大的自然文化历史学家，现在我想要更深一步地研究弗莱教授作为文化理论家与人文研究的改革家在 20 世纪下半叶所做出的杰出贡献”①。

为了更清楚地了解弗莱在《批评的解剖》里所展现的文学—文化史观的意义，我们有必要先回顾一下当时的批评环境：在 20 世纪上半叶，文学批评只是以时间的流变为顺序，每一部文学作品只不过是孤立在它的历史时刻作为作者与年代的产物，很少有作品会有一个共同的背景被间接地联系起来，比如以共同的历史趋势或者品位潮流联系起来的大多数作品，它们彼此突兀地出现在当时的时代里形成了社会历史传统，就如同说乔叟影响产生了斯宾塞，斯宾塞产生了汉密尔顿，汉密尔顿产生了华兹华斯，华兹华斯产生了丁尼生，丁尼生产生了艾略特……这样形成了一个影响链。但这个影响链接的后果是很多文学类型被边缘化，尤其是儿童文学、工人阶级文学亚文学化，而且几乎所有的流行文学也都沦为亚文学。在这种情况下，文学史通过文学形成一种历史，或者说是在文学里反映历史而不是形成了关于文学的历史。弗莱坚决反对这种文学史的论述方式，更反对使用文学史这个概念。因为在他看来，既然英语文学被看作是文学作品，而这些文学作品如果只是用英语写成的、被糟糕地堆积成的一团词汇，那么“英语文学的历史”这个短语对文学批评家来说应该没有任何意义。弗莱在回忆当时的环境时说“我那时觉得批评的世界里有很多人非常迷惑于他们正在从事的工作，但又不很介意他们的困惑。我对被迫以第二手资料的方式阅读的半文学产品感到厌倦。我讨厌从历史的方法分析文学，可是他们除了简单地处理

① *The Legacy of Northrop Frye*, p. 28.

一般历史，增加几个新作家外甚至不知道任何文学史”①。

同样他对历史学家的批评方法也很不满意，他在《精神的灵光》里这样写道：“我不满足于历史学者的方法，他们不知道任何历史。也就是说他们并不知道任何文学的历史。很多人知道日期与世纪数字与一些非文学的历史，但他们却不知道任何关于文学本身的习俗与类型等这些文学实际发展的东西”②。因此针对当时的历史批评，弗莱在《批评的解剖》的第一篇论文里实际上就是以文学共同的模式重新构建了文学历史。在“历史批评”一文中，弗莱积极敦促，批评应该发展出建立在文学内部关于文学本身的历史观点形式，超越以时间为顺序对文学作品所进行的论述，他将这个观点在后面第二篇以及第三篇论文里发展成为文学与文学之间的深层结构。但既然文学并不是孤立的产物，而是与社会密切相关的想象创造，那么文学具有自身的整体秩序，而且也是社会语境中的一个整体。文学联结了文化的过去、现在与未来，文学的社会语境不是被动地反映文学的历史语境，而是主动地形成一个扩展了文学内部与外部意义的文化语境。所以，这样的文学史实际上是建立在对整体文化的理解之上的，也就是一部文化史。

从某种意义上来说，斯宾格勒的文化观念对弗莱的文学文化史观产生了形成性的影响。

弗莱通过反复阅读斯宾格勒的《西方的没落》，意识到文化是一个比国家或者帝国都要大的概念。他研究了不同时代的文学，发现文学不过是“相当有限的和简单的一组套式的复合，这组套式可以通过对原始文化的研究而获得”（“有争议性的前言”，

① *Northrop Frye in Conversation*, p. 69.

② *Spiritus Mundi: Essays on Literature, Myth, and Society*, p. 6.

《批评的解剖》，第 21 页）。这种认识推动他去发现原始文化中形成的套式。最终他从神话中找到答案，将这种套式归结为文学的神话原型。斯宾格勒反对简单地将历史划分为古代、中世纪与现代时期的线性历史观，提出文化就像是一个肌体组织，会经历新生、成长、成熟与衰亡的循环过程，所以西方历史并不代表着所有历史的内在规律[①]。这种观点启发了弗莱在布莱克研究中去发现并证实斯宾格勒关于文化的肌体组织的历史观点。在斯宾格勒的引导下，弗莱从布莱克研究中发现：人类历史并不亚于自然世界，是一种具有衰亡与复活的循环结构，而且历史也采取一系列文化与文明的形式，从而使得每一个文化或文明都有自己的崛起、强大与衰落的时期。根据这个概念，弗莱提出，对历史批评而言，“一个时期的所有文化产物都可以被看作是那个时期的象征”或者“文学的伟大作品在产生作品的整个国家文化史里都占有一席之地”[②]。这样一来，弗莱的文学文化史批评就成为既在文学内部按照文学的发展规律、具有共时与历时秩序的统一体，又具有社会文化的特征。

弗莱的文学—文化史观批判了文学的历史批评，思考了文学本身特性和发展规律，发现文学彼此之间存在相互关联的语境。他并非孤立地看待文学作品以及文学与文化之间的联结，而是将文学、文学史纳入到整个文化语境中进行观照，从而使得他的文学文化史观既不同于一般的文学史，也不同于一般的文化史。

弗莱要求将文化的过去与文化的历史分割，反对在文学史中只是详细介绍作家的个人生活、社会背景或者阶级斗争，忽视了

---

① 参阅奥斯卡·斯宾格勒著，《西方的没落》，黑龙江教育出版社 1988 年版。

② *Northrop Frye*: *Anatomy of His Criticism*, p. 56.

艺术家是以想象来与现实斗争并以此形成文学的现实。而艺术家以想象来与现实斗争并以此形成的文学现实却正是他从文学的原型里所发现的、存在于神话学世界里的文化最复杂地表达着历史中一直变化的永恒。弗莱在《批评的解剖》中指出，文学作品与他所称作历史或者社会语境的东西是文化进程的一部分，“过去的文化不仅是人类的记忆，而且是我们被埋葬的生活，研究过去的文化会导致产生一种进行识辨的场景，发现我们不仅看到我们自己过去的生活，而且看到了我们现在生活的整个文化形式。不仅是诗人而且是他的读者成为‘使文化焕发新的生命’使命的主体”（《批评的解剖》，第 346 页）。这样，弗莱的文学史与文化史就交织在一起，历史批评成为过去与现在文化的纽带，也成了将批评落脚在文学本身的研究。

弗莱的“历史批评”在文学价值上强调文学作品在过去的意义，在文化研究意义上强调了文学与亚文化的关联，文学与文化语境之间的相互影响，因此从这种意义上说，弗莱的文学—文化史批评在当前文化研究中具有非常的意义。更何况，弗莱还充分论述了文学作品与时代、社会的作用和影响。弗莱发现任何艺术作品在它自己的时代都具有一种社会作用，也就是说，一件作品是否属于艺术作品并不取决于从它本身的特性来看是否具有吸引人的地方，它应该是习俗、社会接受以及决定它所属的最宽泛意义上的批评作品。既然艺术作品的社会作用应该是“出于使用的目的而不是出于娱乐的目的”（《批评的解剖》，第 345 页），而艺术作品在重新归类的时候却丧失了它原来的作用，那么文学批评就应该积极恢复这种功能，并在新的语境中重新创造这种功能；而想象与神话正好可以完成这个功能。弗莱认为，将神话的结构与想象转移进入文学中后通过移植，以共时的方式整体性地看待文学作品，将文学想象为拥有历史。

这从理论上说都是非常完满的，但实际上弗莱忽视了被选择的神话结构与想象也必然附有社会或者政治的意识，即使他反对批评家使用艺术来支持社会或者政治事业，或者说反对批评以这些目标作为基础，认为这样会导致一个道德的或者革命的视角以致批评会轻视现在而支持未来，导致“我们一对文化做出一个未来的确定的意象或者一个可以实现的社会的意象，我们就开始了选择并沉入一种传统，而且所有的不适合的艺术家就必须被清除出去”（《批评的解剖》，第 346 页）。这种选择与判断都难以避免。当然弗莱又说，一个不正确的历史批评可能导致复活的死亡，一个不正确的伦理批评也可能导致基于非教条主义的未来主义，两种方法都是局部的。正因为如此，弗莱在《批评的解剖》里最有争议的行动就是被认为是“在关于历史批评的论文里介绍他的诗学为在文化历史内以时间顺序将批评与所有文学作品相关联，来提供一种‘完整的文学历史’，完全不同于往常的历史，往常的历史只是将所选的作品孤立在几个不同的历史时期来使它们与特殊的社会与知识语境相关联”①。弗莱所说的文学史抛弃了私人的或者个人的斗争，认为真正的文学史学家应该可以看到，在表层底下，政党利益与社会以及文化陈词滥调的冲突采用了以经典文学展现生活的想象性形式②。这只能是一种理想的状态。

总之，弗莱一方面坚持建构以文学为主体的历史认识，另一方面也不脱离文学与社会的联系。因此我们认为，弗莱以自己的方式抛弃了老历史主义者提出的文学作品与历史一对一的关系，

---

① *Northrop Frye*: *Anatomy of His Criticism*, p. 47.

② *Northrop Frye on Culture and Literature*: *A Collection of Review Essays*, p. 152.

在《批评的解剖》里成为了一个新历史主义者，更是成为一个文学文化论者，这种文学文化史观论也推动了他进一步思考文学与文化的联系，思考文学的整体文化语境。

二 《批评的解剖》的整体语境观

乔纳森·哈特曾经指出，对弗莱而言，有关文学与文化的思想就是语境的诗学，文学就是一种文化地图①。众所周知，弗莱在《批评的解剖》里提出了以原型理论为基础的文学结构论，侧重的是文学与文学之间内在的语境观点，但我们往往忽视了他由此提倡的文学是文化的产物、将文学放置在宏观的社会文化语境里整体透视文学与文化的关系等观点，而这些观点恰恰成为了他在晚期的著作里进行发挥并逐渐形成自己成熟的文化批评的基础。在《批评的解剖》里，弗莱不仅为文学设置了文学之间的内在语境，更为文学设置了外在语境，即文化研究的整体性语境。

让我们先来了解弗莱是如何设定文学的内在语境，而这个内在语境又如何为外在语境服务的。

弗莱在《批评的解剖》里频繁地使用“关联”（Phase）这个词，意思是指文学内部的相互关系，并以此探讨文学如何从神话那里获得了自己的原型，如何形成彼此之间相互的联系等问题。文学之间的这种关联实际上就是他所说的原型结构，关于这一点弗莱在论文 2“伦理批评”里做了详细的论述。但我们还需要指出的是，弗莱在《批评的解剖》里探讨的不仅仅是文学作品本身的象征意义，而且还包括与整个文化相互联系的社会环境，以及

---

① Jonathan Hart, “Northrop Frye and the Poetics of Context”, *New Directions in N. Frye Studies*, Shanghai: Shanghai Foreign Language Education Press, 2001, p. 21.

历史环境，尤其是在“暂时的结论”里弗莱已经预示了他将由此展开的文学批评的社会语境（Context）分析。因此我们以论文2“伦理批评”里讨论的文学关联为基点，发现实际上弗莱在这里已经开始了两个层面的语境研究，既指向作品与作品之间的（向心）联系，又指向文学与外在社会的（离心）关系。

首先，弗莱在《批评的解剖》里假设了文学作品之间存在一个向心语境，形成了文学之间的整体结构和词语的整体秩序。在他看来，进行诗歌研究并不是去孤立地研究一首诗歌，也不是把诗歌作为自然的模仿，而是将诗歌作为对其他诗歌的模仿。这种模仿通过原型来实现，即将一首诗歌与另一首诗歌连接在一起并因此统一并整合进我们的文学经验中，从而把单个诗歌放入到作为整体的诗歌集合体中。因此诗歌与诗歌之间通过象征形成了它们之间的语义场，构成了以原型为所指的内在结构与内在语境。

根据弗莱的分析，他的神话理论就是一种批评结构，在该结构里可以组织文学作品，而文学作为语言的想象使得出现在原型批评里的结构与想象形成了想象的结构，想象的五种结构构成了一个批评体系，使处于结构之中的任何文学作品都存在一种与所有其他文学作品相连的语境。

文学内部关联呈现出的五种状态分别为：文字关联（literal phase）、描述关联（descriptive phase）、形式关联（formal phase）、神话关联（mythical phase）与类比关联（anagogic phase），它们展示出文学作品的内部与外部联系：前三种关联指涉的是文学内部的语境，即形成彼此之间想象的结构，而神话关联则将文学指向外部的社会和文学的整个文化语境，因为文学的神话关联既形成了文学的深层原型结构，又通过仪式与梦等方式展示了文学外部的环境结构，使文学成为了一个整体的形式，推动读者来理解作为生活的连续统一体的一部分的文学经验。这样，文学关联本身就构造了一个整体场域，既贯穿于文学想象本身，又贯穿于文学社会环境之中。

同时，神话是赋予仪式与原型叙述及原型意义的主要形成力量，神话就是原型，因此《批评的解剖》论文3“神话原型批评”里出现的批评就不是传统意义上的对神话的批评，而是“成为组织文学作品进入一种词语秩序的方法，这个方法不是通过文学作品的历史连续性或者文学作品的意义连续性进行，而是通过比文学作品的历史连续性或者文学作品的意义连续性更大的类型形式来进行①。这样，弗莱实际上就是通过神话的四个相关范畴，论述了如何将所有文学作品共时性地组织进一个文学世界里的理论，这个共时性结构既是文学的内部语境，也是文学的外部语境。

我们再来审视弗莱对于神话所产生的外在整体语境的整合。

弗莱借用了人类学研究领域的神话与仪式意义，以隐喻和象征作为媒介，认为以此在神话与文学之间形成想象的结构和语境。在这里，弗莱的论述有些复杂。他认为神话集中体现了仪式与梦，是仪式与梦的语言交流形式的统一体。具体地说，那就是仪式成为了叙述的原型方面，而梦成为思想的原型方面。换个方式来理解，弗莱想要表述的是：仪式推动了戏剧文学的发展，仪式成为了戏剧表现的内容，因为自远古以来人类都是通过模仿自然来表现人类活动的内容，仪式实际上就是对自然活动的模仿，就是人类活动的内容。另一方面，梦又推动了诗歌文学的发展，因为诗歌的表现方式就像是诗人在做梦，而诗歌所表现的内容是愿望或者愿望和现实的冲突，又像是梦本身。因此弗莱提出：“原型的文学观点向我们表明文学是一个整体的形式，并表明文

① *Northrop Frye*: *Anatomy of His Criticism*, p. 123.

学经验是生活的连续统一体的一部分”（《批评的解剖》，第115页）。换句话说，弗莱认为，文学中的仪式与神话的研究从形式上构成了文学的内容和形态，更推动了文学体验的语境意识。

这表明弗莱一方面摒弃英美新批评的那种文学研究自闭性，有意识地去开拓文学研究的社会文化外延，但他又在尽量避免重复文学的社会学或文学的心理学等研究方法的旧路，因此将两者有机地整合在一起，构成了他试图表现的文学的整体语境研究方式。

显然，弗莱的这种尝试是很不同于人类学与心理学范畴里的文学批评的。但他又不乏通过人类学和心理学的视角考察文学本身。通过细致的研究，弗莱发现，在文学中形成的原型存在有两种形式：一种是具有仪式内容的结构或叙述的原型，一种是具有梦的内容的形态、象征的原型。与前一原型相对应的文学类型是戏剧，而后一形态或者象征原型则可在天真罗曼司里研究，因为在天真罗曼司里包括了民间故事、神话故事这些比较接近希望梦境成真的幻境梦想。剥离了人类学和心理学的干涉，实际上仪式与梦境就成为了文学分析的范畴，成为了一种文学批评。显然，弗莱是在试图将文学体验本身纳入到整体的人类学和心理学经验之中。仪式和梦境所表现的原型正是通过词语秩序、象征及其所具有的潜在交流力量，走向文学体验的中心的。由此，他提出的原型批评实际上也就成为了“把文学作为一个文明阶段进行研究，文明是由社会工作与自然的人类形式所建构的过程，文学的普遍象征就成为了表达劳动目标的象征”[①]。

而且在弗莱看来，“文学的原型”不仅是批评的统一范畴，而且是整个形式的一部分，除此以外还意味着将文学看作是可以

① *Northrop Frye on Literature and Society 1936－1989*, p.189.

在原始文化里进行研究、但又受到相对限制的单一模式群体的复杂体。这样一来，对原型的研究就成为了一种文学人类学，涉及文学在前文学范畴如仪式、神话与民间传说里所形成的文学的方法[①]。从这里我们可以看出，弗莱关注仪式与梦在文学批评里的作用，他以文学批评的视角重新审视了人类学家与心理学家对仪式与梦的认识，使他处于文学研究之内，而对仪式与梦的研究势必会使他将文学批评的内在语境研究延伸到外在的文化语境，那就是人类的文明研究，或者用丹纳姆的话说，就是当文学批评家没有权利处理文化所有的技术语境时，如果他是一位原型批评家，他就特别准备了来阐释形成文学的社会语境的文化现象。

因此我们发现，弗莱从文学之间的内在向心力所构成关联入手，层层分析，发现了文学与仪式和梦的关系，进而又采用了离心的方式将语境引入社会和文化领域，既强调了诗歌与诗歌之间的关系，更强调了诗歌是整个人类模仿自然也即我们叫做文明的一部分。而且他还提出了文学对文明的意义。他发现，当文明发展时，自然世界从非人类状态转变为某种具有人类模式与意义的状态，这个过程是由人类的欲望所主导的，因为人类不满足于自己的生存状况，从而从农耕以及建筑等方面创造了人类文明，创造了人类的自然形式。当然人类的欲望显然不同于动物需要食物的简单反映，而是导致人类社会发展自己模式的能量，“欲望在这个意义上是我们在教育层面所遭遇的情感的社会方面，如果诗歌没有以表达的方式将其释放出来，它原本还是没有形式的表达冲动。类似欲望的形式是由文明所解放并变得明白。文明的事业是劳动，诗歌的社会方面是它的表达功能，就是作为一种文字假设，勾勒出劳动目标与欲望形式的想象”（《批评的解剖》，第

① *Fables of Identity*：*Studies in Poetic Mythology*，p. 12.

105—106 页)。由此可以发现弗莱将原型批评超越了类型和习俗，将其范畴扩大到文明的范畴，成为文明语境的一部分。而且，文学批评本身就应该成为文学与社会之间的调停者，“批评的主要任务是首先检查文学作品，然后检查它正在研究的社会语境”①，因此，弗莱顺理成章地将文学置于社会语境中考察。这个语境与他所一直提到的人文批评传统是密切相关的。

对于弗莱而言，既然艺术作品里的想象成分存在于历史的语境中，没有任何关于美的讨论会将自己限定在孤立的与艺术的单纯关系里；它必须也考虑在社会努力的目标想象里艺术作品的参与，完全的无阶级的文明的思想。这种完全文明的思想也就是伦理批评一直谈到的潜在的道德标准。这本身表明，弗莱在《批评的解剖》中所产生的关于文化成为了文学的整体语境观念，还体现在弗莱对文学批评本身的关注。因此，弗莱的批评一直都无法脱离两个参照物：想象与社会，而且他还不愿意将任何一个作为自己的最终标准。

因为他认为如果社会成为了批评的标准，那么艺术就服从于道德或者成为实践科学的一部分，他所寻求的疏离的想象目标就丧失了。弗莱曾经这样说：“伦理批评的目标是超越价值的，有能力以一个人疏离地看待当代社会价值，而这个人可以在某种程度上以文化所展现的想象的无限可能性来比较它们”(《批评的解剖》，第 348 页)。而如果美学标准占有优势，批评的社会功能就萎缩了。因此弗莱呼吁原型批评需要正确地平衡这两者，“我们从艺术的个人作品到艺术的整个形式的感觉里，艺术不再是美学沉思的客体，而是一种伦理装置，参与到文明工作中。在这个对伦理批评的转变中，批评与诗歌一样都参与到其中”(《批评的解

---

① *Criticism in Society*, p. 33.

剖》第 349 页)。这表明在《批评的解剖》里弗莱一方面阐述了他关心去建立一个自动的概念世界;但另一方面他又无法使文学世界孤立于文化、社会以及人类写作。连弗莱自己也说“我也不是完全没有意识到这个讨论的每一步都有极端复杂的哲学问题我无法解决”(《批评的解剖》第 350 页)。基于上述原因,弗莱在《批评的解剖》的最后分析里并没有将文学的“疏离”与“关怀”看作是对立的关系,他把它们看作是相互对应的、或者说只是在着重点和方向上不同的两个方面。这也是弗莱把文学看作是对文学本身来说的一种统一体、但并没有脱离它的社会语境的原因所在。这个观点发展成为了他在《批评之路》里所明确阐述的批评所具有的两个方面:批评一方面转向文学结构,另一方面转向其他的形成文学的社会环境的文化现象。这两个方面需要相互平衡:当一方单独起作用时,批评的视角就失去了焦点。如果批评处于适当的平衡状态,批评家的趋势就从中心转移到更大的社会事件,也变得更加具有智慧。这样的一种活动并不需要或者不应该归因于对批评作为一个学科的狭隘性的不满,但应该作为一种社会语境感的结果。

既然弗莱以想象作为联结神话与文学的核心纽带以构成他的批评体系,他同样以想象来连接文学的内在语境与外在语境。想象作为一种普遍的领悟能力,会根据人们以他们的领悟能力所能创造的文化形式而变化。从这个角度来分析,显然并非所有人都是艺术家,但对弗莱而言,所有人都有可能培养他们的想象成为一种建构性的或者创造性的了解。人类思想的一致性使人们可以思考可能存在的想象的普遍形式,弗莱形成他自己的观点,那就是由想象产生的词语的整个秩序。

综上所述,我们认为《批评的解剖》覆盖的不只是形成一个文学结构这样的认识,而且还包括弗莱对文学与内在、外在语境的认识以及他对文学与社会文化的关系。他以神话为分析基础，以隐喻与象征作为方法，开辟了他的文化批评之路。实际上，弗莱从来就不是一个只关注文本内容而不关心外在社会的人，从上述弗莱对想象的强调，对文学结构的统一性的理解以及他对文学意义就是想象工作目标的认识，都显示出他是一个以文学研究为基础的涵盖宗教、历史、社会、文化的宽泛意义上的文化批评家。

第三节　论《批评之路》的文化意义

《批评之路：论文学批评的社会语境》是继《批评的解剖》之后弗莱的又一力作，延续探讨了《批评的解剖》“暂时的结论”中提出的看法。不过到写作《批评之路》的时候，弗莱的视野比以往更加开阔：一方面他继续探讨《批评的解剖》里提出的文学批评的社会作用，另一方面他扩展了文学的语境研究，从神话入手，超越了《批评的解剖》里主要从事的对文学与文学之间内在联系所展开的研究，再次将视角落在神话上，并从中发现了神话一直以来为人们所忽视的社会功能。但弗莱并不是一个纯粹为了研究神话而研究的神话批评家，他从神话的发展历程观看文学的社会语境与社会作用，力图使批评成为来源于神话同时在文学写作里得到最好反映的关怀神话与自由神话之间的平衡点。这使得弗莱的神话学研究没有像当前文化研究的大多数批评那样趋于泛文化化，而是始终立足于文学批评本身。我们发现，纵贯西方的文学批评史，弗莱深入地探讨了文学批评的社会语境和社会功能，打破了文学批评的自足性，与 20 世纪初在英国兴起的反新批评文本自足性研究的文化研究具有不谋而合之处，可以说他成为了与马修·阿诺德、F.R. 利维斯以及雷蒙德·威廉斯一脉相承的文化批评家。故此，本章节将主要关注弗莱在《批评之路》里所进行的关怀神话与自由神话的探讨，试图证实弗莱研究的关怀神话与自由神话的目的是力图将文学研究的视野与社会环境密切结合并以此论证文学的社会作用以及研究文学的意义。本章节还将介绍弗莱写作《批评之路》的背景以及当时的社会环境对弗莱创作的影响，具体分析弗莱在书中所提出的关怀神话与自由神话究竟是怎样反映在文学与文学批评里，提出弗莱文学批评的社会语境说实际上反映了弗莱文化批评一贯坚持的整体意识，弗莱把文学、宗教、历史、人类学、心理学一并看成是一个完整的文化结构，从而使他的文学批评实际成为广泛意义上的文化批评。

一 弗莱写作《批评之路》的社会背景

《批评之路》出版于1971年，但弗莱在20世纪60年代末期就已经在开始构思这本著作。1968年弗莱开始着手准备写作这本书，但没有确定主题是什么，也还没有形成关怀神话的系统思考，不过他已经意识到，在神话实验室里文学是研究神话学主题的关键。神话学主题包括非常多非常大的领域，诸如历史、政治理论、宗教、哲学、心理学、人类学以及社会学，因此弗莱准备用神话学的理论来对抗当时人们普遍认为文学不过是文化的装饰物的看法[①]。其实在写作《批评之路》之前，弗莱已经陆续发表了一些从《批评的解剖》那里逐渐形成的对整体文化的观点。在《批评的解剖》之后，尤其是在60年代，弗莱先后发表了《培育的想象》、《同一的寓言》、《T.S. 艾略特研究》、《好脾气的批评家》、《自然的视角：莎士比亚戏剧以及传奇剧的发展过程》、《伊

① *Northrop Frye: A Biography*, p. 319.

甸园的回归》、《时代的傻瓜》、《现代百年》、《英国浪漫主义研究》以及70年代出版的论文集《顽固的结构》。《现代百年》和《顽固的结构》在这些众多的著作中尤其显得与众不同，主要集中在文化讨论上，而且《现代百年》、《顽固的结构》的第一部分以及《精神的灵光》的第一部分中间都存在一个相似性，那就是"弗莱关注的是可以叫做文化批评的东西——是对文化产品进行社会的、道德的以及哲学方面的分析"①。显然弗莱对社会文化方面的研究并不是突然兴起的或者孤立的，他在《批评的解剖》之前发表的很多论文里也陆续表现了这种文化批评的特征。可以说《批评之路》是弗莱在60年代之前涉猎极广的研究基础上进行思考的结果，也最集中体现了弗莱的文化批评主张。如果说在第一本著作《可怕的对称》里，弗莱从布莱克的作品里发现了文学之间的内在关系，也就是文学的整体结构，并把它扩张，结合人类学与心理学对神话的研究成果上，从而建构了《批评的解剖》里整体性的、宏大的文学结构，那么《批评之路》这本书则代表了弗莱进一步进行离心批评的方向，神话始终是他研究的根本，弗莱以神话作为联系文学与社会的桥梁。这既是《批评的解剖》里"暂时的结论"所提出观点的逻辑发展结果，是对他先前所零散进行的文化批评视角的总结，更是弗莱批评思想新的飞跃。弗莱还不时受到马克思主义的影响，他试图开辟一个与马克思主义批评不同的社会文化批评领域，但实际上与马克思主义文化批评相比，弗莱在《批评之路》里展示的文化批评多了些理想的想象，少了些像马克思主义批评那样的社会批判性。

弗莱《批评之路》的最终形成与当时的社会环境密不可分。60年代全世界都发生了前所未有的文化运动，比如中国的"文

① *Northrop Frye: on Culture and Literature*, p. 13.

化大革命”、法国的学生运动，北美大陆也不例外，尤其是在美国大学里发生了激烈的学生抗议活动，社会环境完全发生了改变。弗莱置身于这场激进运动中，无法超然置身度外。尽管他后来发表看法时指出这场运动与妇女解放运动、黑人解放运动完全不一样，学生运动没有深刻的社会文化基础，所以不可能持续很久。他甚至讨厌这场学生运动，因为 60 年代学生的激进主义里缺少某种他真正同情的东西。而且学生的激进主义一旦进行下去，很容易沦落到受革命意识形态这类陈词滥调所吸引，从而使学生的抗议行为变成了某种反知识的运动，“事实上，那也是使我厌恶学生运动的地方：一个方面是因为它成为了不相干的社会上的反知识分子运动。一旦学生进行了自我—正义的活动，他就完全不受讨论的影响，因为他仍然年轻而且不是很安全去聆听任何赞同他的道义心之外的观点。我知道那次运动将在短期结束是因为它没有社会根基。它不像女权主义或黑人解放运动，它们拥有身后真正的社会存在理由”①。

1969 年，弗莱正在加利福尼亚大学伯克利分校做访问学者时，获得了第一手见证学生冲突的资料。他完全以批评家的眼光关注这场运动，突然意识到这个时期的很多社会抗议活动就像是回归到机械主义和口头文化仪式，因此对批评家而言，这个时期具有比其他任何时期都不可能忽视的“研究主体的社会语境”（《批评之路》第 147 页）。伊安·巴尔佛在论述弗莱当时的情景时说，弗莱的批评写作显然与文学的社会语境相关，但这里有一个例子就是他使用他的原型批评在社会事件上留下了可以想象的某种东西②，那就是弗莱后来在《批评之路》中

① *Northrop Frye in Conversation*, p. 152.

② *Northrop Frye*, p. 73.

所承认的，伯克利的学生运动简直就像是在演戏而不像真实事件，他从激进分子的活动中看到了不为人所知的复活的圣经原型，他感觉到为学生所保护的圣洁的教师职位就像是伊甸园，学生则显然复活了民主抗争寡头政治的古老的田园故事。就像是神话里对印第安人的屠杀，这片土地就变成了阿贝尔之血。而暴力天使就是手持警棒与防毒面具的警察，他们代表了畅销的科幻小说中的恶魔、外在空间的强盗与怪物。从这场学生冲突中弗莱警觉到教育在大学里的重要作用，那就是要坚持：教育的主要功能是将学生从我们自己的经验与社会的道德偏见的镜像中解放出来，而这一点是不可能以改变思想或者探索墨西哥或者印度就可以获得的。弗莱决定在大学里实现自己的思想，力图从社会的意识形态中去解放学生，希望在教育里实现书本所描绘的语境之内与大学的规范思想之内的一种平衡。神话成为了他的救命稻草。他积极主张思想的原始主义，提出“不是原始的诗歌对人没有任何用处，任何真正想象的作品都来自于人类关怀最原始的深度”①。他真正愿意看到的尽管是读者在阅读诗歌中的神话趋势或者学生步入当代剧院的神话趋势。但弗莱的确厌恶中产阶级的唯物主义与一干二净的相对文化思想。1971年弗莱完成《批评之路》时，他自己也承认，《批评之路》是一本“转折性的书”，应该在写作其他书之前完成。

在《好脾气的批评家》里弗莱试图标识出文学风格与社会意义之间的密切关系。弗莱晚期的很多作品也具有同样的性质，通过文学达到社会关怀的领域。这些作品如《现代百年》以及《顽固的结构》的第一部分都是立足于文化批评上，这种

① *Northrop Frye*: *A Biography*, p. 324.

文化批评是一种社会的、哲学的与文化产品道德方面的分析。在《批评之路》里这种文化批评得到了最广泛的研究，它表明了弗莱在批评上最终采用的离心方向，这也是《批评的解剖》里“暂时的结论”的逻辑结果，同时它并没有偏离弗莱的神话批评思想，弗莱自己也把这本书看作是他的“中心神话”的重写。

弗莱认为阐释文化的社会神话过程非常“近似于文学里的批评，以及批评阐释的不同形式不可以绝对分开，无论它们是否适用于莎士比亚戏剧，圣经文本，美国宪法还是土著部落的口头传统。在总的关怀领域，它们集中在与法律、神学、文学或者人类学不同的技术语境”（《批评之路》第123页），这描述了该书立足点的基本假设，即当文学批评家不是很有资格去处理所有的文化“技术语境”，特别是如果他是一位原型批评家，他尤其得准备去阐释形成文学的社会环境的文化现象。他发现“现代批评家是……神话学的学生，他的整个主体包括的不纯粹是文学，而且还包括建设与信仰的神话语言进入并形成的关怀领域。这些领域组成了神话学主题，它们包括较大部分的宗教、哲学、政治理论与社会科学”（《批评之路》，第98页）。因此在这本书里，弗莱的神话已经远远不是与民间故事一样远古的故事传说，而是具备了社会形态与社会意识的文化。尽管弗莱在这本书里并没有提到意识形态，但他却分析了自神话发展而来的关怀神话和自由神话，以及由此产生的社会契约和教育契约，而且显然社会契约代表了占主导地位的意识形态对社会意识的表述。毫无疑问，弗莱寄希望于文学艺术的想象上，因为文学既展现了人类深层的关怀，又不同于宗教的终极关怀，文学并不要求人类皈依，而是要求人类产生创造的源泉，只要人类还拥有对文学的热爱与对文学的想象以及创造力，人类就永远有梦想，永远可以保持社会的活力。

二　关怀神话与自由神话

从《批评之路》的第二章弗莱已经开始全面讨论神话的社会功能，即关怀神话与自由神话。他在这本书进行了宽范围的主题划分，首先对神话与民间故事进行划分，区分神话与民间故事的不同作用。弗莱还试图从口头文化走向写作文化的发展轨迹中寻找神话的发展脉络，于是他分析了口头文化与写作文化的不同；文艺复兴时期的人文主义；锡德尼与雪莱的批评理论；马克思主义与民主、进步的思想；广告与宣传；社会契约理论以及乌托邦概念；当代年轻人文化；麦克卢汉主义以及教育理论。这些显然不相干的主题聚集在一起构成了弗莱讨论的结构，而贯穿这个结构的就是神话。关怀神话和自由神话成为他的论述核心，以致丹纳姆评论弗莱说“无论他所面对的事情是什么，总是有两个对立的西方文化的神话出现在背景里，那就是关怀神话与自由神话”[①]，马克·曼格纳罗也说“在弗莱的文化阅读里，其中所有的社会神话都分为两个范畴，那就是关怀神话与自由神话”[②]。

前文中已经对神话进行了解释，这里不再赘言。不过有必要重新详细地分析弗莱的关怀神话和自由神话概念。对弗莱而言，神话与民间故事不同，尽管它们都具有讲述故事的文学性，神话与民间故事都可以归属于文学结构里，但除了文学性外，神话却容易由一个个单个的神话聚集在一起形成神话学，并随着文化的

---

① *Northrop Frye and Critical Method*, p. 187.

② *Myth, Rhetoric, and the Voice of Authority: A Critique of Frazer, Eliot, Frye & Campbell*, p. 142.

发展，讲述包罗万象诸如宗教、历史、文化、社会等方面的事情，并在人类历史的初期，与宗教融合在一起。弗莱把这种讲述社会最关心的、最想要了解的所有东西、百科全书式的神话叫做关怀神话。换句话说，关怀神话是由社会最关心和最想知道的事情组成。因为关怀神话产生在原始社会，是在共同的行为和假想中将社区凝聚在一起，所以在这种神话里人们支持的是共同价值而不是个人价值。弗莱在后来的访谈中指出："我想'关怀'这个词大致是自我解释的。我并没有赋予它特殊的意义。人类是一种关怀存在。我想这是定义一个有意识生物的一种方式。……对我而言，文学具有一种与初级关怀深刻的主要的联系。这就是它不同于意识形态与各种修辞的地方"[①]。弗莱认为，关怀神话存在是"为了将社会集中在一起……对关怀神话而言，真理与现实、理性或者证据并没有直接联系，而是由社会形成。对关怀而言，真实的东西就是社会为了回应权威或者权威所做的、所相信的东西，因此信仰被语言化，成为了愿意参与关怀神话的一种陈述。因此关怀的典型语言就是信仰的语言"（《批评之路》第 36 页）。关怀神话植根于宗教，只有在后来才分支为政治、法律与文学。故此，关怀神话天性是传统的保守的，强烈强调连续性与持续性的价值。它产生自口头文化或者前文字文化，与相对于习俗与非连续性的散文形式的连续性有关。而且关怀神话是"与仪式、加冕典礼、婚嫁、丧礼、游行、示威这些以公开活动表现内在社会同一性的公共活动密切相连"（《批评之路》，第 45 页）。

自由神话来源于关怀神话，是口头文化发展到书写文化所产生的个性化尝试，是指正常的相应真理，具有这些比如论证的逻辑性或者（通常在后期）非个人的证据和检验等标准，因

① *Northrop Frye in Conversation*, p. 113.

此它天性是自由的，有助于形成比如客观性、疏离、怀疑判断、容忍以及尊重个人等价值。自由神话强调“文化里非神话成分，强调所研究的而非创造的、由自然而非由社会幻象所提供的那些真理和现实的重要性”（《批评之路》第44页）。自由神话产生于书写文化，因为文字创造了另一种记忆，一种可以通过文件资料形成的无须社群的集体记忆就可以得到的对事件的连续性叙述，因此书写文化带来的心理习惯在关怀中做出了相当程度的调整，凝聚社会的驱动力减弱了，人们可以思考自身，不仅是思考作为一个群体组成部分的自己，而且是面对着客观世界或自然秩序的自己，从而在社会中潜在地形成一种遏制传统的民主化力量，因此自由神话是个人性的、民主的观念。自由神话组成了社会的“自由”因素。自由神话在社会上的作用并不是像关怀神话那样将群体组成一个整体，而是寻求个体适应社会并在社会上找到合适的一席之地，因此它产生于精神习惯里，在精神习惯里以拥有连贯性的散文与不连贯性的语言形式的书写文化进入社会。

为了进一步阐述关怀神话与自由神话之间的辩证作用，弗莱以文艺复兴时期人文主义文化运动中心的锡德尼（Philip Sidney）与浪漫主义运动中心的雪莱（P. B. Shelley）两者为诗歌所进行的辩护进行了对比，因为两者都表现了不同时代对诗人发生作用的社会焦虑。弗莱将锡德尼的辩护放在人文主义的语境中是因为他认为锡德尼的诗歌观点是非常典型的人文主义观点，也就是将诗人的作用适用于阅读或者书写文化的价值。具体地说，既然关怀神话出现在远古时期，不同时期的关怀神话会有相应的改变。在古希腊罗马与中世纪时期关怀神话与宗教关怀以及政治关怀结合在一起。但到文艺复兴的时候，人文主义被看作是一种社会的文学文化对占主导地位的关怀神话调整适应的阶段，人文主义思想也不同于这个时代的宗教和政治关怀，而是对宗教与政治关怀的补充。在弗莱看来，锡德尼的诗歌概念代表了文艺复兴时期的人文主义思想，是对整个人文主义观点的一种运用，也就是认为经过训练的词语是社会权威的表现或者是可以听得到的存在。弗莱指出说，锡德尼总的批评立场还是停留在基督教的设想框架里，即认为诗歌的功能是为关怀真理提供一种修辞的类似物，诗歌通过与一个艺术和自然不再区分的理想世界的联系发展了一种“第二自然”，诗人从来不表述自己否认或肯定的态度，他只是创造自己独特的陈述，这种陈述则结合了历史学家的例子和伦理学家的规则。故此锡德尼指出诗歌最特别的地方就是诗人的说明力量，一种在一定程度上能够使启示和理性的真理得到普及和更容易接近的力量。或者说诗人一方面使理性通俗化了，以容易理解的方式为单纯的人提供指导，另一方面，伟大的诗歌又深藏深奥的智慧，诗人将这些智慧隐藏在寓言里以防被庸俗的人使用。在锡德尼时代诗人获得了高度奖赏，诗人们可以有能力写出简洁的陈述，但显然诗人写出的简洁的陈述并不与他自己真正的思想一致。因此弗莱认为锡德尼时代的这种书写文化实际上使诗人在某种程度上将自己真正的思想与明确的陈述分离开来了。换句话说，诗歌的真正意义不可能像表面意义那样以某种形式被理解，理解诗歌的真正意义需要一种意义的轨道或范围，而在这个范围之内仍然存在着多种解释或强调的自由，批评家就成为了诗人的社会补充。由此弗莱认为，锡德尼关于诗人的准确观点就是提出了自由神话与关怀神话最初的特点是相互影响的：“关怀神话呈现了理性的方面，要求逻辑和历史证据的支持；自由神话则成为了文学的和想象的，像诗人那样，失去了关怀神话的原始权威，在补充性的活动里找到了自己的社会作用，既解放关怀又加强关怀”（《批评之路》，第 75 页）。

相对于锡德尼把诗歌作为人文主义思想的修辞物的诗歌概念，雪莱则带我们回到了诗歌作为神话的、心理的、原始性的概念[①]。雪莱处于浪漫主义运动时期，受到弥尔顿（John Milton）思想的影响并继承他的思想，即弥尔顿在基督教语境尤其是新教语境中阐发出来的认为预言诗人是一种社会关怀的媒介物的思想。弥尔顿处于人文主义运动中，相信语言受到戒律约束的社会重要性，但他又无限怀疑已经形成的教会和国家权威，认为社会真正的权威来自富有灵感的作家所显示出来的预言的权威。他所说的这种权威实际上就是来自《圣经》的权威，因为他认为《圣经》对社会的影响永远是颠覆性的和革命性的。以弥尔顿的观点来看，“预言作家恢复了诗人传授关怀神话的原始角色；而且因为预言传统的革命影响，关怀信息与自由信息是相一致的”（《批评之路》第 50 页）。同时浪漫主义运动的兴起本身就对民谣和其他形式的原始口头文化产生了兴趣，浪漫主义诗人从城市文化里退出并在最简朴的乡村生活中寻求主题。浪漫主义运动的这个趋向使诗人很难成为社会的导师，因为诗人自己都不是非常理解那个社会。在这种环境下，雪莱从一开始就将锡德尼假设的价值等级观念颠倒过来。锡德尼强调说诗歌是一种真正的教育工具，同宗教、法律和道德一样，但他所要求成为教育性的主张是先在的、不容置疑的。雪莱将所有的推理训练置入一组低级的理性分析中运作，因此他的主张是进攻性的，他把思想当作武器，而且寻求不容反驳的论点，但却一直找不到这样的论点，因为所有的论点都是命题，而命题是半真实的东西，隐含着它们的对立面。这种推理作家有一些是社会现状的捍卫者：但他们不仅不能捍卫它，而且还激怒和惹恼了一个富人越富穷人越穷的社会。对比之

---

① *Northrop Frye and Critical Method*, p. 189.

下想象性的作品则不容辩驳：诗歌是爱的辩证，它把遇到的任何事情都视为自己本身的另一种形式，从不攻击，只是包容（《批评之路》第 63 页）。因此弗莱发现，雪莱与他的前辈一样，认为在现存的世界之上还有一个典范世界，但对于雪莱来说，这个典范世界却完全不同于基督教未堕落的世界，甚至与古典文学的黄金时代也没有联系，实际上这个典范世界是与更高的理性相联系的，而且这个理性并不同于理解，尽管许多浪漫主义者把理性与想象等同起来。这些浪漫主义者认为，不仅诗歌的语言是神话性的，而且就整体而言，诗歌事实上也是社会真正的关怀神话，诗人仍然是那个神话的导师。诗人虽然没有被承认为合法的立法者，但他仍然是文明的法律赋予者。这就把诗人摆到了在锡德尼时代上帝的地位上。

在锡德尼时代人们公认创造的模式是由上帝建立的，对锡德尼来说，人类创造他自己的文明，在人类的创造中心是诗人，他们的作品为人类社会提供模式。诗歌神话体现并表达了人类对自己文化的创造，而不是体现从神圣来源对它的接受。而对雪莱来说，一种被认为是信条和制度的宗教，就是人类想象出来的一种创造，而且还是一种歪曲了的创造，所以文学中的创造因素基本上与通过想象恢复想象所投射的形象相关。这样，雪莱颠覆了锡德尼诗歌神话所体现的人类文化，把诗歌看作是一种与历史、道德或宗教真理的修辞的类比，诗歌的表达不再被认为可以通过修辞训练来提高或者发展，诗人的权威主要来自于诗人心中神谕似的力量，而这种神谕的力量以前曾被归结为上帝的启示。在雪莱看来，诗歌与革命的冲动是相互依赖的。诗歌的原始本质使它反动，使它成为人类对社会中非人性化因素的抗议。针对人们形成的不愿改变已经习惯了的世界的观点，雪莱把诗歌当作摧毁一个宇宙重新创造一个宇宙的工具，因为想象孕育了人类社会的形式，它是改变任何社会的力量源泉，故而对诗歌最权威的阅读是按照它的想象“潜在的思想”来阅读，而不是按照符合当代偏见的方式来阅读。

毫无疑问，弗莱是赞同雪莱的观点的。因为他们都相信文学语言代表着关怀的想象可能性，而且两者都反对锡德尼认为批评家是价值评判者并使诗歌服从于精英社会所建立起来的关怀结构。对弗莱而言，“文学包含想象性的关怀可能性意思是指它表现了所有语言虚构、模式以及意象与隐喻，而这些往往处于所有所形成的神话关怀之外”（《批评之路》第 98 页）。弗莱因此指出，在雪莱和几个德国浪漫主义作家那里我们得到的启示是，西方文化中真正的关怀神话从根本上说是古典文学的而不是基督教的，就此弗莱得出结论：当雪莱以及他自己的诗歌概念将我们带回到在原始的口头文化的神话学所表述的关怀领域时，批评家接近由关怀神话所表达的价值必须是来自于自由神话。因此对弗莱而言，批评家本身并不是关怀的而是疏离的。而且这里提出的想象的教条将我们带回到弗莱在《批评的解剖》的第二章里所描述的布莱克式的思想。《批评之路》是《批评解剖》的逻辑结果。如果我们观察弗莱晚期的作品，我们可以发现疏离与关怀实际是从《批评的解剖》里剥离出来的相同的价值。综观弗莱这本书，弗莱在张力里寻求支持一种伦理或者社会批评，这种批评永远以疏离的、公正的文学结构和习俗批评伸向关怀神话。他将它们最终以想象的教条融合进张力里①。

基于文学与关怀神话的密切关系，而关怀神话早期又是与宗教结合在一起的，故此弗莱将文学想象与宗教信念作了区分。他认为，整个文学与宗教和政治运动一样，都与一种中心生活相

① *Northrop Frye and Critical Method*, p. 190.

关，但文学的中心生活是人性，文学的老师是人，因而文学在整体上并不是超级的关怀神话，它所包含的内容比关怀神话还要多。文学与宗教不一样的地方是，文学不会成为信念，因此不存在诗歌的宗教，文学所具有的是超出一切信念、表达一种人类永远无法表达而只能通过艺术本身的多样性来说明的无限的整体关怀。要实现这一点，社会就需要一个开放的神话学，也就是说，“开放神话在它内部确立每一种关怀的相对性，所以它强调神话中的建构因素和想象”（《批评之路》第72页）。但弗莱也很清楚地知道，想象本身并不是关怀，一个有着高度发展的事实感和经验范围感的文化必须运用想象的语言才可以通向关怀，因为弗莱了解到随着人们对每一个关怀神话的深入追求，会发现关怀神话最终都回归到可以想象的东西上。说到底，关怀是与信念和权威有关的东西。关怀的权威永远是一种社会既定权力机制的权威，也是精神权威的唯一真正的形式。换句话说，就是那种唯一可以提高接受个人作为人的尊严和自由的权威。在开放神话里这种权威的自治权得到完全承认和尊重。当然我们可以看出在这里弗莱指向了一个想象的“乌托邦”。弗莱屡次提到在我们面前存在两个世界，一个是我们现实生活在其中的世界，还有一个是我们创造并再创造的世界，前者是物理科学的主要研究领域，但物理科学并不是开放神话整体的一部分；后者的世界里其实也是想象的世界，是一个社会希望、失望、想象与梦想、焦虑与理想的神话学，是人类关心自己并关心人类创造与再创造文明的产物；因此文学通过诗人、剧作家、小说家的文字以想象的形式以及意象和象征的手段表达人类形成的希望、焦虑与理想，显然弗莱希望的是以文学的想象达至精神的权威。

弗莱关于想象的关怀神话的观念其实与19世纪英国自由人文主义思想一脉相承。可以说，弗莱的精神权威概念就是来自

19 世纪维多利亚文学里代表着英国文化发展的卡莱（Thomas Carlyle）、弥尔顿（John Stuart Mill）、纽曼（J. H. Newman）以及阿诺德（Mathew Arnold）的思想。弗莱在 1964 年发表了《论 19 世纪精神权威的问题》的文章，这篇论文后来收录在《顽固的结构》里，这篇论文详细地分析了在 19 世纪的英国文化里所具有的杰出人文主义的精神权威，同时也表现了弗莱对这种精神权威的认可。弗莱在这篇论文里首先解释了精神权威，他认为精神权威一般是与宗教联系在一起的，在英国文化传统里它是来自《圣经》的旧约里关于上帝意愿的概念，这个概念与人的意愿的概念正好相反。他同时指出一般社会意识通常的起点是自我想要的东西与社会允许自我所具有的东西之间的对立，因此教会权威以一种外在强迫力的形式首先为个人所接受。在这个程度上的自由与这个对立中的自我是一致的。但教育，尤其是理性的教育引介给我们一种并不反对自由但看起来好像是自由的另一方面的必要或者强制形式。而理性可以做信仰、希望甚至爱情都不可以做到的事情：比如展示我们权威的模式，这种权威倾向精神而不是肉体，是起着推动作用而不是强迫执行。这样的权威赋予接受它的个人以尊严，而且这种尊严无须获得等级区别的语境[①]。通过对 19 世纪的英国社会与政治作家的考察与研究，弗莱发现他们继承的是弥尔顿的精神权威概念。因此，弗莱首先分析了弥尔顿等人对精神权威的看法。弥尔顿将精神权威的根源追溯到上帝的天启，是体现在人们臣服于福音书前所体现的个人的社会感，主要以理性阐述自身，并阐述已为人所接受并尊崇它的领域的教会权威。对弥尔顿而言，自由的趋势一般是以推理的方式演进，比如从天启到理性，从理性再到社会活动。而伯克（E. Burke）

① *The Stubborn Structure*: *Essays on Criticism and Society*, p. 242.

刚好与他相反，伯克以归纳的方式保留自由，而且伯克认为大多数教会权威将权力授予了社会中的上升阶级，因此上升阶级尤其是贵族阶级就逐渐代表了一种理想的权威，也就是以“绅士”这个词所表示出来的理想的权威。贵族的社会作用包括表演生活，戏剧化生活方式。但对以弥尔顿为代表的18世纪的批评家来说，精神权威的问题存在于定义这样一个权威的社会群体的问题，这与以“绅士”这个词所传递的理想贵族的社团是密切相关的。

19世纪的批评家如密尔、纽曼和阿诺德都受到了在他们之前的政治文化家弥尔顿的影响，并由此发展了弥尔顿的思想。对密尔而言，容忍非习俗的或者古怪的行为才是一个成熟社会的标志，因为将精英们聚集在一起的是某种智慧而不是知识分子的协定，因此密尔将我们带到了罗素挑战社会结构本身的有效性的特殊意义。而对纽曼而言，精神权威来自于天主教会，他通过教育找到了通往精神权威之路，因为教育在他看来还部分保留着伯克和巴特勒提出的培养绅士的社会目标。实际上纽曼的教会就是限定的教条与圣经的老师。对阿诺德而言，“文化”概念就是他的精神权威概念的基础。他寻求在社会上真正的革命力量，寻求没有阶级冲突的文化，并从真正的社会里创造出一个理想的自由、平等和博爱的秩序。因此弗莱指出，阿诺德的文化将这些事实的特性和连续性的创造统一在一起，成为一种人类建构，植根于过去，拥有一种客观的权威。

基于这些批评家的思想，弗莱试图在神话里找到可以使他与这些思想相联系的概念，由此他发展了关怀神话和自由神话的概念。当弗莱追溯神话的发展轨迹的时候，他发现从早期的人类文化里，即神话中，就出现了两种文化——艺术与科学的不同趋势。在口头文化里艺术与科学基本上是一致的，存在于百科全书式的关怀神话里，诗人本身就是科学的预言者，就像诗人是宗教的预言者一样，但随着书写文化对口头文化的取代，随着科学和哲学对世界描述的发展，诗歌思想的原始性就裸露无遗，虽然也有很多诗人对科学很感兴趣，但他们其实真正感兴趣的是科学中的某些有序结合和神秘的性质。科学在探索世界的过程中发展和进步，但诗歌对这种进步却一无所知，“不管科学会说什么，诗人的世界仍继续在一块平地上建构，仍然是太阳的升起和落下，仍然是四个要素和一个有生命的自然，或者说由感情、感觉、幻想以及不断转换的记忆和梦想构成的那种具体的世界”（《批评之路》，第54页）。技术进步所形成的科学的进步神话深刻地影响了人类的生活。进步神话认为通过把辛苦的工作从人转移到机器，人类就会获得越来越多的自由，但显然每一项重要的技术变革必然伴随着越来越多的立法限制，以致在诗人中间掀起了抗议机械剥夺人性的活动，而随着社会越来越受机械和技术特征的支配，进步神话日益使诗人脱离他的社会，诗人的社会角色也在相应的发生变化。因此弗莱指出，自由神话的语境实际上是物理的自然环境，而这种环境是一种异化，一个半寓意和半人的世界。因为自由神话来自于关怀，所以它永远不可能取代关怀而独立存在；但显然自由神话又创造了一种与关怀神话相反的张力。而当关怀神话以自由神话的标准去研究自由神话时，这种张力的一种必然发展就是两种权威的碰撞。正如丹纳姆所指出的，在《批评之路》里弗莱寻求在自由神话与关怀神话之间建立的辩证张力实际上组成了弗莱自己的中心神话①，通过这本书，弗莱从这种张力的视角解释并检视了文化现象，将文学置入文化的大语境下进行审视，最终提出文学作为关怀和自由的张力之间的第三种经验，并由文学创造了一个可能并不存在但却在完成其存在的世界

---

① *Northrop Frye and Critical Method*, p. 190.

中，这个世界是由确定的经验构成的世界，诗歌促使我们得到这个世界，但我们永远也不可能真正得到这个世界。因此，像布莱克与弥尔顿一样，弗莱是一个自由的预言家，他通过文学的意义来宣称人类的解放。他认为一个没有想象的社会是一个没有自由的社会，这一点实际上就是弗莱文化批评的核心。

三　文学批评的社会语境

尽管弗莱在《批评的解剖》的第二篇论文中阐述了文学之间的内在语境，在《批评之路》中，他则更多地是强调文学批评的外在语境，即社会语境。弗莱希望建构的批评理论是能够叙述文学经验的重要现象，可以描述文学在作为整体的文明中的地位。为了实现这个理想，他从神话学入手，在他先前的研究中发现文学批评所具有的两个领域：一个是形成关于所有艺术在内的整体批评；一个是尚未被人界定的神话的口头表达领域，或者说是神话学领域。由此他试图集中在文学两个语境中的一个，即想象的语境与相对应的普通意图性的话语语境。从这里我们可以发现，弗莱侧重的是对新批评的分析方法进行的反拨，因为他明显地意识到新批评虽然确立了抵制所有用非文学来解释文学的背景批评，但它同时也失去了文献批评的巨大力量，也就是新批评失去了语境的意义，因此要走出新批评的文本肌体研究，有必要把历史批评与社会语境作为一个重要的问题来加以讨论。

从前面的分析我们可以了解，在弗莱的历史批评里，习俗比历史更为有用，因为习俗将诗人、学者与前辈相连接，形成一种类似肌体的结构，因此历史批评就成为文学史与文化史的结合，弗莱的历史批评也就成为一个真正的文学史，而不是将文学同化在另外的历史中。弗莱把历史作为文学史更大的结构原则（如习俗、类型以及原型）和与非文学背景相关的文学史之间的一个平衡，批评之路就是平衡“文学结构研究与转向组成社会环境的其他文化现象的研究”[①]。

由此，我们可以意识到弗莱所提出的自由神话与关怀神话其实就是文学产生的社会语境。关怀神话与自由神话之间产生的张力的自然结果就是有必要形成关怀神话的多元性，而且只能在开放神话学的社会里可以形成关怀神话的多元性。因此弗莱提出社会中所有宽容的基础，即多种关怀能够共存的条件，就是承认关怀和自由之间的张力。一旦对人的环境研究明显不能限制于非人的环境时，这个问题就变得非常重要。比如说，关怀与自由两者占据了同一个宇宙的全部，它们之间相互渗透、相互影响，任何试图在两者之间树立分界线都没有任何益处。如果说遇到了关怀和自由的冲突时，就以一种天真的理性主义期望所有的关怀神话很快将不再适用，只有诉诸理性、证据和试验才会被认真地对待，这是完全不可能的。非神话知识的增长趋向于从信仰中消除令人难以置信的东西，并有助于根据经验所发现的可能的事物和希求的幻象的轮廓来形成关怀神话。但是知识的增长本身不可能为我们提供那种表明我们该如何对待知识的社会观。在这里弗莱关于批评的社会作用的观点开始进入了讨论，对文学批评家或者弗莱理想的批评家而言，他们都乐于看到社会里的关怀神话就类似于在文学里的这些关怀神话，其中它们代表了所有信仰的想象可能性。丹纳姆还发现弗莱并不愿意接受克尔凯郭尔的“既……又”方式。弗莱希望的最好的可能的世界是疏离的、自由的、非个人价值的美学态度，（而这恰好是克尔凯郭尔所反对的态度），与来自于关怀中心的信念的价值。当然弗莱认为克尔凯郭尔的解决办法并不

---

① *Northrop Frye*：*Theoretical Imagination*，p. 92.

那么令人满意，因为“如果我们因承诺有意的自我闪光而停止，我们不会比美学的境况更好：在‘或者’的另一方面是要采取的另一步，即从承诺到创造，从反对偶像崇拜的关怀到文学批评家首先应该能够看到的东西，因此在文学里，人是他自己生活的观察者，至少是包括他的生活的那种更大幻象的观察者”（《批评之路》，第 129 页）。

实际上往往为读者所忽视的是弗莱为自由神话与关怀神话同样预设了一个语境，那就是进步神话。弗莱在《批评之路》里多次提到进步神话对自由神话与关怀神话之间张力的影响。进步神话是与科学技术的发展并进的。弗莱认为诗歌与科学不同的地方在于诗歌不是以客观的自然秩序的观念为基础，而是以社会关怀的观念为基础。诗歌表现的是社会上某种原始的东西，而不是持续改进和提高的东西，与诗歌里的原始主义相对应、相伴生的恰好是进步神话。在弗莱看来，自《物种起源》出版后，进步神话采取了更加邪恶的形式。进步的概念虽然对文学批评家没有多大的作用，但却形成了帝国意识形态的一部分，使白人的侵略合理化，也使西方根据自己的文化发展模式在同世界其他部分相比较时沾沾自喜，同时还与自己的祖先进行平行比较。弗莱痛恨进步神话对社会文化的影响，在《批评之路》出版前几年弗莱在惠登演讲第一篇（后来结集出版为《现代百年》）里就阐述了进步神话对我们社会带来的危害。他指出，进步神话的一个严重后果就是为了将来的目标我们必须牺牲眼前的方式。他质疑说，既然我们对未来并不了解，我们就不可能知道那些目标是否会实现，因此进步是邪恶的想法，认为进步就一定是奔向更加美好的美景这种想法根本就站不住脚。他指责说“即使从理论上说，进步不仅会通向个人，通向各行其是，而且也往往会通向整齐划一和单调。只要看一看我们周围的文明，进步将通向单调划一，与它在飞速变化一样，证据都是一样的明显，一样的令人感到压抑”[①]。同时他还指出，技术本身并不能提高人的自由度，因为技术的发展要对社会的结构产生威胁，社会必须对它们制定相应的限制措施。因此对弗莱而言，进步的概念其实并不是说人在进步，而是人把那些自己会进步的力量释放出来。其中根本的一点是科学不断地把它关于世界的构想向前推进。科学是一种对自然的观照，它把自然的各种因素与理性和科学家头脑中的结构意识相对应。这就是弗莱的回答人们要怎样才能是疏离的然后加入到关怀的社群里。这个回答使想象再次成为终极标准，因为在想象的世界里只可以保留自由神话与关怀神话之间的张力。在这个张力之外是第三种经验秩序，其中世界可以不存在也可以完全存在。

弗莱在《批评之路》里所论述的文学批评的社会语境以及针对关怀神话与自由神话所进行的详细分析，显而易见，表达了弗莱希冀通过神话的关怀作用及其产生的社会语境促使文学以想象成为关怀神话与自由神话之间的平衡点，从而使文学创造的不仅是人类想要生活的世界想象，而且是人类在现实生活中完善生活的一种方式。但文学显然又受到意识形态的影响，这导致弗莱在最后的 20 年里致力于文学与意识形态之间关系的研究。

第四节　论《伟大的代码》与《权力的词语》的文化意义

《伟大的代码》与《权力的词语》是弗莱晚期最重要的两部

① 弗莱：《现代百年》，盛宁译，辽宁教育出版社 1998 年版，第 18 页。

作品。这两本书虽然都是以圣经与文学的关系作副标题，但实际上《伟大的代码》是弗莱对自己自20世纪80年代以来逐渐拓展的文化批评的一次实践尝试；而《权力的词语》则可以称之为弗莱文化批评的一次学理上的总结。弗莱从语言、逻辑、社会和文化等方面对神话、文学以及文化语境等方面进行了梳理和深入的探究，认为正是文学的文化批评与原始神话走向意识形态与文学的发展是一脉相承，既表现了逻辑理性的社会政治功能，同时也反映了人类感性感知的想象力。因此要想完整地了解弗莱的文化批评思想，务必要仔细地阅读这两本书。

如果说《批评的解剖》作为弗莱文化批评的开端，从神话里发现了文学的内部结构与语境，从语言以及文学的类型等方面对文学的文化方面进行了深入的探讨，《批评之路》就是作为弗莱文化批评的主要成果，从社会环境以及思想发展的历程对文学的外部文化语境进行了透彻的分析，提出想象是沟通文学本体与文化语境的另一种经验和目标，而晚期的著作《伟大的代码》，尤其是在《权力的词语》里弗莱综合上述的两个方面以及研究成果，虽然仍然是以神话作为切入点，但更加细致系统地分析了语言、词语、话语与权力以及由此生成的意识形态之间的内在逻辑和必然联系，从而完善了他毕生为之研究的神话学批评（文化意义上的文学批评）。同时既然弗莱从文学批评的视角发现了神话与文学、神话与意识形态之间的内在关系，特别是他站在西方人文主义传统内为意识形态的形成与发展以及由此产生的社会效应及其在文学上的反应做了精辟的论述，那么这使得他的神话学批评不仅具有人类学的意义、文学的意义，甚至还具有社会政治学的意义，融入当代文化研究的洪流中，为当代文化研究中为什么要保留文学的人文性以及如何保持文学批评的疆域提出了独到的见解。

在本节中，我们将分析研究重点集中在弗莱晚期的两本著作

《伟大的代码》与《权力的词语》上。《权力的词语》作为弗莱神话批评的集大成者，不仅论述了语言的发展脉络，同时还从语言的进化中发现了人类意识形态及语言社会功用的发展轨迹，为我们如何在当代意识形态统领一切的社会环境里如何保持与宣扬文学的想象提出了自己的观点。同时，弗莱对由神话发展而来的文学与意识形态的两个方面的论述反过来又论证了他之前在《伟大的代码》里所阐发的神话与文学、文学与历史（尤其是《圣经》与历史）之间的相互关系。

一　语言的发展模式与意识形态的权力

弗莱因为神话原型批评被人们称为是结构主义阵营批评家之一，尽管弗莱强调他不属于任何批评阵营，但无可否认的是，人们仍然从他的文化批评中，尤其是从神话与语言的表象底下发现了文化的结构。弗莱晚期的两部著作《伟大的代码》与《权力的词语》都将重点放在了对《圣经》与文学之间的关系研究上，后者可以说是前者的继续，结构框架都很雷同，都试图通过层层剥离语言与神话，通过隐喻及类型学的方式来发掘深层的文化结构和秩序。这在某种程度上与福柯的方法有些类似，难怪有人质疑说，福柯也应该是个结构主义理论家。福柯与弗莱一样提出了文化代码的概念以及秩序的观念，认为词语作为一种有序代码，它所表现的是文化的机制。这种文化机制呈现出来的历史拨开了“所有参照了其理性价值或客观形成的标准而被思考的知识”所产生的迷雾，形成了另外一种历史，是“它的可能性状况的历史”①。从这个角度来看，弗莱似乎并没有福柯的野心，他更醉

① 米歇尔·福柯著，莫伟民译：《词与物：人文科学考古学》，生活·读书·新知三联书店2001年版，第10页。

心于发现《圣经》与文学之间的内在权力机制和相互影响关系。

福柯在考察词与物的关系时，诚如他自己所言是揭示西方文化认识型中的两个巨大的间断性，即第一个间断性开创了古典时代，而第二个间断性则在 19 世纪初标志着我们的现代性的开始。在这个基础上思考的秩序与西方理性认识下的秩序并不相同。他们发现实证性体系在 18 世纪末和 19 世纪初发生了变化，原因在于物的存在方式以及对物作分类时把物交付知识的秩序的存在方式，发生了深刻的变化。因此整个古典时代表象理论与语言理论、自然秩序理论和财富及价值理论之间的构型在 19 世纪完全发生了变化，表象理论作为所有可能的秩序的普遍基础消失了；语言作为自发的图表、物的原初网络，作为表象与存在物之间不可或缺的中间环节也随之消失了；一种深刻的历史性渗入了物的中心，它不仅依据其连贯性把物隔离起来并加以限定，而且还把由实践的连续性所蕴含的秩序形式强加在物上；交换和货币的分析让位给了生产的研究，有机体的研究走到了分类学特性的前面。尤其是语言丧失了其特权地位，随之成了一种历史形式，这种形式与它自己的过去的深度相一致[①]。弗莱与福柯都选择了从语言的发展来看文化模式并认识人的历史，但相对于福柯立足于现代性认识论，颠覆理性与人本主义分析下的西方历史，弗莱则更愿意从语言的原始发展模式中找到文化发展的力量，而且弗莱更多地是从文学与文化批评家而不是哲学家的角度审视语言与文学的关系。

弗莱讨论了语言如何发展成为文学，如何反映了文化的发展。这也是众多的文化批评家最终采取的论述形式，因为语言是一种文化中表达思想、观念与情感的最重要的媒介之一，是各种

---

① 参考《词与物》，第 11—12 页。

文化价值和意义的主要载体。但弗莱与众不同的地方在于：他并不是孤立地分析语言形成过程中发展的几种模式，而是把语言模式与社会发展联系在一起，与神话的想象功能（文学性方面）和社会功能（意识形态性方面）的发展进程相结合，以此来阐发他的神话学观点，即神话先于意识形态，神话发展了文学与社会意识形态。虽然意识形态以辩证的、逻辑的语言形成社会的规范与权威，可以制约着人类的行为和活动，但神话通过文学赋予人类的想象功能却能使人们在社会生活中超越意识形态的束缚，达到理想的境界，这既是人类所追求的理想，也是文学为什么存在的根源。

（一）从语言发展的五种模式看人类文学与意识形态的形成

弗莱频繁地提到神话，并将所有的分析追溯到远古的神话发展与语言的演变。

因为远古的神话都是口口相传的，并且与仪式结合在一起，所以那些能够记忆并因此知道传统的和正确的关于知识形式常用语句的诗人就成了社会的老师，承担着传扬神话的作用。他们讲述着严肃故事与非严肃故事，只是严肃故事承担着告诉社会想知道的东西的责任，而非严肃故事如民间故事与传说则是起着娱乐的作用，尽管它们在文学性质上是一致的，但严肃故事被赋予严肃的社会功用，“成为了一个特殊社会的文化所有物，形成了所享有的文化传统的语言核心”[①]。正是基于这些严肃故事，人类逐渐形成了政治、宗教与其他社会机构，严肃诗歌里所承载的普遍知识也就成为了萦绕着诗人和学者的理想。而随着社会文化的发展，口头传诵必然让位于具有记载人类社会文化记忆的书写语言，书写语言的多样性则日益使社会文化呈现复杂化，人类的思

① *Myth and Metaphor: Selected Essays, 1974－1988*, p. 5.

想也由此进入权力与意识形态的竞争中。

既然语言的发展过程和权力与意识形态有着密切的关系，那么，我们首先来了解弗莱对语言发展历程的分析，看弗莱如何从语言的发展中挖掘出意识形态与权力的相辅相成的影响。

弗莱认为语言的发展是一个循序渐进的过程，在这个过程中先后形成了五种语言模式，分别为描述性模式、概念性模式（辩证性模式）、修辞性模式（意识形态性模式）、想象性模式（诗学性模式）以及布道性模式。前面三种模式是传统的语言模式，而后两者则是弗莱在前人的研究基础上自己补充的观点。弗莱同许多语言学家一样，都认同文字的产生最早都是描述性的，弗莱将语言的这种最初形态归类为描述性语言模式，“词语真相与事实的特权产生了写作的描述性模式，描述性模式被认为是所有模式里最基本也最重要的语言模式，是构成其他语言模式的基础”[①]。换句话说，描述性模式产生了词语的秩序，规定了书写的语义或语法规则。它用词语来表达物质世界以及已经为人所接受的肯定的事实，通过语言结构使非语言的事实或现象说话，使读者的注意力从词语的秩序上转移开来，并以这个转换来创造新的信息。显然，语言处于描述性阶段时，词语还多是对自然万物的模仿，并没有人类自己设置的思想影响。虽然描述性的词语中也初步形成了词语的秩序，但在弗莱看来，这种秩序过程不过是假设才创造，从这种语言模式中人们所认识到的更多的是词语中所产生的意象和信息，而不会去关注词语的结构秩序。所以说，在最早的语言模式中，并没有产生意识形态和权力的意识。

当描述性的语言模式发展到一定阶段，词语的秩序已经成为人们注意的焦点，语言就进入到另一种模式，那就是概念的或者

---

① *Words with Power*, p. 5.

说是辩证的模式。概念性模式就是强调逻辑。弗莱发现，在语言发展的这两个模式中，使用不同语言模式的作家则表现出不同的倾向性。虽然两者都试图运用语言来表达自己对客观世界、客观真相的寻找和解释，但运用概念性语言写作的作家却有意识地在他自己所建构的语言秩序中寻求客观真相，并显示出在语言的叙述活动中，对以逻辑规则来确保叙述顺序正确的极大关注。针对这种情况弗莱认为，在概念性写作的作家笔下，实际上叙述就成为了一种辩论；而辩论对读者则产生一种强迫力量，并成为一股巨大的文化力量，从而产生了词语与权力的关系问题。

因此，弗莱指出，描述性模式与概念性模式的区别在于：描述性写作试图避免辩论，描述性模式主要是使用建立在事实基础上的资料，一旦资料不正确，描述性模式也就失去了基础，因此具有具体的、描述性的性质；而在概念性模式里则产生了词语与相互制约的语言之间的权力关系，也就是说概念性写作表现的是抽象的、与语言本身意义建构相关的、与外在世界联系不大的诸如时间、自然、物质以及存在之类的术语，因此它注重的是抽象的、逻辑的语言，寻求将世界解释为意识思想的结构，西方社会的玄学体系就是概念性模式发展的最大成就。这种模式又发展为逻辑主义，即盘踞在西方思想体系中的逻各斯中心主义，从而成就了语言的第三种模式即修辞性模式或者说是意识形态性模式。

弗莱发现，既然概念性模式以其词语的内在关系产生了一种压迫力量，那么修辞性模式则强调读者对社会与权威性压力的接受，主要关涉的是社会环境。修辞性模式具有概念性模式里所不具备的个性，我们从柏拉图与亚里士多德所表现的不同的语言中就可以认识到这一点。在亚里士多德看来，修辞的主要成分是真正的逻辑，是辩证法给予它对真理的客观追求。与柏拉图一样，亚里士多德同意存在着一种不偏不倚的真理追求，这种真理追求在道德上高于修辞，而且应该尽可能地控制修辞，但他并不像柏拉图那样将修辞贬斥到次要位置，相反他提出修辞与辩证应该是相得益彰的。弗莱赞同亚里士多德的观点，因为在他看来，既然社会普遍存在着多种社会权威结构，而语言结构又可以表述权威并理性化权威，那么意识形态（修辞）则可以超越辩论（概念）为前提。但他提醒说这个过程中不可避免地需要运用逻辑与知识分子的诚实，甚至还需要容忍与意识形态之外的权威进行有限的对话。从这个角度来说，亚里士多德以辩证法来控制修辞的语言原则是正确的，但一旦社会上已经确立的社会权威坚持认为某种意识形态假设非常重要，而且乐于吸纳公开宣布不同意见的反对者，辩证法显然要服从于修辞。当然，弗莱并不认同意识形态的作用，他始终坚信无为而治的意识形态才是对人类社会最为有利的，因此他强调描述性模式与概念性模式的独立性以及维持它们的语言权威的标准是非常重要的。

弗莱的这种论述与福柯对话语的论述观点有着异曲同工之处，都在词语中发现了权力和意识形态的干涉和影响。虽然福柯并非如弗莱那样追根溯源在语言的发展中勾勒意识形态的形成，但福柯同样发现，话语的形成存在于话语对象的多样性中。虽然我们能够在对象、各类陈述行为、这些概念和主题选择之间确定某种规律性，如次序、对应关系、位置和功能、转换，这已经涉及话语的形成，但实际上所有的分析都处于一个完全不同的层次，构成了一种无法归结为认识论或者科学史的描述。这就涉及词语的差异性以及由此产生的理性的差异性，从而发现隐藏于词语之间的权力。所以，科学一旦构成便不重新将它呈现其中的组成话语实践的那些东西归于它的名下和它所特有的连贯中，也不摒弃它四周的知识，从而方便用这些知识来研究谬误、偏见或者想象的史前史。福柯分析这种情况认为：科学既不等同于知识，又不抹杀和排斥知识，而是置身于知识中，构造它的某些对象，将它的陈述系统化和确定它的概念和策略；只是在这种过程一方面区分知识，改变知识和重新分配知识，而另一方面又肯定知识，使之发生作用的情况下；只是当科学在话语的规律性中找到自己的位置并因此得以在任何一个话语实践或非话语实践的范围中展开和发挥功能的情况下①。由此福柯提出，知识的概念和逻辑结构都与社会对象和政治范畴密切相关。话语受到社会程序的制约，而这些程序中最为人所知的就是排斥程序，排斥最主要的表现方式就是禁止。所以，福柯批判隐藏在词语背后的权力和意识形态②。

虽然弗莱也认识到了蕴藏于语言模式中的意识形态，并且将语言的一种模式设置为意识形态模式，但他却并没有如福柯这样深刻地分析权力给话语带来的禁锢给人类历史产生的影响，更没有福柯的那种批判精神，这就使得弗莱的语言模式分析缺少了些渗透力和批判性。当然这也是因为弗莱与福柯进行语言分析的不同目标所致。弗莱未必没有认识到意识形态模式对语言产生的巨大影响和隐伏其后的权力宰制，但他更大的目标却是从文学的发展中找到新的途径，即通过发现语言的想象模式来拓宽人类在语言世界中的境遇。弗莱始终关注的是文学批评的发展，并在进行大量的英国文学阅读过程中发现了文学与文学之间的相互联系，从而成为名副其实的比较文学大家。也正因为弗莱从中发现了神话带给文学的影响，所以弗莱始终都在强调文学的想象功能。

---

① 参见米歇尔·福柯著，《知识考古学》，谢强等译，生活·读书·新知三联书店2003年版，第206页。

② 参见汪民安著，《福柯的界线》，中国社会科学出版社2002年版，第二章。

弗莱认为，意识形态固然产生于人类认识到自己在自然中占据的统治地位所导致的权力感，但人类并不可能将自然所有的一切都整合进自己的世界，以致人们产生了无法摆脱在大自然里的异化感和无助的原始感，于是这种遗留的无能感随着社会的日益发展就逐渐地转变为演绎神的故事，更何况人类始终无法摆脱他在大自然中的异化感以及对生死等神秘问题的困扰，所以在意识形态模式的基础上人类还需要一种无所不包的语言交流模式，弗莱把这种语言交流模式称为是想象的模式，认为正是这种想象的模式“将我们带入一个具有更开放结局的世界，打破了意识形态建立的看似稳固的教条”①。

想象性模式（诗学性模式）与布道式模式是弗莱在进行神话分析中挖掘出来的另外的语言模式，也是理解他的神话和文化批评的关键。但实际上想象性模式并不是一种新的语言模式，而是代表着修辞性模式的另外一个方面。修辞性（意识形态性）模式作为辩证性（概念性）模式与想象性（诗学性）模式的中间媒介，具有很多类似于诗学性模式与辩证性模式的东西。弗莱认为，修辞性模式处于概念性模式与诗学性模式之间这样的位置有助于我们理解为什么从一开始修辞就具有两个方面，即道德的方面与运用比喻的方面，前者是说服性的，后者是装饰性的。诗学性模式并不依赖意识意志来达到其他模式所达到的程度，而是依赖半自愿的、半不自愿的意识意志与心理其他因素诸如与幻想、梦境等有关因素的统一。诗学性（想象性）模式是以神话与隐喻来表述自己，这里所用的神话并不是与历史一样的故事，隐喻也是与逻辑不一样的语言关系。在诗学性模式里，并没有如前面三种语言模式里存在的强制力量，处于想象世界里的任何事物都可

① *Words with Power*, p. 21.

以被假设为真实的，取决于个别作品持续的时间。因此诗学性模式的想象性与创造的自由就必须以超越强制力量为基础。这种超越强制力量的自由实际就是“仍然存在的神话”，但想象性模式本身并不能产生“存在的神话”，它的自由形成了所有模式的基础，保留对他人的容忍感，使之可以理解不同民族存在的不同模式。

除了诗学性模式以外，还有一种布道性模式。弗莱在 20 世纪 80 年代初出版的《伟大的代码》里就已经开始广泛地采用“布道”这个词来描述圣经将修辞与诗歌这两个比喻语言同一化的语言方面。他认为，“布道应该仅仅是一种普通的修辞形式，具有神学家补充的他自己的辩证法结构，是一种遗留在圣经里的文学成分，用做愉悦的功能”[①]。弗莱还提出保留布道这个词非常重要，但它应该不是普通的修辞，而是叙述神话和文学特性的语言模式，这一点与圣经文本不可分割。况且弗莱指出，布道性模式来自社会的认可，而圣经可以说是具有部分的布道性，因为圣经已经为人所认可很久。当然有人还提到世俗的布道性模式，比如《共产党宣言》就是马克思主义国家的布道，弗莱反驳说，“政治性的布道缺乏传统故事与原型引喻的神话学，而且还缺乏只有这样的神话学才可以赋予的共享的文化传统感。没有神话学充分支持的布道很快就会成为修辞的真空，而且真空就是意识所担心的东西。换句话说，甚至最具有渗透力的文学也无法提供神话模式的维度来重新制定自己生活的方向”[②]。因此这样说来，实际上只有圣经才拥有西方文化传统里唯一的布道性模式。圣经里的布道性模式并不是与其他四种模式一样的语言组织形式。它

① *Words with Power*, p. 100.

② Ibid., p. 117.

显然是隐喻地通过人类为中介从上帝那里转变来的声音，是最后需要公布的秘密。但如果我们停止了这种声音的隐喻，布道就会被同化为普通的修辞。它的具体作用下文中还要继续分析。

综观弗莱所论述的语言的五种模式，它们不仅仅是作为语言的发展轨迹为弗莱所研究，因为语言作为文化的载体还充分体现了人类的思想观念的形成以及文学想象的实现。当语言从具体意象走向逻辑辩证又以想象诗学颠覆理性时，原始社会里作为世俗文化与精神文化载体的神话逐渐走向两个方向，一个方面发展成为具有意识形态功能的宗教政治机构，具有现实的社会功能；另一个方面发展成为具有想象功能、使人能超越现实强制力量的文学创造。在这里，弗莱以五种语言模式的发展过程试图来揭示出想象性语言的重要性，同时他也试图挖掘出人类社会以及文化发展的基本走向。

在弗莱看来，前三种语言模式（描述性模式、概念性模式与修辞性模式）都是表达物质世界与它所处的时间与空间的语境之间的关系，而后两种语言模式（想象性模式与布道性模式）则进入精神领域，但与修辞性模式有着密切的联系。这样一来，弗莱通过论述语言从描述性模式发展为概念性模式并进而形成修辞性模式的过程勾勒了社会意识形态的形成，因为逻辑与理性的发展使得社会建立秩序与规范，建立等级关系和社会内在结构。而想象性模式却是弗莱自己创造的，他将想象的作用置于一种无以复加的重要地位，把想象性模式作为对修辞性模式的反拨，力图通过幻想与梦境来实现，以此来获得精神上超越一切的最终自由。这表达了弗莱对现实的一种抗争，对意识形态束缚的不满，也表明弗莱受宗教意识影响太深，所以他把人们的希望寄托于想象中，而西方的文化历史正好可以做他理论的最好注脚。在西方独特的历史发展过程中，以语言的修辞性阐发出来的理性强调最终形成了宗教信念，并特别发展了布道性的语言模式。而实际上西方的宗教与意识形态是纠缠在一起的，因此这里就涉及意识形态与文学发展的辩证统一，而且势必还是要回归到神话作用的发展历程中。

弗莱从语言的视角切入到对西方整体文学文化的分析受到了维科观点的极大影响。维科提出在历史的循环中存在着三个时代，分别为神话时代（神的时代）、英雄时代（贵族时代）以及凡人时代，这三个时代一直处于循环状态中。同时每个时代都产生它自己的文字表达类型，分别为诗歌体、英雄体以及通俗体。弗莱受到这个观点的启发，在对西方文学文化进行概要的回顾时，便把柏拉图作为一个分界线，在柏拉图之前的大多数希腊文献中，尤其是荷马史诗以及大部分的旧约圣经中，主要是诗体和寓言语言的概念。在这个阶段很少强调对主客体进行明显的分割，所以应该是语言的描述性模式。这个阶段尽管希腊神话里的语言文化既产生了荷马等诗人描述的远古故事，也同样产生了科学，不过弗莱指出科学发展与神话学并没有关系，原因是神话学与科学发展的模式不一致。神话学表达的是人类的信仰、恐惧与焦虑、激情与攻击力，在传统的语境下来自无限神秘的权威，因此神话学对思考以及事实都不感兴趣，它不过是人类关怀的结构。产生自神话学的文学故事以及意识形态都处于神话学表述人类关怀的结构中。从这方面讲，弗莱的神话学批评更接近宗教，这与弗莱长期在宗教环境中成长有关。但必须指出的是，尽管如此，弗莱的神话学批评毕竟不是宗教，而是更多关注于人自身且信任于人类想象力的文学文化批评，只不过与其他批评家不同的是，弗莱是从神话学研究中发现了他以为的人类思想的发展轨迹。这种人类思想的发展轨迹曾一度为众多思想家和学者标榜为逻各斯的理性主义，弗莱却将其标示为想象，即人类的想象力创造了一切。

但不可否认的是，随着近代科学的发展，理性的科学与想象的神话明显产生了矛盾。对此，弗莱并不深以为意，并常常站在历史发展的角度上对人类社会的发展做一种全景式的透析，从而来论证自己的观点。他始终认为，神话是万物概念之源，神话本身具有了想象性的神话故事和引导社会发展并规范社会制度的意识形态双重功能。在早期人类社会，人类认为物质世界是数学的而不是语言的，这种观点与语言所表达的社会焦虑发生冲突。于是在希腊雅典就出现了“不信神论”与“无神论”，而苏格拉底则掀起了一场巨大的革命，他热切地关注伦理世界而不是自然世界，挑战关怀的社会一元性。这场革命由柏拉图继续下去，最终导致了逻各斯对神话叙述的超越。而逻各斯意味着由辩证法控制的意识形态分析，这使得语境变化时，语言已经超越了故事的范畴与诗学的自足性。从柏拉图的《理想国》和亚里士多德的《玄学》就可以发现思维的诗学与隐喻语言让位于占据西方文化主导地位的辩证语言。从另一方面讲，失去了意识形态的神话在文学结构里成为了纯文学，比如古典神话学在基督教时代就成为纯粹的文学。圣经神话在18世纪以后也成为纯粹的文学。在柏拉图那里失去了辩证法的神话学成为一种类似故事的东西，这种可能的故事叙述已经说过的话，或以一种非辩证法的方式对产生的可能性进行思考。亚里士多德由此提出诗学表达的世界并不是表达真相，而是它自己假设的真相。这样一来，文学结果就非常接近于修辞，即是与辩证法相对立的修辞。这表明文学在后期的发展已经丧失了社会意识形态功能，成为弗莱还从16世纪的菲利普·锡德尼在《为诗辩护》里找到类似的阐述。锡德尼明确指出诗人无法证实什么，这表明文学里的所有叙述都是假设的，但他又指出诗歌与哲学相比，诗歌将抽象的概念转变为具体的事例；与历史相比，诗歌将不完美的事例转变为英雄的理想或者模范事例，因此诗歌在文明里面具有强有力的支持性的社会地位。弗莱认为尽管锡德尼的假设比较粗糙，但提出了诗学的原始性，因此我们在阅读时必须意识到来自于诗学的其他方面，那就是诗学是游戏的，因此它在散漫的语言结构里拥有几种不同的精神；诗学是想象的，依次在对现实与真相的语言叙述里并没有竞争对手，而且诗人的理想是为了娱乐和进行指导，娱乐性来自于艺术作品，指导性则还需要其他原则的指导。因此具有叙述与事例的故事比辩论更容易为人所接受，因为故事可以吸引孩子气的思维，这给予了诗学一种想象的回应，甚至有一种比纯粹的辩论更能吸引人对不可知的事物的神秘感觉。这种诗学超越了二元体系，使它的社会作用成为为先前的意识形态在当代社会寻找修辞匹配物或者相对物。为了适应这种情势，诗人使用了讽喻。在讽喻里故事与意义的关系是想象的，而且在这种语境里的意义被转译为逻各斯语言。到后来文学作家开始将神话结构移植到可信的方向，从而兴起了现实的、自然的表述。通过讽喻，文学无可避免地成了对意识形态进行的一种阐述。

弗莱以追根溯源的方式力图将语言模式与西方社会发展相结合，并力陈神话对社会文化发展所产生的关怀作用，且因为文学与意识形态之间的古老关系和相互作用，他认识到文学不可避免地会对意识形态做出反应，于是将希望寄托于文学，希望文学的想象超越意识形态。文学既然与意识形态有着千丝万缕的联系和作用，又同时具有着自神话发展而来的关怀精神，因此超越了新批评中所宣扬的文本自足性，超越了结构主义纯粹的结构论，将文学与社会文化紧密地结合起来。而且弗莱的这种思考与其他人的努力还是不同，因为他是从神话中直接寻找到自己的答案。弗莱对语言所做的论述实际上就是秉承自《批评的解剖》里所进行的思考传统，以语言分析作为批评理论的出发点，认为想象不仅成为沟通神话与文学之间的桥梁，而且是使神话区别于意识形态的疆界，使文学最终表达“人类对已经完成的初级关怀、自由、平等、健康、幸福和爱的向往”①，成为一个永远使人有理想的世界。

（二）神话、文学与意识形态之间的相互关系

法国批评家让—皮埃尔·韦尔南曾经对希腊神话作了大量的分析，他发现“通过快乐地讲述一个有彻底的人情味的故事，虚构的叙述按一种代码来运作，而对某种确定的文化来说，这种代码的规则是很严格的。代码支配并引导着神话想象的游戏。它规定并组织了范围，从中神话想象可以产生，可以改变旧的模式，可以建立新的版本。正是通过利用它所强加的种种被当作可兼容的束缚，它才在探索一系列公开方向的同时，迫使叙述创造的工作得以实施，并通过传统的继续发扬，使神话思想在一种文明中依然存活。”② 与韦尔南的发现一样，弗莱也认识到神话、意识形态与文学之间存在着一种代码，并按照这种代码指导的秩序呈现出文化想象。弗莱用隐喻来指称神话语言表象之下的规则和社会功能。神话也由此往往具有文学性与意识形态性。他在《伟大的代码》中很明确地指出：“神话具有扩展成为神话学的趋向，而神话学又具有百科全书的性质。它覆盖了社会关怀的所有重要的事物。当我们进入语言的转喻阶段时，在日益增长的文化的分

① *Words with Power*, p. 310.

② 让—皮埃尔·韦尔南著，余中先译，《神话与政治之间》，生活·读书·新知三联书店 2001 年版，第 265 页。

离因素和把社会关怀结为一体的神话学之间就产生了紧张状态。在这个阶段人们很快就发现，结为一体的神话学是实现社会权威与统治的有力的工具，因此人们也就用它来实现这一目的。”[①]

神话先于意识形态，而且是产生文学的母体。文学与意识形态作为神话发展的两个不同方面，并非截然分开，而是相辅相成的。弗莱的这个观点不同于以往许多人认为意识形态先于神话的观点。我们了解较多的是马克思主义意识形态论。英国文化批评家主将雷蒙德·威廉斯曾在《关键词》里对意识形态做了一个简洁的归纳。他认为意识形态并不是开始于马克思，而是开始于18世纪末的一位法国哲学家德斯图特·德·特拉西，意思是指思想的科学，以区别于古代玄学[②]，但在马克思主义者的模式里则成了关于文化、尤其是关于思想与文学的一个重要概念。威廉斯注意到在马克思主义那里可以发现意识形态的三个重要意思：那就是一个阶级或者群体的信仰体系；相对于真实的或者科学的知识的、错误思想或者意识体系；产生思想和意义的过程。因此在威廉斯看来，对意识形态进行正确定义是不可能的，尽管他可以追溯意识形态这个词发展的历史。威廉斯还观察了马克思论争里的主要成分：意识从一开始就被看作是人类物质社会化过程的部分，意识的产品在思想里因此成为了物质创造自身的过程部分。威廉斯暗示，在“意识形态”里有一个双重矛盾的或者多重矛盾导致的对抗。他认为在意识形态里有限的条件是一种思想，已经限制了意义和价值过程到形成的不可分割的理论或思想[③]。

---

① *The Great Code*, p. 77.

② Raymond Williams, *Keywords: A Vocabulary of Culture and Society*, Fontana: Croom Helm, 1976. pp. 124—125.

③ *Northrop Frye: Theoretical Imagination*, p. 195.

而根据当今著名的马克思主义理论家特里·伊格尔顿的观点来看，意识形态则是指通过一系列的所指策略合法建构的社会权力结构。这些所指策略包括提高社会的价值；将这些价值自然化为普遍的预设；将对抗的思想形式边缘化以及将在社会里获得的真实的权力关系神秘化[①]。显然，普遍为大家所接受的意识形态的定义就是意识形态包括了社会信仰、社会价值以及社会权力，通过社会主体将它进行意义解释与阐释。

弗莱的解释显然与一些马克思主义理论家的理解不尽相同。尽管弗莱也认为“意识形态”是一个很难定义、甚至是很难描绘的词语，但他还是试图解释这个词语。首先，弗莱讨论的前提就是颠覆了以往的认为意识形态高于神话学的观点，提出意识形态来自于神话学，是神话学的次级关怀，是关怀的产物。初级关怀与次级关怀并没有绝对的分界线。初级关怀由吃喝住所、性、财产与活动的自由四个方面组成，最开始是不区分个性与社会性的，也没有单数与复数的区别。但随着社会的发展，初级关怀就产生了个体与社会体的不同，只有在个体得到发展的社会里初级关怀才可以发展。初级关怀表达的只是人类最简单最普通的要求，那就是：生比死好，幸福比痛苦好，自由比束缚好，所有的人类都拥有这个要求。弗莱眼中的初级关怀是人类赖以生存的基本关怀。次级关怀则不同。次级关怀主要产生自社会契约，包括爱国心、其他的忠诚、宗教信仰以及受到阶级环境制约的态度和行为。次级关怀与初级关怀的精神层面存在着相当的一致。在弗莱看来，初级关怀既具有物质的层面，也具有精神的层面。精神层面的初级关怀就是：在物质的享用之余还包括社会的公平与公正；对性而言，不仅是肉体上的满足，而且是精神上的愉悦；对

① *The Legacy of Northrop Frye*, p. 77.

财产而言，还包括科学发现和诗歌、音乐的创造；活动的自由还包括思想和言论的自由[①]。因此初级关怀关涉的不仅是人类的生存权利，而且还应该包括精神上的享受。但意识形态并不等同于关怀，这里还必须存在一个前提，即“只有在意识形态的形式是来自于神话学这个基础上才可以说意识形态等同于关怀”[②]，因此弗莱认为“文学批评的首要任务是将意识形态从神话中识别出来，以重新建构作为一种语言的神话，还原文学至它应有的位置，那就是联结社会和它的初级关怀之间的交流枢纽位置”[③]。其次，弗莱对意识形态另一认识就是要从语言的发展过程中来看待意识形态。从弗莱前面所分析的语言发展的五种模式，我们发现，弗莱提出意识形态是由辩证法支持或者假设的存在。尽管作家致力于整合他的想象，但他未必能肯定可以将现实与他的想象统一，更何况他还会遇到原始的诗学与神话学思想形式的假设力量的反对，而且如果没有合适的意识形态对作家进行指导的话，他的著作在社会上将毫无用处。弗莱在这里提出的意识形态意义类似于马克思主义观点里的意识形态，成为社会权威的语言模式。弗莱分析了神话的发展过程，指出意识形态里包括的神话类型主要表现了人类对生存的迷惑，“任何一种意识形态一开始总是提供给自己看来是恰当的传统神话形式，然后才将其应用于形成和加强社会契约。由此，意识形态是一种经过应用的神话，它对神话的改编，就是在我们所处在一个意识形态结构内必须相信或声称我们相信的神话”[④]。因此次级关怀成为社会上起着主导

---

① *The Double Vision: Language and Meaning in Religion*, pp. 8—9.

② *Criticism in Society*, *Methuen*, p. 31.

③ *Northrop Frye in Conversation*, p. 55.

④ *Words with Power*, p. 23.

作用的意识形态权威的关怀。从语言的发展来看，一旦神话语言为逻各斯所取代，即假设成为由辩证法控制的意识形态性修辞，神话就不再为人所景仰，也不再与仪式、宗教相联系，而是成为一种纯粹的文学，人类的想象。神话在社会上保留的特殊地位也就被转译为逻各斯语言，这在西方世界中世纪的基督教时代最为明显。逻各斯语言使得神话的弹性丧失殆尽，意识形态语言支持社会权威，从而导致了中世纪科学与神学的冲突。尽管当今的科学权威已经为人所认识到，但诗人的社会权威却不被人完全认识或者甚至被完全的否定。

但据哈特研究，他发现弗莱关于意识形态产生条件的观点其实是自相矛盾的[①]。弗莱一方面意识到意识形态的无所不在性，也同样意识到它的重要性，但却坚持自己的观点，认为神话是其基本点，意识形态起源于幻想性的神话。弗莱反复强调居于文学和社会中心的是故事，而不是辩论。社会的基础是神话性和叙述性的，而不是意识形态的或辩证的。弗莱以原教旨主义般的精神将社会的一切指向神话想象，但问题显然存在，因为在一个具有神话结构的社会里，既然存在着意识形态斗争，人类就不可能一味停留在不能讨论故事是对或是错的神话水平上。关于这一点，或许裘·阿丹姆斯的解释可以给我们一些启示。阿丹姆斯认为弗莱将意识形态置于概念与文学之间以修辞手段来说服或强迫读者（一个社会团体或整个社会）赞同某些观点并采取某些行动的观点，类似于法国马克思主义理论家阿尔都塞将意识形态归结为修辞的行为[②]。阿尔都塞认为，意识形态没有历史，对于马克思是一个想象的集合，一个纯粹的梦

① 《弗莱研究：中国与西方》，第 113 页。

② 同上书，第 32—33 页。

幻，空虚而徒劳，由来自唯一完整、肯定的现实的“白天之残余”构成。它是具体的历史条件下受物质利益推动的个人物质性地产生其存在的副产品。同时，意识形态还是个体与其真实存在条件的想象性关系的一种“表征”①。阿尔都塞似乎意识到意识形态应该包含文学艺术，并赋予了文学艺术某种根本区别于意识形态的性质，但他却没有解释是什么给予艺术以一种感知能力使之能够获得不同于意识形态的视角。阿丹姆斯认为弗莱解答了这个问题，因为弗莱很早就设定了神话在社会文化中的核心地位，那就是艺术另外的视角来自于神话。但显然弗莱也发现意识形态与神话的关系并不是纯粹的承继关系，而是辩证的关系。既然文学艺术是关怀的，是讲述人类在维持生存获取自由、追求爱情以及改造世界的奋斗中发生的故事，因此在诗歌和小说中，这些意象并非专门服务于将某种信仰或行动强加于任何人身上。弗莱特别指出“无论小说如何充满反讽和忧虑，它都潜伏着一种积极向上的冲动，即关怀更为丰富的生活的冲动，依然算是一种游戏或自足的能量的形式”②。即使是极具政治化的诗歌、小说和戏剧作品，不管有什么样的说教性，都没有坚持任何信念或观点，它们依然没有超出假设的范围。所以弗莱宣称“文学虽不能坚持任何主张，却能简单地树立象征或举出实例，它提倡判断上的悬置，提倡多种反应，这种疑虑和多元性比任何理性的怀疑主义更容易诋毁意识形态”③。弗莱的文学理论将神话学置于意识形态之前，但承认意识形态的重要性和无所不在性，承认文学从

---

① 参见路易·阿尔都塞“意识形态与意识形态国家机器（一项研究的笔记）”，斯拉沃热·齐泽克等著，方杰译，《图绘意识形态》，南京大学出版社 2002 年版，第 133—183 页。

② *Words with Power*, p. 43.

③ Ibid., p. 24.

神话学那里转译的结构原则的历史性但允许它们的超历史性，而不是超越的交流，因此弗莱关于信仰和意识形态的观点也成为阐释政治论争的关键。

弗莱如何分析文学、神话学、意识形态的关系？我们可以从弗莱的一个比喻来进行解释。根据弗莱的观点，我们可以画一个十字架来表示其中的复杂关系，诗人以及他与社会的关系是处于十字架的中心。十字架横的方面是社会与意识形态环境，在这种环境里诗人相对他的同时代人来说比较聪明一些，而他也的确是比较聪明的。竖的方面则表示可以追溯到荷马这些早期诗人的神话学一条线，从荷马阐述的神话学那里，我们可以将目前的时代故事与远古的神话相连接。文学正好处于神话学与表现社会环境的意识形态的交汇处，联结神话学与社会意识形态。因为神话学是“人类存在的事实陈述而不是资料，它属于人类所创建而且居住的这个文化与文明的世界”①，所以弗莱发现，来源于神话学的文学必然在漫长的文学传统发展长河里存在着一种“影响的焦虑”。但他所说的影响的焦虑与布鲁姆关于“影响的焦虑”的概念不同，弗莱所说的影响的焦虑实际上是指作家与他的周围环境里意识形态的矛盾关系产生的这种压迫性焦虑。他说“一流的作家可以选择为不可能超越他的二流作家所影响，或者他可以仅仅是避免阅读这些人的作品，因为这些作品的影响可能会成为一种威胁……因为真正的文学继承并不是通过人格，而是通过习俗与类型达到”②。这里弗莱很清楚地指出，意识形态制约着文学的发展，尽管文学本身的自足性可以使它部分避免它的控制。弗莱还清楚地指出神话并不仅仅是一个历史过程的结果，而且还是走

① *The Great Code*, p. 59.

② *Power with Words*, p. 47.

向超越历史的社会想象，因此文学作为一种想象的创造物，必然会与压迫与制约它的意识形态产生相对的张力。

我们以《圣经》为例，或许能够比较深刻地理解弗莱阐述的神话、文学与意识形态之间的关系。

二　《圣经》与文学

在西方社会关于《圣经》的阐释、研究和批评生生不息，犹如一条长河。西方学者对圣经文学因素的关注以及运用文学批评方法对《圣经》进行的研究早在教父时代就已经萌芽。“基督教是世界上最富有文学性的一种宗教，其中的道有一种特殊的圣洁性。最能体现这种文学性的例证就是基督教的经典——《圣经》。《圣经》不仅是记载希伯来人和基督教信徒信仰的文库，而且也是一部文学结构卓然突出的鸿篇巨制。”[①] 在漫长的圣经文学批评中，历史批评在18世纪后期到20世纪中期一直居于圣经批评领域的主流地位，那些执著于宗教历史及神学的圣经学者孜孜不倦地切割文本，探微查幽，假想，推理，论证，试图建立文本构成的历史，寻回原初的文本和原初作者的意图。但盛极一时的历史批评并未完全阻断纯文学批评，19世纪与20世纪之交，一场研究“作为文学的圣经”运动悄然兴起，为圣经文学批评之流注入生机和活力，使这一微弱的传统延续下来。20世纪弗莱以《批评的解剖》并继而以《伟大的代码》和《权力的词语》及《双重幻象》侧重分析了《圣经》的叙事结构，并依照神话原型批评的原则划分了《圣经》的意象结构，提出这种意象结构的真正力量是隐喻。弗莱的这些研究被认为是“在圣经文学批评史上

① 勒兰德·莱肯著，徐钟等译：《圣经文学》，春风文艺出版社1988年版，第1页。

具有里程碑的意义。”[①]

《圣经》作为西方意识形态与文学发展的源头之一，可以帮助我们进一步理解并论证前面所阐述的弗莱关于神话、文学以及意识形态的内在联系。西方对《圣经》的研究可以说是汗牛充栋，数不胜数，但总而言之不过两种方式：一种是批评的研究，即建立起文本并研究《圣经》形成的历史与文化背景；另一种则是传统的研究，即根据神学与教会的权威所宣布的圣经意义来阐释《圣经》。对弗莱而言，传统的《圣经》研究里有两种研究方法如中世纪的类型学与改革性的评论研究比较有意义，因为它们假设了《圣经》作为一种原理的统一性，而且还阐述了诗人如何运用《圣经》并进行自己的创造。弗莱由此受到启发，意识到应该从语言的角度来分析《圣经》，以此来梳理西方文学与意识形态发展的轨迹。但与这两种研究方法不同的是，弗莱既不从历史地考证神话真实性的角度出发，也不以《圣经》的权威地位来解释圣经故事，更不是单纯地把《圣经》看作是一部文学作品，而是“从文学批评的角度来研究《圣经》”（《伟大的代码》，第1页），从《圣经》的神话中发现孕育其中的想象结构与社会意识。《伟大的代码》就是这样做的。他在《权力的词语》里进一步强调说，“在这本书里我继续了在多年前出版的《伟大的代码》那本书里对《圣经》与文学的研究。《圣经》‘与’文学的意义并不是说我想要鼓励《圣经》的文学特征，或者把‘《圣经》看作文学’，对这个主题已经有人写了这方面的书了。我想要说的是《圣经》的结构，正如它的叙述和想象所显示的，如何与西方文学的习俗和类型有关”[②]。《圣经》自古至今都是被看作为一个整

① 梁工主编：《西方圣经批评引论》，商务印书馆2006年版，第117页。

② *Words with Power*，p. xi.

体，是以一个整体来影响着西方的想象力，所以从《圣经》对文学所产生的巨大影响来看，对《圣经》本身进行文学研究也是合理的，而对《圣经》的文本研究将把批评家引入更宽泛地关于词语的社会作用这个问题上。弗莱把他的系统建立在神话学的结构原则上，但他远不只是一个将文学附属于超文学即神话学的神话批评家。他认为“文学最复杂也最有趣的就是阐述或者解释神话学，而且没有文学，神话学的研究将毫无生趣。相反的，如果没有对神话学的理解，承认神话学的历史优先性，那么文学批评如果不是反历史的话，也至少是无历史的”[①]。因此弗莱在他的《圣经》研究里，一方面辨析了《圣经》作为神话如何发展了意识形态；另一方面又如何发展了文学想象的社会意义，探讨了《圣经》如何丰富西方文学与文学想象、如何形成主导社会意识的权威。

《圣经》是权威的真实还是虚构的文学？

《圣经》作为基督教的主要教义文本影响着数千年来西方文学与文化的发展。既然基督教在 18 世纪以前一直是在西方社会占据主导地位的意识形态，因此首先辨析《圣经》的历史性与神话性，明了弗莱在神话学研究里所昭示的《圣经》的诗学意义，将会明晰弗莱所详细地论述《圣经》神话所形成的意识形态权威与文学性的基础。

1.《圣经》的历史性与文学性

弗莱在《伟大的代码》里曾经提出了这样一个问题，那就是“假如《圣经》中的叙事是我们写出来的神话，不管这些神话是历史的还是虚构的，那么它们是历史或小说吗?”（《伟大的代码》，第 62 页）从他的分析结果来看，他发现《圣经》既具有历

① *Northrop Frye*：*The Theoretical Imagination*，p. 1.

史的事实，又存在文学的想象，但既不是历史，也不是文学。因为根据亚里士多德的原则，历史是指具体的论述，必须服从真实与虚假的标准；诗歌则没有做出具体的论述，也无须服从这些标准，而且诗歌表达的是事物中包含的普遍特质。因此弗莱认为，在《圣经》里圣经神话更接近于诗歌，而不是更接近于历史。关于这一点，弗莱在“《圣经》里的历史与神话”一文里做了清楚的阐述。弗莱指出，《圣经》具有历史的方面，有些故事如《圣经》的旧约就的确展现了一个粗略的从创世记到获得耶路撒冷这样一个持续的历史，但这之后，持续性的历史叙述消失了，即使有些章节指向后来的历史，如“麦克白的书”等。《圣经》里亚伯拉罕和出埃及记的叙述属于历史回忆的范畴，但很显然这本书里关于埃及的历史除了“出埃及记”外，人们已无法了解到任何更多的历史了，就如同除了了解到基督的生活，人们对罗马的历史也了解很少一样。因此弗莱认为“《圣经》里所展现的历史是教导性的、支配性的历史，倾向于在处理事实的方法上简单化”[①]。既然从来就没有人能确定圣经确切记录实际发生事件的程度，那么可以说这里存在着一个普遍性原则，即如果有历史事实被写进了《圣经》，那并不是因为它是历史事实，而是有其他原因。弗莱认为这些原因可能都与精神的意义有关。而历史的真实与精神深度没有什么联系。由此，弗莱提出如果我们不是删除而是保留《圣经》中的原始过程，我们就会发现神话学传统贯穿于文学，《圣经》神话倾向于非历史化，神话学也倾向于把历史看作是一个连续体。

---

① Northrop Frye, “History and Myth in the Bible”, Angus Fletcher ed., *The Literature of Fact: Selected Papers from the English Institute*, New York: Columbia University Press, 1976, p. 5.

当弗莱进一步从语言的角度分析了这个原因时，他发现上述这个问题涉及两个方面：一方面是关于圣经文学“字面”意思的性质；另一方面是因为这还涉及对语言发展的历史视角（《伟大的代码》，第69页）。传统观点认为，我们必须把《圣经》中的历史因素看成是“真实的”，即是描述性语言模式意义上的真实。一旦我们认识到《圣经》故事中的不可信内容时，知识界的精英或教士为了使我们相信或者使我们认为自己相信了这一点，于是就把这些不可信的内容称作我们能够拥有的一种特殊美德。除了他们的努力外，如果要人们相信上帝创造的一系列具有“字面上真实性”但其实是不可能发生的故事，《圣经》故事还必然在一定程度上与诗歌具有密切的关系，也就是说，《圣经》神话可以被虚构化、可以被当作诗歌来阅读。虽然《圣经》神话作为诗歌来阅读比当作历史事实来阅读更加自由，但我们显然也不可以把《圣经》当作诗歌的假想基础，因为《圣经》与《荷马史诗》不一样的是，《圣经》并不是从头到尾都是诗歌，它的很多章节并不是诗歌。而且在《圣经》时代，神话学的诗歌方面已经向文学发展了，神话学的功能方面也已经向历史的和政治的思想发展。因此我们必须认识到《圣经》研究的历史的、教义的方向应该转向为诗学的、文学的方向，我们才可以获得对《圣经》更好的理解。这意味着只有从《圣经》的诗学意义上我们才可以更好地理解《圣经》神话里具有意识形态这种宗教性的终极关怀与文学想象的初级关怀。

既然如此，那么《圣经》的文学性又体现在哪里？

对神话学的文学方面来说，文学不变的特性就是“它的用典和它对传统始终不渝的尊重”（《伟大的代码》，第73页），这一点对各种语境中的神话都至关重要，因为任何一个社会，即使是已经具备了写作条件的社会，如果不能把他们主要关注的神话不断反复地表现出来，就不可能把这些神话保留在记忆中。在早期社会，保留这种记忆最好的方式就是通过宗教仪式，在后来的社会里，则表现为与习俗密切联系的文学，因此文学以习俗连接了过去、现在与将来，成为从神话那里继承下来的人类对世界的想象。神话与文学之间存在着某种内在的联系，因为诗人可以重新创造神话，在文学史里反映神话的中心与永恒意义。同时神话学还给予了社会一种社会契约的想象感。因此当神话学成为一种文学时，实际上是由神话学模式提供了某种关于社会人类状况的想象思想，在这种形势下发展的神话的典型形式就成为文学习俗或者文学类型。

因此我们可以这样来理解《圣经》的文学性。首先，《圣经》作为一种神话想象，它的核心就是超越自然的人性创造。弗莱从《圣经》的《创世记》神话里发现无论人类的开始是否归属于上帝的创造成果，还存在一种属于人类工作的创造，这种创造的理想形式就是在将来进行规划。上帝在《创世记》里建造的伊甸园为人类的重新创造提供了模式。而事实上，这个模式也是人类想象的理想之境地。因此弗莱说："当所有的文化都根据自然反映了类似的想象模式的时候，《圣经》显示了它对自然的不同态度。……自然是人类的相应创造：在自然里发现神圣的存在是迷信，崇拜他们是偶像崇拜。根据《圣经》，人类必须关照自己，关照他的机构，而且尤其是他的语言创造的记录，以此来发现他所赋予的创造的结构原则。进一步说，以同样的原则，人类主要的社会问题的解决办法就必须是推动自然的真正的重新创造"①。显然《圣经》施加给文学以其他书籍所没有的影响力，而且《圣

① *Northrop Frye*：*Creation and Recreation*，Toronto：University of Toronto Press，1980，p. 21.

经》具有某种文学形式为西方文学提供了神话学的框架。其次，在《圣经》里，神话与隐喻语言是主要的语言，也是文学所使用的主要语言。“《圣经》中几乎所有的预言部分都是用神话和隐喻的语言写成的”[①] 通过神话与隐喻，《圣经》获得了唯一的途径来超越语言的精神现实，因此，如果这个现实存在，文学作品本身就代表了一个实践的没有被困的自我转变力的源泉[②]。关于这一点，弗莱曾作过很好的解释。他提出，在文明史上，文学出现在神话学之后，神话是想象的简单的原始的劳动试图来统一人类与非人类世界，它最典型的结果就是关于神的故事，后来神话学融合到文学里，神话因此成为讲述故事的结构原则[③]。因此可以这样说，《圣经》神话是文学培训的基础，《圣经》对人类状况的想象性概述在文学里找到了自己的位置。甚至可以进一步说，《圣经》不只是一部与文学作品相类似的东西，它本身就是一部文学作品，因为没有一部书会像《圣经》那样没有文学的特性却对文学产生了如此巨大的影响。

弗莱在从事布莱克研究时发现布莱克其实是一个笃信基督教的诗人，而且他的诗歌与宗教意象密不可分。同样，他还发现西方的整个文学都与《圣经》意象紧密相连。因此，在思考写作《伟大的代码》时，弗莱忽然“获得了他一直在思考的关于《圣经》的一种更大的概念”[④]。他将所有关于文学作用的关怀整合在一起。为了指出《圣经》的想象力源泉，弗莱必须扭转柏拉图的理性化论说对思想隐喻状态所产生的负面影响，他从布莱克那

① *Words with power*, p. 109.

② *The Literature of Fact: Selected Papers from the English Institute*, p. 19.

③ *The Educated Imagination*, p. 45.

④ *Northrop Frye: A Biography*, p. 339.

里发现了答案，意识到《圣经》其实就是通过神话与隐喻的语言，以词语的力量影响观众，而且文学的主要作用最终就是重新创造原始的、神奇的、隐喻的语言，使《圣经》与文学达到某种程度的一致。换句话说，《圣经》作为神话学的故事方面在文学里延长了的生命，获得了重新创造，这恰好证实了弗莱在《伟大的代码》里提出的《圣经》是诗学的观点。

上述分析表明弗莱始终认为《圣经》是神话的，而不是历史的，因为历史讲的是过去的语言，这对《圣经》作者们而言不是足够紧迫的语言。神话是现在时态唯一的语言，也是诗歌的语言。《圣经》更接近于诗歌而不是真实的历史，可以把《圣经》当作诗歌来阅读，但他也意识到，如果从批评的意义来看，对《圣经》进行的真正文学批评却应该是严肃地来看待《圣经》神话的与隐喻的方面，所以弗莱着重分析了《圣经》的语言、隐喻与类型等方面。弗莱始终坚信，“语言是最重要的，神话与隐喻是文学、批评以及人类文化相互渗透的方面”[①]。

2.《圣经》的文学性表征

弗莱认识到《圣经》是文学性的，同时也认识到《圣经》的非文学性，因为《圣经》具有文学性反而使它不可能成为真正的文学，毕竟“《圣经》显然与批评所关涉的所有主要问题有关”[②]。应该说《圣经》与文学批评的关系就是通过神话与隐喻语言来实现，或者说，正是隐喻语言使《圣经》一方面与文学密切相连，另一方面进入到神圣的、权威的领域。

弗莱在《伟大的代码》里对《圣经》的语言进行了详细的分析，指出《圣经》起源于语言的第一隐喻阶段，也就是柏拉

---

① *Northrop Frye*: *The Theoretical Imagination*, p. 192.

② *Myth and Metaphor*: *Selected Essays 1974—1988*, p. 93.

图使语言发展进入的不同阶段——“神圣体”阶段，“这种语言是以文化为主的语言，一种在当时或后来被它所在的社会赋予了特殊权威的语言”（《伟大的代码》，第23页）。所谓隐喻，与神话一样，具有一种原本的意义和一种引申出来的意义。弗莱认为隐喻原本的意义很广，是一种同义反复。当词语结构倾向于集中的意义时，形成了词语结构的文学方面，在这个意义上，任何词语结构都具有文学方面，《圣经》原本的和字面的意义就倾向于集中的和诗的意义。当阅读《圣经》字面意义的时候，词与词之间的联系产生了隐喻的意义。这使得《圣经》的意义与一般文学作品有所不同。一般的文学作品具有两种情况：一是不断地与外部意义关联，为它所描述的东西建立一个语境；一是不与外部意义关联，产生文本内部词语的一致性。对《圣经》而言，它既不是文学也不是非文学，或者说《圣经》既是文学的，又能够使自己完全不成为文学作品，因此“在《圣经》中字面的意义是诗的意义，这首先是靠同义反复，所有字面意义都是倾向于集中的和诗意的语境中的同义反复；其次，这是在一个十分具体的意义上说的，即我们所见的是明显的隐喻和特点突出的其他诗歌表达形式”（《伟大的代码》，第91页）。通过对《圣经》的这种理解与分析，弗莱发现了宗教语言与文学语言的密切关系，不过直到战后接触到克尔凯郭尔以及存在主义思想时，他才开始明白《圣经》里宗教语言与文学语言关系形成的原因。弗莱发现，“宗教语言与文学语言关系密切是因为神话是‘关怀’的语言。人类生活在两个世界里，一个是他周围的客观世界，是科学要研究的世界，还有一个是人类想要生活于其中超出他所处的客观世界的想象世界，也是依靠人类自己的观点、对命运的观点以及关心自己从何而来要到哪里去的关怀以及他所有的希望、所有的理想、所有的焦虑形成了他的社会观和他想要建造的一个世界的概念”[①]。因此弗莱说，在西方文学与《圣经》之间，也有冲突，但它们享有所用来书写的共同的语言。《圣经》在西方世界里的巨大特权无须特别强调它作为重要宗教的源泉。我们语言权威的真正源头还是在语言学形式里[②]。这比较接近文学与每个年代包围文学的意识形态之间关系的传统作用，每个时代的意识形态如果与辩证法具有不同的语言学结构，那么人们就会认为这种意识形态是超级的意识形态，更接近词语本身的意义。文学服从于其他语言形式的发展趋势是毋庸置疑的，但这一点一般不为人所注意是因为关于语言的起源问题在这个领域最容易碰见强大的偏见。

根据前文所述的语言模式，弗莱由此分析了几种隐喻形式，分别为隐喻、转喻和明喻。在人类初期社会，隐喻是自我意识的，主客体不分的，随着逻各斯语言的日益发展，倾向于将主客体分离，因此神话里的众神则越来越多地成为文学人物，产生了一种文学感与反讽距离。诗歌显然具有隐喻基础，因为诗歌语言是一种具体的语言，凸显感官体验的客体。诗学的语言不同于概念性或辩证性语言，就因为后者的抽象词汇使诗歌没有广阔的包容力。弗莱认为，隐喻是神话的，与诗性相联系，转喻则与辩证的、逻辑的相联系。因此 16 世纪语言发展到第三阶段的时候，语言已经成为主要描述客观自然规律、以真实为模型根据相似原则通过词语把所获得的想象中的事物勾勒出来，从而使语言结构与所描述的对象距离非常接近。但弗莱也明白，如果要使这种语言结构做到与所描述的事物非常一致，起决定作用的修辞手段就是一种明喻；真实的语言结构就是一种很像其所描述的事物的结

① *Reading the World: Selected Writings, 1935－1976*, p. 186.

② *Words with Power*, p. xiv.

构。因此他这样描述了语言的发展：语言的第一阶段是隐喻阶段，语言是含糊的，无所不包的，到第二阶段语言则成为转喻的，具有某种逻辑思维和辩证分析能力，语言的第三阶段却是明喻的，与人对世界的认识越来越清晰，主客体更加明了。以诗歌的发展为例，第一阶段的诗歌是百科全书式的神话表述的，诗人的知识代表了整个社会的文化，第二阶段的诗歌常通过寓言来适应这一变化，这说明在转喻阶段，即使是一个很伟大的诗人，也不会在宗教事务上被赋予神学家的权威，也不可能为他的寓言在概念方面提供这方面的来源。在第三阶段，文学则使自己适应了社会，主要通过人们通常称为的现实主义，采用可能性与貌似真实的分类法作为修辞手段。在弗莱看来，西方社会从基督教时代开始就已经产生了演绎推理思维，语言形式也从隐喻结构发展成为转喻结构。弗莱还以《圣经》为例分析了《圣经》的语言形式，他认为《圣经》起源于语言的第一隐喻阶段，所以《圣经》应该是诗体语言，尽管它不是文学著作却尽可能做到了诗体化。但《圣经》的许多部分又与语言发展的第二阶段的辩证语言处于同一个时期，也就是《圣经》注重演说的修辞，注意利用比喻表达法和与诗歌有关系的手段来吸引观众，从而使《圣经》又与诗歌不同。更有意思的是，《圣经》里的规劝、布道又使《圣经》语言与普通语言非常接近，以致《圣经》语言不归属于语言发展的任何单一阶段，但又反映了语言的整个发展过程，从而使《圣经》与文学的关系密切。

通过隐喻，《圣经》与文学达成了某种程度的一致，表现了人类的想象，神话拯救了历史，人们可以发现神话里的安慰而忽视历史变化，认为我们应该学会在真实里看到想象，在想象里看到真实。因此《圣经》里的解放神话就成了中心神话，通过暗示将真正的想象与想象的真实放在一起。弗莱认为有两种神话已经获得了现代形式：一种是普罗米修斯神话，这位为保护人类免受神伤害而为人类盗来火种的神创造了革命神话，他的神话在马克思那里进行了现代化；另一个神话就是来源于性或者母亲神话发展成为的爱欲神话，其中主导天才是弗洛伊德，这位最伟大的现代爱欲思想家。弗莱指出，在他眼中，这些最直接改变文明的思想家，如弗洛伊德、马克思、罗素改变了我们的神话学，并因此成了真正的神话学思想家。

由此看来，《圣经》以伟大的想象、神话与隐喻的语言构成了西方文学想象的结构，创造了文学里的类型与习俗。但《圣经》作为神话的社会功用的方面却使《圣经》走向了宗教，成为一种信仰的语言，所以“《圣经》具有独特的地方就是它在创造中强调教义，这显然不是趋向成为文学或者想象的东西”[1]。弗莱发现，《圣经》作为基督教教义最大的贡献在于它集中了一种主要的关怀神话，并有力地使所有其他文化因素服从于这一主要神话（《批评之路》，第 26 页）。而且在每一个社会构成中，占支配地位的阶级都试图接管关怀神话，利用它或者它最基本的部分使其统治合理化。因此基督教的关怀神话趋向于同更迭交替的不同的统治阶级的神话联系在一起。由于弗莱对神话两种概念的划分使社会神话分为两极，也就是他在《世俗的经典》里描述的两个世界，“人类生活在两个世界，一个是自然世界，一个是他想要建立的超出自然的艺术世界。艺术世界是人类文化和文明的世界，是以想象形成的创造性过程。这种想象集中体现在我们想要生活的世界与我们不想要生活的世界之间的罗曼司里。这个过程在实际的世界继续存在，但形成它的想象对那个世界是清楚的，而且必须容不得半点污点。如果不这样的话，仪式就会沦落为被

① *Creation and Recreation*, p. 29.

动的巫术，而诗人的创造能量就会成为社会关怀的焦虑，成为职业的背叛"①，而实际上在这两个世界里，人类生存的自然世界形成了社会契约的概念，理想的世界形成了"乌托邦"或者理想国的概念，也是文学想象的世界。社会契约神话体现了社会现存的权力结构，因此对神话、《圣经》与文学的讨论进入到神话与意识形态、文学的进一步讨论中。

三 《圣经》、文学与意识形态

《圣经》显然还具有在世俗社会中极其强大的意识形态权威。弗莱也充分认识到这一点，他在对《圣经》的文学性进行分析时并没有忘记《圣经》给世俗社会带来的极大影响。但他也并没有集中在《圣经》权威的认证上，而是将宗教的终极关怀意识移植到文学中，提出文学关怀论，以此将《圣经》的文学性与意识形态特征进行中和，从而产生文学的深邃性和现世性。

弗莱充分认识到《圣经》的语言权威给社会普遍意志的影响力，他以强调《圣经》的想象以消解意识形态的压迫性，并以此强调文学的想象性高于社会意识形态。当弗莱回归到神话学中来寻找他的论证基础时，他意识到是《圣经》神话产生了《圣经》的意识形态与文学特性，因为从《圣经》神话中我们既获得现世社会的政治形态，同样也获得超越政治形态的想象力和创造力。而且《圣经》的文学性对于延长《圣经》神话的生命力来说，具有更为重要的意义。但似乎有矛盾的地方是，虽然《圣经》可以作为神话叙述来延续它的创造性与再创造

---

① *Spiritus Mundi: Essays on Literature, Myth and Society*, pp. 58—59.

性，但毕竟《圣经》最独特的地方就是它在创造里强调教义，而这显然并不是趋向于成为文学或者想象的东西。且文学与《圣经》最大的区别就在于“文学并不是为了信仰的目的，在诗歌里不存在诗歌的宗教，文学与信仰没有任何联系”[①]。弗莱在《伟大的代码》与《权力的词语》里关于信仰的讨论中也指出“信仰，在其通常意义上讲，无法超出它只是坚持某种意识形态的宣言”。在进行协调《圣经》作为文学和作为意识形态之间的矛盾性中，弗莱提出：意识形态是压迫的工具、神话研究起着理解和瓦解某种特定意识形态作用因而受到禁忌的手段。这里实际上也反映了弗莱在对《圣经》意识形态作用分析中的不确定性。

弗莱首先将意识形态做出定义，将意识形态看作一种信息载体，它暗示着人们相信：现存社会秩序虽然不尽善尽美但已是目前所能指望的最好的了，因而人们应遵守它并为此努力工作。每个时代的牧师或者统治阶级总是试图使自己的神话经典成为唯一可能的东西，而把其余的神话贬斥为病态的、虚假的、异端的甚至邪恶的存在。在弗莱看来，这种意识形态形成了压迫的工具，意识形态称为现实中被利用的神话，其本身是无法进行自我检验的。从整个神话学的发展过程来看，意识形态显然只是其中的一部分，因此弗莱提出，应该把神话学看作是通过文学的想象和假设性表达的、比意识形态更基本的东西。但他也意识到，其实神话学在社会上处于更边缘化、更脆弱的地位。文学里表达的神话学与批评里解释的神话学可以抵制占据主导地位的意识形态的权力以及由此带给作家、学者和批评家的政治压力。显然，神话由此成为弗莱反对人类历史悲惨记录的希望。对弗莱而言，文学里

① *The Legacy of Northrop Frye*, p. 77.

的神话是无产阶级进入没有阶级社会的想象的兴起，也是被压抑者的回归。在这个认识上，他转向了马克思和弗洛伊德，也转向布莱克和其他人，试图以他们的观点来帮助创造他的希望与重生的想象。弗莱始终坚持他的文学关怀论，认为文学的社会作用就是来创造一种关注人类社团成员基本需求的团体——也就是满足生活、吃喝、爱、创造以及自由的活动的要求。因此弗莱始终在为诗歌辩护，他在理论上为诗歌辩护也成为晚期的一个重要贡献，他由此被归类于锡德尼和雪莱在英语里建立的传统。弗莱反对攻击小说，这也是开始于柏拉图和亚里士多德的传统，后来得以在教会牧师那里继续。他们攻击诗歌、戏剧或者小说没有进行道德性、神学或者哲学地创作。弗莱驳斥这种观点，他保护了在政治的、社会的、伦理的以及语义系统里文学的尊严、文学的自主性和重要性。对弗莱而言，这个系统就是人类的建构，文学就是一种人类建构，需要保护这个体系是因为人类的无知和意识形态压迫，而恰恰是文学提供给我们重新创造我们自己和我们社会的方法。关于这一点，弗莱似乎有些在仿效阿诺德，想要以文学里的信仰代替宗教里的信仰，但他并没有追随阿诺德的转喻或移植，因为不同的是，弗莱把《圣经》与文学进行了联系而不是将两者分开①。

弗莱始终在证明，神话远先于并高于意识形态，是神话产生了意识形态与文学的特性，因此从圣经神话中我们既获得现世社会的政治形态，同样也获得超越政治形态的想象力和创造力。因为神话具有两个方面的意义：一方面是最简单也最普通的意义，那就是神话是讲述神或者神圣存在的故事，这个方面的神话具有文学的意义，是想象的、虚构的，后来逐渐形成了文学的写作；

① *Northrop Frye*: *The Theoretical Imagination*, p. 193.

而另一方面，神话是用来解释它们所存在的社会的某些特色的故事，在这个方面神话形成了在后来的宗教里称之为是天启的东西，也就是传统的理解习俗在世界中的状况。第二个方面的神话含义显然体现了弗莱后来所论述的关怀神话的理论。从第二个层面来看，这类神话具有使现状理性化的社会作用，因为它不仅解释人们为什么从事目前的工作，而且解释了所从事工作的未来意义。因此当世俗社群不断进行兼并与联合，地方性的多神神话融合统一进入到更大的政治范围的神话里形成神话学时，神话学也就越来越严肃，甚至对社会变化起着一种保守作用。弗莱指出："这种神话学代表了它与神、与祖先、与自然秩序等之间社会契约的社会观点。所以后来发展的契约理论就是最重要的理性化了的神话。而神话的重要性就体现在它们的内容所研究的东西主要是有关社会学的，而且它们的研究最终成为社会科学的一部分。"① 在弗莱大部分的学术生涯里，他主要关怀的是意识形态和神话学之间的关系。他笔下涉及的社会批评常常渗透着对题材和神话的强烈兴趣。他的诗学永远是社会性的，甚至《批评的解剖》也蕴涵着历史的层面。但弗莱在早期很少提到"意识形态"这个词，只有从《神话与隐喻》里收集的论文集里我们可以发现他开始频繁地提到"意识形态"这个词，并在后期著作《权力的词语》与《双重视角》里反复地解释了他对意识形态的理解以及文学、神话与意识形态之间错综复杂的关系。不过早在 20 世纪 70 年代初，他在《批评之路》里提出了关怀神话与神话就已经预示了他对当今盛行的意识形态讨论的关注。他的立足点就是神话学是先于意识形态，意识形态来源于神话学，但因为意识形态

① *Relations of Literary Study: Essays on Interdisciplinary Contributions*, p. 28.

的权威性，又影响着神话的传播与重新创造。尽管当今一些政治批评家可能抵触弗莱，但是弗莱在很大程度上也是政治批评家。他的政见中心就是教育。只是，文学与意识形态之间有没有直接的联系？它们之间的相互关系是怎样的？这些问题不仅会使我们清楚地认识弗莱对神话进行的论述、神话与社会关系的论述，从而透彻地了解弗莱的社会文化批评观点，还可以进一步使我们了解将在后面论述的弗莱的教育思想。

弗莱始终把文学看作是一个虚构世界。但文学并不是神话学，即使它历史地来自神话学。他认为文学还是一种意识形态批评，这个观点与今天所有的理论家的观点相似，他们断言了文学的意识形态性。弗莱的观点也暗示：文学是反对占统治地位的意识形态以及支持统治阶级意识形态的阶级结构的一种颠覆性的方法。但弗莱采用了与那些人不同的策略。那些人认为文学在这个世界的物质力量前面没有力量，是没有用的想象。但弗莱恰好提出反对意见，认为文学的想象维度具有决定性的权威，不同于它的意识形态与历史背景①。这里就是弗莱的意识形态谱系：意识形态开始于在传统的神话学里理解与自己相关的东西，并以这种理解来形成或加强社会契约。意识形态因此是一种适用的神话学，它对神话的适用在于我们相信我们所置身于内的意识形态结构。意识形态总在传递着这个信息，那就是：你的社会秩序并不总是你最理想的方式，但它是你目前所能希望的最好方式。意识形态社会容易产生迫害与容忍，这缘由为社会的上升阶层想让他们的神话学经典成为唯一的信念，并将其他神话学经典批判为邪恶的异教。这就意味着在意识形态里有一种强烈的抵制力量使它不包括在创造、神话之列，而需要以一种更宽泛的视角来监

---

① *Rereading Frye: The Published and Unpublished Works*, p. 75.

视它。

正如研究弗莱的一些批评家所指出的，弗莱并不否认神话学的意识形态特性，但他将意识形态的影响限定于次级关怀，并认为意识形态使这些关怀理性化了。他认为一个人阅读或讲故事的模式或神话时间越长，它们与初级关怀的联系就越清楚，尤其是与这些关怀没有完成的焦虑之间的关系也越加清楚。焦虑与欲望，原本是新历史主义和精神分析批评关注的关怀，现在成为弗莱的文学社会作用观点的核心。弗莱认为过去两个世纪以来的任何小说都显示了初级与次级关怀、存活与基本需要以及意识形态等问题。弗莱坚持认为，无论怎样消除焦虑以及小说怎样讽刺，它都具有一种内在的积极的冲动，一种表达对更丰富生活的关怀。综观历史，正如弗莱在《双重视角》里所重复的，部分在《权力的词语》、《有教养的想象》以及《批评的解剖》里所阐释的，在我们生活的现实社会里，次级关怀比初级关怀更具有优势，比如我们希望和平，但往往发动战争；我们希望美好的生活，但往往出现环境污染以及类似的毁灭性的活动。故此，对很多作家而言，他们是一种敌意的意识形态的牺牲品，他们把真理贡献给了初级关怀。对弗莱而言，意识形态原则只不过是以转喻的方式替代了初级关怀所设想的理想。换句话说，我们不可能获得完美的社会，因此我们所获得的只能是我们所能得到的最好的社会，因而最初的目标被无限期地推迟。弗莱对照马克思主义的理想与他们所实施的实际民主，发现“马克思将自己作为一个预言式思想家的地位归因为他敏锐地分析了资本主义意识形态与异化的工人阶级的初级需要以及焦虑之间的关系。但马克思主义一旦执掌政权，就会被策略性地运用，相对于无阶级无政府的原创性的马克思主义的世界理想，它则成为了另一种辩护性的意识形态。相似的、民主的动力坐落在它的初级关怀上，在美国宪法里叫做生命、自由和追求幸福。但民主意识形态主要是寡头政治的伪装或者是社会里各种不同压力群体的伪装”①。

弗莱认为，当一个社会的文学来自关怀神话，但与关怀神话并不一致时，文学便代表了人类关怀的语言，展示了关怀的想象可能性。但与关怀不一样的是，文学并不是让人信仰的，也就是说不存在诗歌的宗教，对文学的整个看法就是文学与信仰没有任何直接关系。尤其是当神话的意识形态功能消失时，神话只剩下文学结构，就成为纯粹的文学。弗莱指出，“当神话被逻各斯接管和吸纳后神话就失去了意识形态功能。神话不再让人相信，不再与仪式、祭祀相联系，而是成为完全的文学；神话在社会中保留的特殊地位也被转译成逻各斯语言，并以那种形式传授和学习”。

因此，文学批评在社会意识形态与文学创作中承担着一个调停者的作用。他在《权力的词语》里将文学作品降低到意识形态的维度事实上是一个关键的决定，也是继承了他在《批评的解剖》里所提出的批评是一种社会科学且应该是一门独立的学科的观点，批评的客观研究有助于审视诗歌中蕴涵的思想以及构成整个文学世界的文学作品意象、隐喻和叙述结构。对弗莱而言，这使得文学里所表现的初级关怀超越了次级关怀，因此可以在一个更新的语境里重新发现词语的社会力量。同时他反复强调，正是批评本身，而不是文学，可以将文学从统治阶级兴趣的合法历史过程里作为纯粹的对应物中解救出来。同样在《现代百年》里弗莱提出一些现代关怀神话，最著名的就是民主的关怀神话，是开放的或者自由的神话，这些神话可以与它们自身的意识形态焦虑相适应从而允许其他的话语存在，这

---

① *Words with Power*, p. 44.

既不是基于纯粹的信仰，也不是基于纯粹的修辞，而是基于批评、争论与反应的真理。这实际上导致了他在《批评之路》里提出客观的科学的话语就是自由的神话，并且把自由神话与社会的自由相联系，认为自由神话来自于关怀神话，又与关怀神话保持了永久的张力。换句话说，某种意识形态为它们自身的批评、它们部分的非神秘化的表现开辟了空间。在这个观点下，他在《权力的词语》里将关怀神话分为初级神话，关心的是人生存的最基本的要求，与次级神话，意识形态事物的坚硬核心。所以说，正是基于弗莱对由神话发展而来的文学与意识形态的认识，他坚持神话中的文学的想象力量，把文学想象作为人类在关怀神话与自由神话之间存在的张力中的第三种经验，希冀由此保留人类的生活希望和永恒的创造力。

总之，弗莱在《权力的词语》里以语言的发展模式论述了文学与意识形态的必然联系以及《圣经》中所反映的文学事实与意识形态权威。他试图从语言的发展中帮助我们了解神话在时间的长河里所拥有的两种功能，即虚构的想象与权威秩序。语言从具体意象的描述性模式发展成为具有逻辑秩序的概念性模式以及进一步具有理性思维的修辞性模式时，西方历史从古希腊神话中主客体不分的情况中走向了理性的基督教神话时期，因此希腊神话是隐喻的，而基督教神话则是转喻的。但同时弗莱又提出了诗学的模式，以想象性模式来对抗为理性所覆盖的意识形态权威模式。他从《圣经》研究里发现了他所需要的东西。《圣经》是文学性的，同时又具有真实的权威，它以虚构的神话故事在牧师的宣扬下形成了信仰的教义，因此《圣经》虽然具有文学性，但却是统治了西方上千多年的意识形态权威。不过弗莱还是从《圣经》里找到了文学与意识形态之间共享的部分，那就是它们都来自神话，都是想象的关怀的产物。因而我们认为，弗莱从历史的角度来观看神话的文学与意识形态功能的目的就是为了进一步论证他所提出的想象的理论，那就是文学与宗教都具有关怀的基础，都提供了想象的空间，只有文学的想象才可能使人们真正超越现实权威的束缚。

第三章　培育想象的实验:论弗莱的人文教育思想

弗莱一生致力于神话理论研究，他的神话理论跨越多个学科，成为文化化的文学批评。因为无论他是对社会意识形态进行的分析还是对文学的社会文化语境所进行的阐述，他最终还是回归到文学批评的问题上。既然弗莱提出了文学的想象是人类超越意识形态与社会环境的第三种经验，那么如何来培养人类的想象是他必须解决的问题。弗莱将这个问题归结为人文教育的实施，提出只有人文教育可以培育人们的想象，帮助人们超越意识形态的制约，获得自己最终的自由。因此我们可以说，神话学批评是弗莱文化批评的轴心，人文教育批评则是弗莱实现他文化批评的途径与方法，更何况人文教育批评本身就贯穿在他的神话学批评中。弗莱将他的文学理论贯穿在文学教学中，期望通过文学教学来实现他的想象理想，从而使他的教育思想成为理解他的文学文化理论非常重要的一环。综观弗莱的教育批评，它并不依附于他的文学理论，而是形成一个完整的体系。弗莱研究专家奥·格拉第（Jean O'Grady）就此评论说："弗莱关于教育的思想并不纯粹是他关于文学理论著作的附录，而是一个完整的部分；正如他自己所说，他所有的书根本上都是教师手册”[①]。弗莱把教学看作是他所有思想在教室里的试验，“教学对于我而言就是思想的实验。我过去常说除非我对学生谈到我的东西并观察了他们的反应，否则我不能相信任何东西。我已经发现教学与写作是相辅相成的”[②]。弗莱的教育理论在20世纪50年代（也是弗莱的神话原型理论为世界所接受，弗莱的国际声誉最高的时代）大受欢迎，但在60年代晚期与70年代初期受到学生抗议运动的挑战。多次编辑出版弗莱论著的阿南斯出版社的詹姆斯·珀克（James Polk）认为弗莱对大学的洞察力在七八十年代不那么受人欢迎的原因是因为弗莱坚定地相信在学术社区传授人文教育比向一般的公众传授更为重要，这使得弗莱成为一个理想主义者。但在七八十年代后现代与后结构主义思想蔚然成风的时代，文学经典被解构，大众文化文本日益成为学术的宠儿，弗莱以文学改变世界的理想必然显得异类。但珀克也随即解释说弗莱并不是盲目的愚蠢的理想主义者，因为弗莱非常了解对大多数即将入学的本科生来说，他们并不能很快了解到一本好书真正与众不同的地方，更不用说文学传统了。这促使弗莱警觉到学术的无价值性与自给自足性，意识到60年代学生的反叛原因，从而领悟并勾勒出一种中心模式以使他的思想更加富有活力、具有恒久性[③]。弗莱秉承了英国自由思想的传统，即从弥尔顿、约翰·斯图亚特·密尔以及马修·阿诺德发展而来的自由思想，将理想教育定义为“人文/

---

① Jean O'Grady, "Introduction", Jean O'Grady and Goldwin French ed., *Northrop Frye's Writing on Education*, Toronto: University of Toronto Press, 2000, p. xxxiv.

② *Northrop Frye in Conversation*, p. 142.

③ James Polk, Preface, *Divisions on a Ground*, Toronto: House of Anansi, 1982, p. 10.

自由的”，提出“教育的最终目标是对真理没有偏倚的追求，不同于尝试去控制教育或者把教育置于一种直接的社会目的服务的观点”[①]。换言之，弗莱反对教育成为意识形态权威控制下的奴从，他试图以文学教育，或者说受文学培养的想象来抗争占主导地位的意识形态。同时他还在这个科学占据社会主导地位的时代为人文主义呐喊，成为人文主义的代言人：尽管他也承认在所有学科里科学真理的声明，但他同时也指出另一种知识对人类同样重要。正如弗莱在《论教育》的论文选集里所说，他的学习与教学生涯经历了大萧条、第二次世界大战、50 年代的冷战、60 年代的学生运动以及七八十年代的平静状态，因此他的教育思想深受外在社会环境影响[②]，他也由此讨论了革命、民主以及社会主义等观念，但他始终坚持从西方文化传统里继承下来的人文主义思想，呼吁要在大学教育里形成学术自由（弗莱意义上的所有自由的关键）、抵制社会的反知识倾向，认为只有文学想象可以将人类真正地解放，人文教育的核心是文学教育。这也是他反复强调人类想象的重要性之所在。尽管他的这些教育观点已经过去了一二十年，甚至更早一些，但在 21 世纪仍然起着警醒的作用，仍然对当代的文学教育起着核心作用。因此在这个章节，我将在概观弗莱教育写作的基础上，认为弗莱的教育思想主要讨论了人文主义与人文教育在大学教育中所起的作用、文学想象与人文教育的关系以及文学的社会关怀作用与现代教育的关系。同时我还认为弗莱的教育思想虽然可以作为一

① Northrop Frye：*Reading the World*，*Selected Writings*，1935－1976，p. 311.

② Northrop Frye：“Preface”：*On Education*，Michigan：The University of Michigan Press，1988，p. 3.

个独立的部分，但却是与他的文学理论与文化批评密切相关的，它们之间是相辅相成的关系，因此弗莱的教育思想也是弗莱文学、文化批评的一个重要的组成部分。

第一节　弗莱的教育评论概述

根据弗莱传记作家约翰·爱尔（John Aye）的记载，弗莱自1939年成为维多利亚学院的教师开始，除了短时间离开到其他学校做访问学者外，他一直在这里工作直到他逝世前几个星期。弗莱研究专家弗兰契（Goldwin French）认为，对弗莱一生来说，他是以大学教授和文学批评家的身份作为掩饰来进行传道的传道士[①]，他的集会群众就是历届的本科生、研究生、中学与大学的英语教师以及整个学术团体，他的教学或者传教方法就是通过大学讲座、文学批评论文集，如《可怕的对称》、《批评的解剖》，他对《圣经》与文学的研究如《伟大的代码》、《权力的词语》以及评论如何在中学与大学里进行文学教学，甚至在现代的社会里关于大学如何发展等小论文的方式进行的。

的确，弗莱始终相信教学是他生命中最重要的事情，是他的思想的实验地。1945年，弗莱第一篇谈论教育的论文《论人文教育》发表在《加拿大论坛》上，在这篇论文里弗莱概要回顾了在美国盛行的进步与反进步的教育家的不同观点，指出普通美国中产阶级的现实观并不代表着进步的教育观，反而是非常危险的反动；同样，抛弃过去天才的权威而赞同目前平庸的权威也不是

① *Northrop Frye's Writing on Education*, p. xxiii.

进步观点而是危险的反动观念[①]，他不相信会有任何课程既使学生适用于理想环境又适用于实际环境，而且也不相信有无懈可击的智慧和长袖善舞的社会性作为人类目标。在指出了为适应工作所进行的职业教育与为文明生活而进行的人文教育之间存在区别之后，弗莱首次鲜明地表明了他的教育观点，“当今人文教育的目的是要在学生里培养一种中立的非适应性，将学生带进批评的吹毛求疵的知识分子里，使他不满足于世界，过分挑剔世界给他提供的东西，但却不能无视这个世界”[②]。也就是说，具有人文教育的人不会有一种整合的个性或被教会去如何谋生，实际上他将会是一个不断被激怒的人，总是能找到错误并且提醒人们注意错误的人，他就像是一只牛虻不停地叮咬着社会的脓疮，使社会意识到出现了问题。弗莱同时也声明，让学生获得这样的教育并不是因为学生是一个被虐待狂而只是为了让他在社会上一直能够进行自我保护，因为即使像美国这样一个和平国家，它的文明的和平时期也并不是无懈可击，不是好得足以维持威廉·詹姆斯所称之为战争道德的东西。两年后弗莱在“教育与人文性”一文里提出了新的教育口号，指出“人文性的权威来自某些伟大的艺术家，这些艺术家已经是而且在未来也会是他们领域里具有最高成就的典范，也就是权威来自我们称作经典的东西”[③]，显然弗莱眼中的艺术权威并不是来自个人，无论这个人是活着还是死了，艺术权威是来自艺术的鲜活的创造性作品，因为人们可以在艺术作品里获得天才与灵感里表现出来的一种持续个性，吸收这种个

① Northrop Frye：*Reading the World*，*Selected Writings*，*1935－1976*，p. 71.

② Ibid.，p. 73.

③ Ibid.，p. 74.

性并使之成为既是自己最好的部分又不完全归属于他的一部分。也就是说，我们阅读莎士比亚戏剧并不是了解莎士比亚本人，而是根据对莎士比亚戏剧的理解在我们的思想里播种想象的种子，刺激思想的成长，这样人文性就会引导我们走向以自由的名义形成的精神自由原则。

在 20 世纪 50 年代弗莱已经开始在自己的学术领域以及大学里成为有影响的人物，他对大学教育提出的一系列观点得到了人们的赞同。那时加拿大国家民族意识高涨，人们期待着表现加拿大本土特色的作品出现，同时也希望能够扩大加拿大作为一个独立国家在国际上的地位。弗莱于 1957 年发表的《批评的解剖》在国际上引起轰动，一下子使弗莱成为加拿大学术在国际上的主要发言人，使他在国内外获得了前所未有的声誉。1952—1959 年期间弗莱还担任了维多利亚学院的英语系主任。1957 年加拿大英语教师协会上弗莱发表演讲提出大学“应该是培养学生自由的思考能力，但思考不同于娱乐或者投机，而是在习惯基础上学习做出决定的权力”[①]，因此他指责大学不应该以百货大楼式的形式来分配课程，否则会削弱学习的连续性与重复性；但连续性与重复性恰恰又是学习的基础。在同一年他发表了“作家与大学”这篇论文，继续强调在民主社会里的大学必须是具有学术自由的大学，也就是没有限制地追求尚未发现的真理，而不是重复社会上不同压力群体认为他们已经拥有的真理[②]。因为所谓的压力群体是指政治意义上的统治群体，弗莱认为无论他们压迫的是什么，在社会上都是反教育的。最后他表示了对诗人及其想象的信心，“如果我们遭遇了最糟糕的事情，如果我们必须为我们最

① *Northrop Frye's Writing on Education*, p. 61.

② Northrop Frye: *Divisions on a Ground*, p. 118.

后的自由战斗，我们的兄弟被杀戮，我们的城市被毁灭，那么我们的诗人就会站出来，挣破人们对上帝荣光的赞美与对美丽世界的虚假赞美，为我们呐喊”[①]。

1958年，弗莱发表了题为《新世界的人文性》的演讲。在这篇演讲里，弗莱指出人类理解世界并改变世界所运用的两个伟大工具是词语与数字，人文性的初级关怀——语言与文学——是对于词语的不偏不倚的研究。这种知识对社会非常关键，因为“人类的词语是制定我们的喧嚣与我们赖以生活的光明的力量”[②]。一年后他当上了维多利亚学院的院长，并发表了就职演说，旗帜鲜明地提出“大学应该成为自由的动力房”[③]，大学应该尊敬艺术家的想象，科学家的淡然处世以及老师的学习与耐心，这样我们才能希望学生可能在大学里获得无限的永恒的人类思想的动力源泉。

值得注意的是20世纪60年代，世界各地发生了激烈的学生运动，这场运动从北美到法国再到中国都在攻击大学的公正立场，大学被认为成为当权阶级的外衣。激进的学生为了追求自己的道德使命，要求选择课程、学生参与做出决定、讨论指导以及最重要的是提出大学本身正确的政治行动与社会公正性。在北美大学的社会与政治环境发生的剧烈变化甚至已经威胁到弗莱，以及其他类似学者一直倡导并保护的机构与哲学结构。当时美国总统被刺杀，种族矛盾激化，又陷入了越南战争，大学原本是一个民主社会里学生的和平目标，是经济与国家所设立的被保护者而不是社会变化的有效组成，然而在1965年与1970年却成为游行

① Northrop Frye：*Divisions on a Ground*，p. 124.

② *Northrop Frye's Writing on Education*，p. 85.

③ Ibid.，p. 99.

与静坐的机构，尤其是在1968年春天芝加哥发生的暴力冲突之后紧随其后的哥伦比亚大学又发生了严重的冲突。弗莱当时正在加州大学伯克利分校做访问学者，见证了这场学生抗议的灾难。应该说，弗莱并不是待在象牙塔里不问天下事的一介书生，他始终密切地关注大学教育的发展与社会思想、意识形态的变化，而且意识到了大学教育存在的弊病。早在20世纪60年代初弗莱与多伦多中学老师讨论如何制订改变学校课程计划时就指出："推动教育机器的真正动力是老师自我批评的力量，这意味着他们所传授知识的不断更新"[①]，他要求老师应与学生一样不断地更新知识，因为在大学里知识权威不是来自教师，而是来自所传授的知识学科；弗莱在1963年又补充说"传授文学知识的最终目的不是纯粹为了理解而是为了改变思想的想象习惯，从文学的实验室里走向人类的真正生活"[②]。显然，他并不主张完全脱离社会生活环境的教育。

弗莱以他固有的远见回应了60年代发生在大学里的危机，而且他预料学生运动并不会持续太长时间，因为学生运动不具有妇女解放运动与黑人反抗种族歧视运动这样的社会基础，况且弗莱始终坚持学生的第一责任就是学习，就是要掌握真正的知识，这与从电视、报刊那里传输过来的错误知识是不同的。因此，弗莱并不同情60年代的学生骚动。因为在他看来，这样的学生运动一旦进行下去就容易受到革命这类意识形态陈词滥调的吸引，从而变成了某种不再是知识分子的东西。所以到1969年弗莱在西安大略大学发表演讲时仍然强调大学是所有社会秩序的真正中心，有效的社会行动必须通过加强和统一大

① *Northrop Frye's Writing on Education*, p. 142.

② Reading the World: *Selected Writing 1935—1976*, p. 98.

学社团才能真正开始[1]。1970 年在温德森大学的演讲里，弗莱简洁地描述了大学的作用，他认为大学应该试图展现在我们面前的是让我们像呼吸新鲜空气一样自然的知识与想象[2]。弗莱在这里指出，如果我们发展了哲学与科学，那么我们就获得了比使暴徒有理性的更有用的东西，因为他一直认为，逻辑讨论、重复实验、推动的想象这些权威都是社会里的最终权威，是与自由一致的权威，因此大学也就是社会保留自由的唯一地方。但他也明白在社会上有很多人非常憎恨自由，因此在社会上除了学术自由外人类不可能享受其他自由。从这里我们可以看出，弗莱对大学的观点不仅定义了一个概括的良好运行的大学观念，而且也定义了弗莱自己心目中的大学形象[3]，那就是坚持学术自由的大学教育。

70 年代，很多大学进行了合并，小的学院合并统一到综合性大学麾下，大学也为此对课程进行了改革。弗莱担心学院会成为单纯为综合性大学服务的工具，因此他警告说，即使所有学院的有效性都被削弱了，艺术学院也仍然应该是强大的、具有感染力的学术机构，只是它不会再像以前那样伟大了[4]。1978 年弗莱因为为加拿大作出了杰出贡献而被加拿大皇家银行褒奖。在颁奖会上，弗莱发表了既怀旧但又热情洋溢的讲话，他说他对加拿大充满着深情，“一直生活在加拿大文化历史感里”[5]，他所工作的维多利亚学院体现了三个与众不同的传统方面，那就是宗教的、人文的以及生活的方面。在那里没有任何可能产生破坏的东西，

---

① *Northrop Frye's Writing on Education*, p. 388.

② Ibid., p. 402.

③ Ibid., p. xxxii.

④ Ibid., p. 522.

⑤ Ibid.

学院为老师与学生创造了他们所拥有的伟大的综合性大学与独特学院的统一感。接着他又饱含寓意地说，伟大的传统并不是对过去的没有生机的怀念，而是代表着一个能量的持续体，真理领导我们走向自由的承诺就是对生活目标与目的的保证。

20世纪80年代的弗莱更多的是讨论教育的关怀作用。这一阶段他写作了伟大的文化批评著作《伟大的代码》和《权力的词语》等；在思考神话学的社会功能时，弗莱也讨论了文学教育的社会作用。在1981年的一篇题为《作为教育的批评》的文章里弗莱将研究重点放在文学教学上，提出“批评是真正产生一种重新创造了的中心传统……而文学教育看来假设了一种确定的实践永远不会发生的反应”[①]。同时他从语言的角度出发，详细地分析了艺术与科学语言的不同，但他并不像其他批评家那样将艺术与科学截然地分开，而是认为“我们可以无须共同的关怀感，即文学可以吸收宗教、科学可以取代所有神话学的概念……这样的一种文明将可能最多是另外的巴别塔，一个为相互之间不再了解的人们一起工作的一个未完成的结构”[②]。弗莱相信，在时间过程中所发生的事情是，正如艺术与科学的发展，宗教—政治单位可以变得更大或者更小，世界的统一也可以成为一种可以看见的可能性，因此关怀的不同神话学在范围上变得更加宽泛或者更加简单。

纵观弗莱的教育思想历程，他始终强调大学在社会里的重要作用，强调人文艺术在大学里的功用，强调创造性艺术是人类对自由的永恒追求，文学想象是人类连续性的根本。接下来本书将

---

① Northrop Frye: *On Education*, Markham Ont: Fitzhenry & Whiteside, 1988, pp. 150—151.

② Ibid., p. 163.

详细解释弗莱对教育、大学教育以及人文教育与文学想象的理解与分析，试图将弗莱的教育思想整合进他的文学文化批评思想。

第二节 弗莱的人文教育思想解析

一 教育与教育的功用

教育是什么？教育的作用又是什么？在传统观念里，教育理论一般被认为是进步的，认为通过使学校成为社会代言人就可以达到消灭社会冲突的目的，教育因此是社会必须适应它所存在的世界的一种东西。也就是说，教育必须适应社会的发展而制定自己的教学课程。弗莱反对这样的教育观点，因为在他看来，这个世界本身并没有提供任何真正的标准或价值，而且世界日新月异地变化，以超过社会所能承受的力量推动着社会发展，人类无法逐渐形成自己的观点，仅仅只能以固定的某些偏见、存留的人们对事物的不同反映作为处理问题的标准，因此，如果把理解这样的世界作为教育目标，那么教育就是被迫来接受这个世界，甚至是在接受一种通过熟悉的广告、娱乐、新闻等展现的一种幻想，培养的不过是温顺的、服从的市民。但现在看来这种教育显然已经是不可能了，如果还有人在谈论教育的适应性问题，那么应该放弃这个教育过程①。相对于“进步的教育观”，弗莱提出，普通教育不仅是与知识有关而且与社会有关的一件事情，没有任何权威可以将其置于生产性的学术之上②。他指的是，教育作为与

① A World in a Grain of Sand: *Twenty-Two Interviews with Northrop Frye*, p. 52.

② The Stubborn Structure: *Essays on Criticism and Society*, p. 5.

社会密不可分的社会活动，它的一切活动都必须与社会的状态、社会的需要、愿望以及社会理想有关；教育是帮助人们掌握一个技巧或信息体，使得人们只要知道了或者拥有了这个信息体就可以参与到我们复杂的社会活动中去，因此教育的程度越高，掌握的知识与对生活的理解越高，就会更多地利用教育而产生更多的社会效应。

弗莱在讨论一个问题时往往追溯问题的源头以便解决问题。同样针对教育的观点，弗莱从上帝的创世记开始，把人类的活动区分为劳动与休闲。由此弗莱提出他关于教育的核心思想，那就是：教育是一种休闲的产物，是人类社会想象的产物，是比现实社会更加永恒更加有连贯性的想象①。这里的休闲并不是一般意义上的无所事事或者心不在焉，对弗莱而言，无所事事是神经质的，心不在焉是精神病的。他认为休闲时刻开始于我们具有自我意识的一个理性存在的时刻，这个时刻我们意识到自己的存在而且可以观望我们自己的行为，这个时刻我们有时间考虑我们正在从事的工作的价值和目的，去比较我们可以做的或很想去做的事情，这个时刻就是人类自由诞生的时刻，是我们能够将真正的东西归因于可能东西的标准②。因此弗莱认为休闲时刻是艺术与人类思想之间真正的联系点。最初的休闲产生于亚当被逐出伊甸园来到这片被上帝诅咒的土地上，当亚当不从事耕地、钓鱼或者把劳动留给夏娃去做的时候，他记起他失去的天堂，也就是说，一个完全有意识的人类从活动中休息间隙能够比较他正在从事的工作与他想要做的工作，或者可以想象某种更值得去做的工作，弗莱发现，需要教育的时刻来到了，“这就是为什么我把教育的最

---

① The Stubborn Structure：*Essays on Criticism and Society*，p. 6.

② *Divisions on a Ground*，p. 115.

高目的认为是理想的想象，也就是理论上一致的永恒的社会秩序”[①]，这也是柏拉图理论里的高层次的理论知识（柏拉图将知识分为两个层次：理论知识的高层次，它统一自身为永恒的思想或形式以及实践知识的低级层次，它的功能是具体化这些物质生活层次的形式或思想），是文艺复兴里对公正国家的想象。

类似于柏拉图对理论知识的分层，弗莱认为教育也有两种社会形式：一种是暂时的、时间较短的以报纸与电视的形式让我们认识的社会形式，一种是以艺术与科学的形式表现的真正的社会结构[②]。前一种社会形式是表现我们作为市民进行纳税、读报以及工作等日常生活中显现出来的世界，表现的其实也是一种正在消失的幻觉；后一种社会形式也就是在艺术与科学里反映出来的世界，才表现了真正的生活。因此教育的作用就是要表现真实的生活，就是要通过表现真实的生活使人不能适应在现实世界里日益变化的正在消失的幻觉，也就是不适应报纸与电视里表达的世界，因为即使人们适应了报纸与电视所表达的世界，社会的这个表现也已经不存在了。显然在这里弗莱所说的教育其实是教育的“乌托邦”，教育表现的真实是人类的想象，也是人类希望所能达到的极致。因此可以概括地说，教育就是要以它“稳定的永恒的但不是不变的形式对社会进行研究，来表现真正的社会，也就是保留死亡的、现存的以及尚未诞生的事物的连续性，保留过去的记忆、目前的现实性以及对将来的期待”[③]。从而教育又称为一种不可能打破的社会契约。

弗莱认为我们有两种社会契约，这两种社会契约都有人类文

---

① *The Stubborn Structure*: *Essays on Criticism and Society*, p. 7.

② *Division on a Ground*, p. 148.

③ *The Stubborn Structure*: *Essays on Criticism and Society*, p. 21.

化的神话起源，其中一种社会契约“是尝试去解释我们从出生以来就已经接受了的环境的自然”[①]，与人类堕落的异化神话有关，指我们在出生前就被注定处于某个历史点的社会连续体中，属于在我们没有成为任何东西之前的某种东西，人类生活在“一种他自己的建构，也就是我称为是文化或者文明的信封之内”[②]。这个文明或者文化的信封作为一种语言想象的产物，为它内部的每个文学作品提供语境。它既可以在初期阶段做出关于自然的陈述，从而形成一种科学的初级形式，以至发展成为当今直接研究自然的真正科学如几何学、天文学以及生物学来替代创造的神话学；它还可以不受任何影响继续它作为人类创造结构的重要性，形成人类的希望、焦虑与担心，也就是在我们的文学里所包含的东西，是组成我们生活的世界不同人类的部分东西。但这样的社会契约不是历史事实，而是一种必要的虚构[③]，是所有人聚集在一起将自己的权利奉献给统治者（霍布斯的观点）；或者所有人积聚在一起为了将他们的权利选出代表给某个人（洛克的观点）。

人类还有另一种社会契约，叫做“乌托邦”，是一种理想的社会契约，它与上帝之城的超越神话有关。作为理想的社会契约的“乌托邦”显然代表了弗莱教育的理想。弗莱分析了最伟大的“乌托邦”主义者柏拉图与莫尔等的观点，发现他们其实讨论的并不是真正的“乌托邦”，而是关于实现“乌托邦”的教育理论，弗莱本人其实也是在期待着这种教育理论的实现。柏拉图在《理想国》里借苏格拉底的话来表示他并不关心在哪里建立他的理想国，他所关心的是在他的理想国与智者的思想结构之间根据理

① *Spiritus Mundi: Essays on Literature, Myth, and Society*, p. 36.

② *On Education*, p. 145.

③ *Northrop Frye in Conversation*, p. 146.

性、意志与欲望所进行的与哲学王、战士以及政治神话的艺术家的类比，所以理想国只能存在于思想中，而思想则服从于它们真正存在于其中的任何社会里的法则。莫尔称他的理想国为“乌托邦”，意思是没有这样的地方，但莫尔本人也只是建议使用“乌托邦”的知识而不是用来使欧洲社会从内部提高自身的一种方法。所以弗莱发现，柏拉图与莫尔都意识到当智者的思想受到严重限制时、当成熟的国家被秩序化时，我们就不可能在学科化的思想与规范化的国家之间进行太自由的类比，因为对柏拉图和莫尔来说都可能赞同用智者的思想控制意志、控制理性来进行独裁统治。但弗莱相信真正的“乌托邦”并不是独裁统治，而是“一个个人性的目标，是规范化的社会的一个寓意。这个寓意的原因就是‘乌托邦’理想超出了个人而指向一个环境，这个环境则如康德的终结王国里的所表现的社会与个人不会再相冲突，而是成为同一个完整人类的不同方面”①。一旦成熟的个人逐渐学会与社会适应，学会寻找相关的、客观的足以创造出一个社团的忠诚，他需要社会权威同时又不能减少个人的权威，这就产生了一种教育所具有的权威，即逻辑的、理性的权威、可以阐述与重复的实验的权威、已建立事实的权威、推动想象的权威。形成这些忠诚与权威的社会机构是以艺术与科学所代表的想象与整个理性来进行规划的。如果社会机构不再需要真正的忠诚或者权威时，我们就只是回到起始点。因此有必要形成一种教育契约。

正如上面所述，教育契约是指艺术与科学以及它们的逻辑、实验、大量证据以及想象性的展示真正在社会上作为权威源泉起作用的过程②。社会契约的权威是一种事实权威，它存在并可以

---

① *Spiritus Mundi*: *Essays on Literature*, *Myth*, *and Society*, p. 40.

② Ibid., p. 42.

被理性化，但缺乏一种真正的理想维度，因此只能在一种愿望与希望的空虚世界里保持社会理想。教育契约则成为尊重并判断艺术与科学所代表的两种社会态度的裁判。教育契约需要自由的权威，即某种足以创造一个相关的社团，而不是以外在强迫力产生的权威。教育契约是由19世纪的教育理论的伟大发展产生而来的，是属于自由思想的领域，是处于约翰·斯图亚特·密尔的自由观点的核心，是英国议会里知识分子的思想。在马修·阿诺德眼中这种教育契约就叫做文化，教育契约在社会上的真正权威源头以及同时进行的“乌托邦”方向是打破阶级冲突的壁垒走向没有阶级的社会。纽曼则认为：当我们意识到教育关于有用的知识与自由的知识这两个方面的不同时，它们是相互平行的，而不是两种教育。所有形式的教育都是有用的和自由的：它们有助于我们确定自己在存在的社会里的地位，帮助我们发现自己成为疏离社会的个体但并不会从社会中孤立出来。结合19世纪自由人文主义者的教育观点，弗莱提出，教育理论实际就暗示了一种社会理论。社会理论是要求建构一种社会模式，而所有社会模式都具有某种“乌托邦”在里面。相应地，所有“乌托邦”具体地形成了真正的教育理论。我们不可能讨论说教育理论仅仅与一个存在的社会有关，因为如果教育理论不能想象着去改变社会或者至少在某种程度上使它向自己靠拢，那么这种教育理论就会没有任何价值。因此“教育的某种最高目的是为了理想的想象，也就是理论上一致的永恒的社会秩序。用道德的术语说，我们称它为公正国家的模式”[①]。显然，弗莱始终把教育看作是由艺术与科学表现的真实的世界，表现了人类过去、现在与将来的传承性，教育的目的就是以社会契约的形式实现人们认识个体与社会的理想，

① *The Stubborn Structure: Essays on Criticism and Society*, p. 7.

成为解放自己获得自由的纽带，也就是实现人文主义意义上提倡的自由。

二 人文主义与人文教育

以弗莱的观点来看，他认为人文主义作为历史发展到一定阶段的产物，具有深刻的宗教渊源与社会关怀性。而人文教育是与人文主义观点相关却未必与人文主义同时产生的教育观点。在这里，弗莱眼中的人文教育更多指涉的是 19 世纪英国自由人文主义精神指导下的教育。

弗莱首先从柏拉图的教育观念开始追溯人文主义的形成与发展过程。最初产生教育概念的人是柏拉图，他将知识分为六艺，其中三个艺术是音乐、数学与诗歌，它们组成了哲学的主体，以世界的形式或者思想确定人类的灵魂；其他三个是模仿或者具体的艺术，即绘画、雕刻和建筑的艺术，它们将人类的身体与物质世界统一。在一个公正的社会里，教育的这种概念反映了不同的阶层趣味。但实际上弗莱也意识到柏拉图的这种教育概念与我们目前所处的社会是绝对不相融的，因此柏拉图的教育观念只是成为一种社会想象。到文艺复兴时期，人们认为社会最好由哲学王子来统治，教育的理想状态就是成为基督教王子的机构。在这个观点里，王子的教育并不会激烈地改变社会的存在结构：它只是阐述社会结构。但文艺复兴时期教育的传统概念有了很大的提高，那就是教育不仅应该是一种公正国家的想象，而且需要实现这个理想的实践方法，因此这个时期在这个基础上产生了人文主义概念，也就是不要进行对理想文明的研究，而是要实现对实际文明的研究，这种文明尽管已经消失但可以让其作为艺术与科学理想形式来研究。其实这也是柏拉图在《理想国》里想象的公正国家时所预设的一个教育工具。因此真正的人文学者在研究古典文化时不是把它作为另一个世界里的理想文化形式，而是作为在人文学者自己的世界里正在形成的文化原则。到了 19 世纪的人文主义者那里，教育概念依然是从知识的两个层面来想象柏拉图所描述的社会。如阿诺德与纽曼，他们认为在较低的层面产生的是生产者与艺术家、工人与商人以及这些与实践或技术艺术有关的人。在较高的层面产生的是贵族或者休闲阶级，他们不需要进行社会生产劳动，接受教育将他们转变为一个统治阶级，教育也成为培养战争与和平的艺术、柏拉图的卫兵与哲学王子的知识。只是弗莱在研究中还发现，19 世纪的人文主义教育遭遇了一个完全崭新的社会概念的挑战，那就是革命的“乌托邦”理想的社会概念，一开始是美国与法国革命的理想，后来是由马克思掀起的社会主义革命运动。这使得统治阶级意识到教育的作用是要使他们权力的理性化，因而形成了马克思称为的意识形态。在社会完全发达的形式里社会与生产性的社会完全一样：它完全由工人和生产者组成。面对这种社会变化，人文主义者教育的辩护被扔在后面，尽管它们自身是一种社会的保守观点，是一种强调贵族阶级、休闲、文明以及纽曼称为绅士的永恒价值的观点。

虽然人文主义诞生于文艺复兴时期，但它的源头仍然是中世纪的基督教神话。弗莱发现早在中世纪的时候，在基督教神话里就形成了我们称之为以经典为基础的知识和文化的“自由反对派”。到 16 世纪，随着高等教育在非僧侣民众之间的发展以及印刷术的发明、国家和城邦权威的日益集中，“自由反对派”合并到人文主义之中，在文艺复兴社会中起到了主要角色的作用，人文主义成了弗莱称作“一种社会的文学文化对占主导地位的关怀神话调整适应的阶段”（《批评之路》，第 58 页），但他也指出尽管人文主义者对《圣经》和神学研究还仍然很有兴趣，但他们的思想非常不同于他们时代的宗教和政治关怀，人文主义思想是对宗教和政治关怀的补充。与中世纪相比，人文主义者形成一个与骑士集团相对应的骑士和知识分子群体。他们是典型的学者和批评家，而不是诗人，因为人文主义者认为他们是在为诗人建立一个社会框架，并为诗人提出诗歌表达中的常规和标准。而且人文主义者认为他们处于一个比诗人占优势的地位，即作为批评家的人文主义者是为诗人树立社会规范的代言人。由此人文主义者肩负着两个角色：一方面杰出的人文主义者组成社会；另一方面这些杰出人物又必须为整个社会规范进行辩护和解释。他们还要保持他们的多样性，因为人文主义者相信诗人中的权威是来自于具有百科全书性质的古典文学和基督教文学，只有通过百科全书式的多样性，一个人才能够保持一种社会视角的观念感，才能够全方位地观察一个群体的文化。这里我们可以看出，实际上弗莱非常赞同19世纪人文主义的代表马修·阿诺德的人文观点，尽管弗莱发现当阿诺德在描述文化群体时，他不是很有说服力。阿诺德认为有三种文化群体，即蛮人、市侩和百姓，分别代表着上层阶级的文化、中产阶级的文化与下层阶级的文化。阿诺德指出如果将我们的文化观念依附于统治者的道德观念之下，我们得到的是蛮人的文化；如果把它依附于一种无产阶级的概念，我们得到的是百姓的文化；如果我们把它依附于任何类型的资产阶级“乌托邦”，我们得到的是市侩文化。但弗莱认为阿诺德以提出“文化”的概念为人文学科的研究和教学提供了一种真正的社会维度。阿诺德提出的“文化寻求摆脱阶级”对弗莱启发很大，既然知识的目的是使人获得自由，但这也意味着使人把社会想象成自由的、无阶级的而且是彬彬有礼的。但这样的社会是不存在的，所以需要艺术作品的想象。由此弗莱发现了阿诺德所说的“文化”概念里隐含的自由社会的思想，阿诺德的文化是一种现代社会的理想，我们凭借努力获取这种理想来教育自己、解救自己，可是我们却从未真正获得过这种理想（“暂时的结论”，《批评的解剖》，第 348 页）。同时弗莱还从阿诺德那里借用了关怀的神话概念，因为阿诺德的“文化”就是指关怀的神话，是坚持一切好的东西的本质都在于保守的、自由的和激进的价值。弗莱认为阿诺德意义上的“保守的”价值是指社会所接受的文化传统，并把文化传统看作是社会权威的一种源泉；“自由的”价值是指社会不是通过信念和教条，而是通过理智和想象坚持融合了一种美感和自由主义态度的优点，包括容忍和暂停判断；“传统的”价值是指社会的真正源泉是希腊的而不是希伯来的；“激进的”价值则在于社会的权威完全是精神的权威，它的长期影响是均衡的影响，是通过使阶级冲突服从于一个更广泛的社会关怀概念而消解阶级的等级。

弗莱的很多教育思想是来自于人文主义，尤其是文艺复兴时期的人文主义教育和维多利亚时代的人文主义教育中对休闲阶级或者绅士阶级的教育，因为这两个时期人文主义教育密切地适应社会地位，接受教育的学生属于上升的阶级，根据他们未来的职责来实施教育显然是可行的。但可惜的是在现代社会“绅士教育”这个与人文主义长期联系在一起的概念不再具有社会功能，不过弗莱将希望寄托于大学教育，因为现代社会的大学教育从某种程度上担当着类似绅士教育的作用。正如前文所述，既然教育是休闲时刻的开始，在现代社会大学教育又是年轻人步入社会的前奏，年轻人的社团在大学里形成从社会上退身而出的类似于 19 世纪传统里的休闲阶级（绅士阶层）了。但这样的现代人文教育已经不是如阿诺德所说的中产阶级的特权，而是将个人与社会两者解放的艺术，也是对自由的追求。只是弗莱怎样将大学教育承担起传统上的人文教育的使命？

弗莱首先将大学教育与中小学教育做了区分，指出大学是人们了解自由、学习自由的地方。弗莱分析了自由的含义，他认为，简单地说自由就是指一个人能够做他喜欢做的事情，这也意味着自由是由一个人内在的强迫力所推动。他必须知道自己选择是什么，正如弥尔顿解释的：选择的意思是为了自由而做的选择，与自由的选择不一样，因为自由的选择意味着自由一开始就已经确立了，但弥尔顿所说的为自由的选择指的却是：比如生活在伊甸园里的亚当面对着必须选择保留他的自由还是抛弃他的自由时，他真正的行为原本是要保留自由，也就是说他必须保留的是他一直生活于其中的伊甸园本身，因此为自由的选择实际上就是保留自己对自由的想象。弗莱还指出我们大多数人对自由的认识还停留在从孩提时被父母或者他人施加在我们身上的外在约束里走出来的自由概念中，以为自由必须是我们在 4 岁时就想要做的事情，是我们喜欢的自由；但我们没有意识到，我们喜欢去做的事情可能与父母所能想到的阻止我们自由的办法一样是具有强制性的。当一个有组织的群体将探索这种感觉作为一种通向获得自由本身的权力时，革命就爆发了。但弗莱反对这样进行革命的自由，因为在他看来这些进行革命的人只不过是口头上允诺自由其实并没有意向来争取真正的自由，即使他们成功了也不是为了当初承诺的自由。他始终都在强调，真正的自由是存在于想象本身，而不是存在于达到想象的方法里，因为将来获得的目标是在知识与想象里，而且已经在那里了[①]，因此它是只有艺术与科学，人类知识与想象可以获得的形式，和可以提供的想象。只有在大学的教育里才可能获得这种充分的想象，因为小学教育仅仅是学习的表面，只需要获得信息与技巧；在中等教育里学生开始初步形成社会观点和态度；到大学里教育则“体现了整个学习结

① *On Education*, pp. 89－90.

构的根本，那就是想象世界是什么，世界与高级的艺术和科学的社会相比，也就是与展现给我们看到的人文性的东西以及阿诺德所称为文化的社会相比，有什么不一样”①。因此大学，在弗莱看来，就成为一种社会实验室，在那里可以设置课程形成最革命、最有价值的概念。当然这个概念无须成为一种实际行动，而是作为洞察社会、自然或者人类思想结构的力量。弗莱以为，这个社会实验室的概念其实就是古老的古典主义进行培训的基础，与文艺复兴时期的人文主义一样，在那里一个完整的文明可以作为社会机体主义的实验标本来进行研究。学生在大学里可以发展一种天真的激进主义或保守主义来反映学术自由。在这个实验室里老师与学生的关系是严格服从于所传授的学科的权威，因此“在人文里权威的主要来源并不是来自教师，也不是来自学生，而是来自所教授的课程”②。弗莱发现在大学里没有任何类似“教育”的东西，有的只是诸如文学、化学、历史等研究学科；大学也不再问是否一个人获得了教育，而只是问他知道些什么。这里“什么”并不是如进步主义者所说的，作为个人发展的材料，而是纯粹的内容，也就是他所知道的是文学或化学或历史或任何它所是的东西，而且这些是知识的有组织的形式，代表着真正的学术知识。因此弗莱认为“大学是成为社会权威的源泉”③。

接着弗莱指出，大学的目标就是获得人文主义所表现的自由，实现自由教育或人文教育。大学代表的是对社会整个意识的挑战，试图展示给我们的是知识与想象提供给我们呼吸的更自然

① *On Education*, p. 32.

② *Divisions on a Ground*, p. 128.

③ *Northrop Frye in Conversation*, p. 159.

培育的自由。传统的观点认为大学起着教会的作用，起着19世纪纽曼形成的古典主义观点。弗莱虽然不赞同今天的大学是一种中世纪思想，或者起着教会的作用，但他也不否认大学有一个方面类似教会，那就是大学与社会的道德标准之间存在某种疏离感，大学在融入社会时需要部分的这种疏离。弗莱理想中的大学是一个人在生命的任何阶段都可以进入的社团，在这个延伸意义上的大学就是以社会理论机构来反对实践社会，使之成为追求文化与知识的清洁屋，成为马修·阿诺德意义上的文化体，即不是纯粹生活的装饰品，而是在我们的文明里所有真正的秩序与稳定性的来源。

为了实现这种自由，大学应该要不停地讨论这种不同的自由，因为在大学里只要我们一进入知识与想象的世界，就不存在自由与权威之间的对立。一般来说，人们只有在跟随理性的内在法则时才会是自由地进入理性；正如一个艺术家要绘画，他想要做的事情与他必须做的事情是同一件事情一样。逻辑争论的权威，重复的实验，推动的想象，形成社会上的最后权威，而且它还是不需要服从、不需要从属、不需要降低尊严的权威。当这种权威与自由一致时，大学也就成了社会上定义自由的唯一地方。自由由此可以作为通过攻击外在社会的压力象征来获得或提高自身的某种东西，因为在每个社会有很多这样的压力象征值得去攻击，但如果我们毁坏了外在压力，我们应该仍然拥有使我们进行攻击的内在压力，况且它们会不断地产生出一套新的外在压力象征。因此，大学可以帮助我们无须以服从他人或者以从来没有接近过自由的方式来抵制这种压力，毕竟即使我们不能奋力去获得一个更好的社会，我们还可以想象这样的社会是什么样子，因此弗莱指出："这暗示了真正占据大脑位置的东西、判断的地位、最终的权威来源是一种处于行动之上形成的想象”[①]。

显然弗莱深受英国人文教育的思想影响，尤其是阿诺德与纽曼的人文教育观点，并继承了这个传统，认为理想的教育是“光明磊落的”，是“相对于尝试支配或压迫教育进入即时的社会目标，是把没有偏见的对真理的追求作为它的最终目标”[②]，强调大学应该创造一种由艺术与科学形成的文化环境，学生应该要有一个正确的态度来看待社会环境（物质环境）与文化环境（精神环境）的不同，并且提出学术自由的重要性。大学必须强调文化环境，精神学科超过个性的优越性以及学术自由，成为在社会上具有战略地位的一种弹性的独立思想的来源。学生应该理解在他所生活的社会里（社会环境里）他必须做的事情，他也必须理解社会没有自我判断的标准或者判断在社会里个人行为的标准，而他的标准只能来自于艺术与科学，也就是人类想象与思想的准确性与伟大性结合在一起的幻想。大学应该把这一点作为它的目标，必须坚持以伟大诗人的想象、伟大思想家的想象、科学方法的原则以及时代的智慧来继续对抗社会[③]。既然大学要求学生将他几年的主要精力集中在文化环境的研究上，就表示学生承担了一种自愿的使命——即物质与精神的从一般社会中撤退。人们必须拥有一扇关闭的门，无须参照社会的道德或政治危险概念，但大学与社会的关系明显在发生着变化，只要公众关注的地方就会受到社会环境的干扰，就无法保持教育所传授的知识的独立性，因此学术自由是大学教育的关键。

但弗莱认为英国人文主义思想里如密尔的讨论领域、阿诺德

---

① *Divisions on a Ground*, p. 131.

② *Reading the World: Selected Writing 1935－1976*, p. 311.

③ *On Education*, p. 37.

的文化以及纽曼的自由概念都是比大学宽泛得多的概念，因为在他们眼中大学是他们的动力室，他们的能量只有在大学可以运行的范围里才能持续，大学因此成为社会上自由权威的源泉，它不是一个机构，而是作为吸引理性、实验、证据以及想象的地方①。同时根据阿诺德的观点，他认为包括文学、艺术在内的人类一切最优秀的思想、文化的积淀，这种宽阔的、深厚的思想文化根基应该成为变革时代凝聚人心的力量；它在承认变革的同时讲究权威性和秩序，文化应该体现出超越阶级、宗教、个人利益的力量，其化身应是能够传承人类优秀思想遗产、整合社会的文化价值体系之权威或中心②。因此在这个基础上弗莱认为理性具有两个层面，一个思考的层面，一个实践的层面。思考的层面是客观世界知识的层面。在这个层面伟大的德行是疏离的、不参与的和不判断的。大学在这个层面传授知识，形成一个道德与知识的影响，产生它所吸引的道德性。这种道德性是由习惯和练习发展而来。在实践层面，人类作为社会成员是完全介入的或者信奉社会的，并在这个层面上以他的智慧表达他做出的选择。

综上所述，弗莱坚信大学教育可以传承人文主义思想，是社会发展、社会智慧以及社会权威的源头，因此大学教育的核心就是人文主义教育，是对社会的一种理想想象。弗莱的这种观点在当前科学主义与人文主义的抗衡中，对人文主义的宣扬无异起着推波助澜的作用。

三　人文教育与文学批评

人文教育一直是弗莱心目中的理想教育，也是以艺术与科学

---

① *Spiritus Mundi*: *Essays on Literature*, *Myth*, *and Society*, p. 43.

② 马修·阿诺德著，韩敏中译：《文化与无政府状态》，生活·读书·新知三联书店 2002 年版，第 3 页。

为主培养人们想象能力的教育，是独立于社会环境里的政治意识形态、坚持学术自由的教育。因此在这种人文教育里，文学研究（文学批评）始终是教育的核心，因为伟大的文学是神话学的一部分，不仅能陶冶人们的心性，而且具有社会关怀与自由关怀。具有文学想象的人文教育才是真正的教育。在该部分将首先分析弗莱对科学与艺术的辨析，从这里出发，弗莱进一步明晰了文学艺术在教育中的重要性，强调教育的根本是培育想象的创造力。

（一）对科学与艺术的辨析

科学与艺术是 20 世纪的技术时代人们讨论的热点。人们争议在技术时代艺术是否还占有古典时期那么重要的地位与作用，最典型的是英国的 C. P. 斯诺爵士于 1959 年发表的著名的瑞特演讲《两种文化与科学进化》，提出现在是科学技术的时代，人类将存在两种文化，它们分别是科学文化和艺术文化，科学文化将取代艺术文化。对此，英国的文化战将利维斯对他的论调进行了严厉批判。他认为无论技术怎么发展社会也只可能存在一种文化，那就是艺术文化；弗莱也讨论了斯诺在《两个文化的问题》里所描述的问题——人文主义者忽视科学，科学家忽视人文的问题。但与上述两者观点不同的是，弗莱并不执著于讨论哪个是更重要的问题，而是认为这个问题在当今社会根本不是主要问题，如果一定要讨论它们的原因，那是因为这个问题并不是说人文主义者忽视科学或者科学家忽视人文，而是他们普遍忽视他们所生活的社会以及他们忽视作为市民的责任；也并不是说人文主义者无能力来阅读物理课本或者物理学家没有能力阅读文学批评的作品，而是指他们都没有能力阅读早报，而早报要求受过教育的市民具有一种洞察力来进行阅读①。

① *On Education*, p. 69.

弗莱首先对艺术与科学做了区分，认为人类理解或者改变世界的两个伟大的工具就是词语与数字。人文性主要是语言学科，自然科学是数字学科，它在很大程度上与衡量度有关，中心是数学。在人文性中心相对应于数学的是语言与文学，对词语的公正研究，从语音学到诗歌的一种研究。对应于自然科学的是历史与哲学，它们与事件、与思想的语言组织相关。正如我们有应用科学的动力与其他形式，因此也有一个我们可以叫做语言技术的广阔领域，词语用作实践的或者有用的目的。弗莱区分了“实践的”与“有用的”两个词语的意思，发现“实践”其实与“有用”并不是相同的意思：语言技术的某些形式如传教就可以是有用的但不是实践性的；有些如广告可以是“实践的”但不是“有用的”。很多大学的职业学院如法学院、神学院以及教育学院都与语言的技术有关，而且是运用词语与数字、隐喻作为相等物，定义与衡量物一致的人类的一个知识领域。一个世纪前艺术的主题是古典或者数学，古典被严格局限在希腊文与拉丁文。今天中心主题仍然是古典与数学，但古典已经宽泛到采用我们文化轨迹上以我们自己的语言开始的所有的语言。因此正如说科学处理事实与真理，但数学将人从特殊的事件中解放出来；文学在人文性里具有同样的作用。历史学家关心的是从事实里找到正确的词语，哲学家关心的是从真理里找到正确的词语，而诗人则关心的是通过词语导致思考的意象、隐喻、象征与语言模式。我们可以建造最大的超出词语与数字的结构，但我们不断地回到文学与数学，因为它们展示给我们看到在词语与数字本身的无限可能性①。

但弗莱又指出，我们在词语与数字学科之间做出的区别与艺术和科学之间的区别并不相同，我们还存在并不依靠词语的艺

---

① *Divisions on a Ground*, p. 110.

术，如音乐与绘画；我们也存在不依靠数字的科学，如社会科学。关于艺术与科学之间真正的区别，弗莱认为培根的《论学习的进步》一文里已作了明确的表述。培根提出诗歌的用途是给人类的思想以某种满足，而这正好是事物的自然所拒绝的东西，因此诗歌被认为具有某种神圣的参与，因为它既产生了思想又支持了思想，因此理性将思想推进事物的自然。弗莱认为，科学开始于我们目前生活于其中的世界，主要与世界是什么相关；艺术开始于想象，主要与人们想要生活的世界相关。科学提出一个关于现实的理性观念，而艺术则提出一个关于现实的感性观念。科学可以是进步的，科学越是向前发展，对世界的理解也越多，因此它在发展在进步。但文学开始于经验的可能模式，产生的是我们称作经典的文学范本。即使社会条件可能改变，文学也不会随之进步，仍然遵循的是经典的范本。科学的作用是在其他事情中具有展现人类能实现多少他的理想。在应用科学与应用艺术之间，实现的过程就完成了。建筑显然是艺术与科学在一个实践基础上的结合。艺术因此将它的存在归因于人类不满足于自然与他想要把物质世界变为人类世界的愿望。宗教本身，当它处理终极事物时，就运用艺术的语言，谈论一个永恒的城市与一个重新保存的花园作为来完成灵魂的愿望。人类的想象，也是艺术所强调的，并不是从现实中逃离，而是一种世界的想象①。因此弗莱再三提出，文学属于人类所构建的世界，是一个想象的世界，属于人的精神家园而不是外在物质环境。文学世界是一个可以直接感受到的具体的人文世界②。科学给予我们自然，而不是对自然的理

① *Divisions on a Ground*, p. 114.

② 诺斯洛普·弗莱：《想象力的修养》，徐坤等译，内蒙古大学出版社 2002 年版，第 27 页。

解。科学世界是空间的世界，科学处理的是时间与空间。在科学研究里人类接替了传统的上帝的职责，以数学的相等物来代替神圣的平衡。因为科学是客观地看待现实，因此不存在主观的科学。科学在人类生活里所代表的是反对存在的、意识的革命，是它在自然里的独一无二感，也就是人类将他的思想从存在中退回并将存在作为一个独立的事物。

正是基于这种对艺术与科学的认识，弗莱进一步发现了艺术与科学的真正区别就在于它们所表现的权威类型。早在 20 世纪 40 年代时弗莱在《教育与人文性》一文里就提出了人文科学、文学艺术与另一方面的科学之间真正的区别是“权威类型的不同”的观点①。人文科学的权威来自某种伟大的艺术家，这些艺术家已经是而且将来也会一直是在他们领域里成为我们最可能模仿的模式，即我们所说的经典。而科学里的权威则是非个人化的，来自于个人天才，但非个人化的权威在社会生活里起的作用非常有限。在研究人文性时，学生应该联系那些伟大的艺术家的思想，并且尽量扩大自己的理解力来理解他们的伟大之处。比如在高中阅读莎士比亚的目的并不是要了解莎士比亚这个人，而是要开始理解思想里伟大的想象，以希望刺激那种作为一个整体的思想的成长。所以说，学生必须理解“伟大的”是来自伟大艺术家创造的几个世纪后仍然鲜活的艺术作品。学生从这些艺术作品里获得天才与灵感，从而获得一种持续的伟大的个性，因为在人文、文学、艺术以及哲学等领域里的权威都是个人性的。比如在英语文学里，某些作家如莎士比亚、弥尔顿、乔叟等，他们都具有且一直都会有一种与众不同的声望，他们始终会是研究与模仿的模式，而且以后的文学将永远不可能超过他们。这就是一种完

---

① *Reading the World, Selected Writings, 1935—1976*, p. 74.

全不同于科学权威的权威，是在牛顿的作品出现之前很久就被吸收进更大的知识模式里的权威。在那些艺术作品里，人们无须阅读牛顿的作品便可了解地球引力。

因此弗莱再三强调，人类居住的真正社会是由艺术与科学以及人类的教育带他进入社会。教育的目标是社会的，教育是使人类社会不会灭亡的形式，是保持人类社会代代相传的连续性，也是在人类活动中作为一种信息想象实施的社会想象（正如柏拉图在《理想国》里所假设的想象）。弗莱同时指出：如果要以最简单的方式来刻画社会形成的想象，那就是使社会想象与大学一致，与艺术和科学的完整体一致，这才是社会的真正形式，才是学生创造的真正的艺术与科学。因而弗莱认为斯诺爵士非常错误地提出的“两个文化”形势所导致的东西，甚至更错误的是这个抗议并不纯粹是一种美学错误，它也不是对科学或者技术的“卢地特”（Luddite）攻击。它是一种以人类幸存与自由的关怀的名义反对这些作家感觉到人类头脑中的死亡冲动，他们认为这种冲动是试图控制科学与技术的。更重要的是，他们把对自然的剥削看作从根本上是同样邪恶的事情，与其他人奴役和独裁统治产生的对他人的剥削一样。

（二）人文教育与文学批评

既然形成社会想象是人文教育的基础与根本，文学又是表现想象的核心，因此文学想象势必在人文教育中占有核心的地位。为此弗莱指出，文学写作与文学批评写作是人文教育的必要条件，“艺术以及文学都是教育在关怀与社会想象里的明显工具”①。因为在他看来，文学研究是在人类自身的社会目标感的建构性与想象性想象的一种训练。格拉第通过研究发现，“正

① *On Education*, p. 81.

是通过英语文学里的研究弗莱意识到了人类文化里的神话作用，显然对弗莱来说文学研究是人文教育的核心”①。

文学与教育的基础都是想象。弗莱认为有一个与我们现在生活于其中的世界不同的世界，是隐藏的、神秘的世界，直到这个世界被文学唤起构成一个文学的世界，但文学的每一部作品都有一个文学之内的语境，这种语境会照亮我们想象体验的特殊角落或者领域，非常类似于它的其他文学作品就在旁边的领域，从而形成一种故事结构或者想象体的结构。传授文学的重要性就在于文学展现了人类状况，它不是我们一般了解的人类状况（一种正在消失的变迁），而是展现像罗曼司、悲剧、讽刺与喜剧那样的结构形式。文学从这种意义上就成为文化神话学，成为社会想象，成为信仰与行动的想象源泉②。因此，文学教学具有某种特殊于我们社会特殊状态的某些问题：

首先，既然文学是想象的，那么文学就是不可传授的。因为每个人的想象能力与想象程度都不尽相同，能传授的只是文学批评，这也是弗莱在《批评的解剖》“有争议性的前言”反复强调的。因此对弗莱而言，文学批评就与教育和超出学术领域的社会的知识生活特别相关，但“这并不是因为弗莱是一位文学批评家的原因，而是因为弗莱在文学批评的中心发现了向语言世界各个方向发散的文学事件”③。而且弗莱认为在文学所有的形式里，文学都是教育经验的中心，为我们提供了在生命中可能的所有想象经验的答案。而这种培训是由《圣经》、经典作品与我们母语

---

① *Northrop Frye's Writing on Education*, p. xxxiii.

② Northrop Frye, *On Teaching Literature*, San Diego: Harcourt Brace Jovanovich, 1972, p. 15.

③ *Northrop Frye*, p. 67.

的伟大传统组成。在这里，弗莱首次强烈地强调了《圣经》是教育的核心成分[1]。这也是他在《培育的想象》里强调的《圣经》对孩子们教育的重要性。在《培育的想象》里，弗莱巩固了他在其他地方讨论的教育思想，他认为文学可以赋予我们在生活经验里所不可能获得的想象。文学并不是一种梦的世界，而是两个梦的世界——一个是完成愿望的梦境，一个是焦虑的梦境。生活产生社团，文学产生交流；生活是个人的潜意识，文学是公众的潜意识，因此文学也可以制造神话。诗人与批评家、创造与理解都对文学很重要，因为批评家的反应有助于做出第一时间阅读的前批评反应或者更加准确、更加敏感地做出评论。与阿诺德一样，弗莱关注的只是批评家的职责和文学作为一种新的宗教体验。在《培育的想象》一书的第五篇里，弗莱想要通过观察在文学教学问题上，尤其是在对孩子的文学教学问题上文学理论是否有用来测试文学理论。弗莱研究专家哈特曾指出："《培育的想象》的伟大力量在于它以简单的优雅的解释阐述了这个争论，那就是这本书就是一本教学的书，就是弗莱要求对他的文学理论的内在连续进行测试的书。"[2] 在哈特看来，弗莱首先将《圣经》介绍进入小学教育。因为他希望孩子们将《圣经》作为他们理解文学的基础。但《圣经》应该是以它的**文学层面**让学生了解，而不是它的**宗教层面**。除了《圣经》以外，弗莱还把古典神话学引进小学教育，他认为古典神话与《圣经》文学是理解西方文化的源头。文学教育的第二阶段就是学习类型结构或者文学形式，它们来源于神话，应该在中学教育阶段为学生所了解。

其次，弗莱发现如果文学是社会上解放创造力的直接途径，

---

① Northrop Frye: *A Biography*, p. 260.

② Northrop Frye: *The Theoretical Imagination*, p. 177.

那么教育就为文学提供了展示平台。1957 年弗莱在出版《批评的解剖》的时候，北美大陆正经历着一场教育工作者试图重新考虑课程设置问题的运动。著名心理学家布鲁纳（Jerome Bruner）赞同“头脑里的模式”方法，认为一般理解可能产生特殊性，并可以实践作为测试的手段。他的这种有争议的观点深刻地影响了弗莱，使弗莱意识到在任何年龄可以给任何人以某种成熟的形式教任何课程，由此使弗莱想到科学地采用以“神话、民间故事、圣经故事和古典传说”进行初级教育的文学，来组成人们后来的整个文学与想象经验，并在尚未成熟的思想里产生意义。最重要的是将学生从一般的社会环境的污泥中解救出来并将他们带入发现之旅中[①]。在《好脾气的批评家》一书中，弗莱表达了他对文学教育的进一步关注。他意识到文学批评与文学教育是密不可分的，因为批评家从更加广阔的途径研究文学的时候，立即会遇到两类问题：一类是纯属文学批评的，与文学作为一个整体有关的问题；另一类则是如阿诺德所说的文化问题，涉及社会使用语言的艺术以及社会上阅读、写作和说话的水平。文化问题所关注的是从事文学批评的教授对什么感兴趣、学生怎样对待教授给予他们的知识，或是仅仅关注教授作为社会成员在对什么感兴趣，看看他做出一番贡献后，社会上产生了或未曾产生什么结果[②]。由此弗莱讨论了文学批评与文学教育之间关联的环节，发现从语言的角度来说，人类最初接受的是儿歌（诗歌），因为诗歌赋予我们节奏感和悠闲感，并通过隐喻和视觉形象将这些感觉深入到心里，所以诗歌是文学教育的主要推动力。随着教育程度的提高，学生需要接触到散文，通过对散文进行语法分析，产生整套的语

---

① Northrop Frye：*A Biography*，pp. 278—279.

② 《想象力的修养》，第 173 页。

法规则。弗莱将修辞分为上、中、下三个档次，高级语体就是郎吉弩斯《论崇高》里论述的语体，也就是平常的语体甚至是低级语体在特殊情景中获得的一种特殊的权威。高级语体的威力体现在反映了想象力与社会洞察力。在教育里找到这种文学批评就会使我们理解社会的深层结构。故而，我们可以说《好脾气的批评家》实际上就是弗莱标榜文学与社会意义之间的关系的尝试之一。与《好脾气的批评家》一样进行的尝试还有《现代百年》、《顽固的结构》以及《精神的灵光》的第一部分与第一篇论文，都是使文学进入社会关怀的领域，都是一种对文化产物进行的社会、道德、哲学方面的分析。

因此在大学里讲授文学具有非常重要的社会作用，因为学习文学不是用来打发我们的闲暇时光，而是形成人类的一种经验。"它（文学）展现了人类状况，不是我们一般了解的人类状况，一种正在消逝的变迁，而是像罗曼司、悲剧、讽刺与喜剧那样的结构形式"[①]。弗莱认为这种意义上的文学已经成为文化神话学，成为一种社会想象，这种社会想象在它本身并不是如宗教那样的信仰或行动，而是成为储存想象、身处信仰与行动之外的想象库。弗莱通过分析发现每个社会都有一种社会神话学，或者也叫做意识形态，文学的社会功能就是解释意识形态并且为意识形态提供想象性的标准。这样，社会神话学（意识形态）就具有两个方面的特点：一方面是它的真实方面，也就是为社会所深深支持的信仰或者感情；另一个方面则是社会上有一种强烈的趋势来设计这种神话学，把它当作已经建立的社会原则的部分，认为无须批评就可以施加在每个人身上，因此社会神话学的这个方面的目的是使所有人驯服与温顺。弗莱坚决反对神话学的这个方面，他

① *On Teaching Literature*, p. 15.

意识到这样的结果将会是“培训学生机械的反应，而不是想象，这个过程的目标就是使学生长大以后重复顺从自基督教神话发展而来的神话”[1]。这种进行机械反应的文学教育是由电视商业广告所展现的。弗莱指出只有我们意识到我们所做的和所信仰的是社会观点的产物，我们就可以明白这种社会观点就是想象的产物，是由我们的想象经验发展而来。其中有些是由文学形成，但更大的部分是由大众媒介与类似物形成。文学的社会重要性在这种环境里帮助我们意识到我们在实施社会神话学。意识到这一点表明，我们并不是相信或者尊重它，只是纯粹处于习惯与懒惰中。

文学批评成为人文教育里的核心不仅是基于传递文学的想象力与创造力，还因为文学批评与人文教育的基本目的是表达人类的关怀，或者说是发展关怀意识。

弗莱多次在他的神话理论里提到关怀神话与自由神话，尤其是在《批评之路》里他详细地分析了两者之间的张力。实际上，早在1968年弗莱就引进“教育的契约”这个术语来帮助定义自由神话。这个术语是相对于传统的“社会的契约”，在第一部分我已经谈到了社会契约，也就是在社会的不同成分之间设置了一致的对过去的虚构，从而理性化权力的存在。在《批评之路》里，弗莱具体解释了教育契约的思想。他追溯教育契约的概念开始于19世纪英国的教育理论，而这个时期也被认为是世界自由思想最伟大的时代之一。弗莱认为现代世界上弥尔顿的《论出版自由》和密尔的《论自由》是两部自由理论的伟大经典著作。对于弥尔顿而言，文化是潜在的预言，它反对社会接受以检查制度为代表的那种被认可的谬误，对这种谬误进行了审判；而对于密

① *On Teaching Literature*, p. 17.

尔而言，文化则是一种社会批评。尽管如此，两者都认为，自由必须是以立即保证文化自足为开端。在密尔看来，无限制的思想自由和讨论自由不仅是发展行动自由的最佳途径，而且是控制自由的最好办法，因为自由是预防感情冲动或暴烈行动的唯一办法。在弥尔顿那里，良知的自由并不是儿童时期所需要的那种强迫的自由，而是我们去倾听“上帝的话”的自由，这是从无限的精神那里向有限的精神送过来的信息，是为后者所永远不能明确地理解的。从这一点看来，批评理论可以安身于更大的人道主义原则里了（“暂时的结论”,《批评的解剖》，第 349 页）。因此弗莱提出了教育契约的概念，认为教育契约是自由思想和自由争论的领域，处于约翰·斯图尔特·密尔自由主义观点的中心，他认为这相当于知识的国会。对于密尔来说，它与国会的不同之处在于自由主义者永远不会占大多数，这也就是为什么民主以一种非逻辑的但却深有人情味的多数统治和少数正确相结合的形式来运转。在阿诺德那里这种教育契约被称之为文化，而且阿诺德明确表示文化是社会中真正权威的来源，同时又通过粉碎阶级冲突的障碍朝着“乌托邦”的方向运转。纽曼对自由知识和有用的知识进行了区分，其中只有前者属于教育契约，但这实际上是知识的两个方面的区别，而不是两种知识的区别。因此弗莱指出“教育契约在社会里主要指的是大学”(《批评之路》，第 164 页)。它不是、而且永远不会成为像教会或者政党一样的关怀组织，不会试图通过骚乱和扰乱大学使社会革命化的策略成为不严肃的策略。

弗莱发现 20 世纪的神话的主要图式在 19 世纪就被勾勒出来了，自从《文化和无政府主义》发表以来，关心社会神话原型的批评家在 20 世纪这个领域几乎没有发现新的东西。在那本书里，阿诺德谈到了三个社会阶级，上层、中层和下层，把他们作为“文化”所导致的最终的无阶级社会的因素。就它们是阶级而言，它们运用手段图谋权力就会妨碍和遏制文化的发展：对于阿诺德来说，如果想通过提高其中一个阶级的支配地位来达到一个无阶级的社会，那将是一个非常荒谬的悖论。但每个阶级都包含有一种贡献给整个文化的无阶级观念，只有当它脱离了本阶级的语境之后才是真的。资产阶级包括了“自由”的观念，也就是说，它认为自由的许多方面不在我们目前讨论的范围之列，但我们所称之的自由神话因素对阿诺德的文化概念却至关重要。尽管像以前所解释的那样，那个概念的人文主义语境已不复存在，但作为一个阶级的概念，自由几乎很难与放任主义或剥削的自由区分开来。因此还必须考虑工人阶级对文化的贡献，这就是平等的观念。阿诺德常提醒英国中产阶级一味追求自由有可能忘记自由。因此在20世纪无论是在马克思主义国家还是在民主国家，平等的思想似乎都构成了大部分关怀神话的核心。它本身并不是一种关怀神话，而是一种进入所有严肃神话的关怀的感情（不管它的参照是什么）。在民主国家里有一种深刻关怀的对立，它指责民族国家仍然被寡头政治和排他主义的思想习惯所统治，按照平等的标准，民主社会对待黑人或第三世界仍然不够友好。

最后弗莱得出结论，艺术并不只是所证明的劳动之后的某种休息（不论那种休息本身是多么重要）。在人类的生存基础方面，存在着对社会聚合体的本能需求，而今天这种需求正试图在某种程度上摆脱过去那种一贯标志着特殊关怀神话界限的排他性。关怀本身永远不可能摆脱对焦虑的躁动、对异端的恐惧以及对褊狭和暴力的歇斯底里。同样，个人自由永远也摆脱不了其他人为之付出的代价的某种特权。正是从关怀和自由之间的张力中出现了第三种经验，出现了一个可能并不存在但却在完成其存在的世界。这是个由确定的经验构成的世界，诗歌促使我们得到这个世界，任何人都不可能生存于其中，因为他所属的社会是他本人的组成部分。

总的来说，弗莱眼中的人文教育就是通过文学教学（文学批评），传递诗歌描绘的想象，表达人类的关怀意识，从而使得社会教育机构培养的并不只是为适应社会变化而获得某种谋生技能的人才，而是为人们勾勒出美好的前景，使这个社会更多地施以人道的关怀，从而达到认识世界的目的。可以说，弗莱的教育思想与他的文学、文化批评观念是相互渗透、相互交织在一起的，他的人文教育思想正是他的文化批评的意义所在。

第四章　神化加拿大：弗莱的加拿大文学文化批评

从宏观的文学理论研究来说，弗莱以《批评的解剖》及其发展而来的神话学（文化）批评在国际学术界享有盛誉，成为加拿大学术在国际学术界的实际代言人。同时我们也应该注意到，弗莱的文学文化批评深深扎根于加拿大的土壤，是以加拿大文学与文化作为他理论研究的对象与理论的实验地。因此，一方面我们可以说弗莱的加拿大评论是我们在前面所论述的弗莱文化批评体系的实际运用和实践，另一方面我们应该认识到弗莱对加拿大文学与文化发展历史及其原因所做的评论与全球化背景下的后殖民批评、后殖民理论讨论是相契合的，同时也与当代文化研究中的大众文化是相呼应的。弗莱的加拿大评论贯穿了他一生的批评思考，他敏锐地感觉到加拿大文化的双重殖民处境，并认识到加拿大本土文化与双重殖民语境之间的张力，试图以文学想象的思想在这个日益成为美国经济霸权的世界创造出具有加拿大民族特色的文化。这无疑使他的加拿大评论具有理论的张力，富有浓厚的后殖民批评特色。

究其一生，弗莱写作了大量的评论和分析加拿大文学与文化的文章和演讲，在促使加拿大形成具有自己特色的文学和文化的过程中起着举足轻重的作用。弗莱以其敏锐的理论触角和颇具开拓性和批判性的批评实践，成为对加拿大文学和文化批评的最具有影响力的批评家之一。加拿大学术界为此给予了他非常高的评价——“诺斯洛普·弗莱论加拿大文学的论文在批评与诗歌上都有特殊的影响力”①，“弗莱像普拉特（E. J. Pratt）一样在发展加拿大的想象力上是一个里程碑式的人物”②。我们认为，弗莱关于加拿大文学与文化艺术的评论虽然没有像《批评的解剖》或者《伟大的代码》那样成为一部系统整体的论著，但他的那些评论并没有脱离他一贯的主张，只不过他在具体看待加拿大本土的文学文化实践中，更增添了一份国际视野和关怀之心。这使得他的加拿大评论不仅仅契合了当前后殖民理论的构建，还是对他神话学批评的推动，是他文化批评的全面体现。弗莱的加拿大评论是处于他整体意义上的神话学（文化）批评理论中，作为实践他文化批评一个极具特色且具有一定说服力的个案。

其实，弗莱在建构自己神话学的理论体系之前，或者说，弗莱从一开始走上学术研究之路就无时无刻不在关注着自己所生活的环境——他的祖国加拿大，就意识到加拿大与其他国家不同的国情，即加拿大是建立在历史的基础上而不是神话结构的基础上，加拿大没有像其他古老国家那样具有丰富的神话传说故事，这对于一直浸淫于英国文学与文化中的弗莱而言，国家似乎缺少了文化的根基（从早期的加拿大拓荒文学中可以得到印证）。但弗莱并没有对加拿大文化的这种状况表示悲观，而是一直积极地

---

① Eli Mandel, “Northrop Frye and the Canadian Literary Tradition”, *Centre and Labyrinth: Essays in Honour of Northrop Frye*, University of Toronto Press, 1983, p. 284.

② David Staines, “Northrop Frye in a Canadian Context”, Robert D. Denham and Thomas Willard ed., *Visionary Poetics: Essays on Northrop Frye's Criticism*, Peter Lang Publishing Inc, 1991, p. 47.

致力于加拿大文化的建设，一直在鼓励着加拿大文化特色的建构，敏锐地发掘出加拿大双重殖民性处境下的文化独特之处。他认为，正是加拿大的自然环境赋予了加拿大人异样的想象，从而使得加拿大的英语文学能够在西方以及众多后殖民国家共同的英语语言基础上形成自己的标志。这既鼓舞了加拿大人对本国族文化建构的信心，也为后殖民批评领域关于如何为在帝国文化深刻影响下的本土文化建构起文化认同和文化身份做了一个非常有益的尝试。

我们认为，弗莱能够充分认识到加拿大作为一个后殖民国家所无法摆脱的双重话语语境，但他未必充分了解兴起于 20 世纪 70 年代的后殖民批评理论，因此我们只能说，因为加拿大文学文化的特殊性，使弗莱在进行加拿大文学文化研究时，无意中卷入了后殖民批评的讨论中，而且他所展开的加拿大文学文化过程的论述以及赋予的期待毫无疑问丰富了后殖民批评的理论建设。弗莱不仅对文化身份、加拿大的身份进行了特殊的定义（这个定义产生了如此之大的影响以至于它对加拿大文学和批评的影响一直渗透到当今的加拿大文学和文化研究中），而且他一贯主张不遗余力地培养加拿大想象和培育加拿大民族的创造力，使得加拿大的文化创作能够在世界上令人瞩目。同时，弗莱的这一主张也使得他在零散的关于加拿大文学文化评论的文章结集里不断形成使加拿大诗人和视觉艺术特别“加拿大化”的思想。因此在这个章节，我们首先勾勒出弗莱所进行的加拿大的文学文化研究脉络，试图从这些论述加拿大的文学文化的批评中反观我们在前面所论述的弗莱的文化批评思想，并试图在后殖民批评的框架里讨论弗莱如何彰显了加拿大文化的后殖民性；如何帮助加拿大培育自己的民族想象，以此来论证弗莱的文化批评不仅具有普遍性的意义，而且还对加拿大产生了特殊的作用。

弗莱的加拿大写作并非像他的神话原型批评那样形成了宏大严肃的论述，而是以一系列文化批评论文的形式出现（如他所说的“田野作业”）。他总共发表了近90篇评论加拿大文学与文化的论文，主要是以书评、介绍、结语以及编者语等形式，涉及加拿大的文学、绘画、政治与历史。虽然他为此所进行的研究“加在一起的成分在他整个写作中占的比例并不大，却是他批评写作非常重要的部分”[①]。弗莱在20世纪50年代的10年中担任了《多伦多大学季刊》的编辑，为“加拿大的写作”进行了10年的年评，后来这10年年评论文结集出版在《灌木园：论加拿大想象》一书里，这些文章也逐渐形成了他为人所重视的加拿大文学观念。尤其是他于此之后的六七十年代在《加拿大文学史》第一版与第二版结语中对加拿大文学进行的鼓励和评述，使他在加拿大文学史上占有非常重要的地位。在弗莱五十多年的学术生涯里，他对加拿大各个领域的发展都产生了巨大的影响，受到加拿大人的普遍尊重，被评为“是一位评论员，站在一定的距离关注并审视着加拿大文化、文学与教育的观察家”[②]。由于弗莱对加拿大文学文化的热切关注以及对加拿大创造力的鼓励，“弗莱被认为是定义了这个世纪（20世纪）加拿大的想象”[③]。弗莱自己也承认他的加拿大写作虽然很容易成为个人性地介绍主要与世界文学相关的并形成了一定国际阅读群体的加拿大写作的一个插曲，但他的写作的确是深深植根于加拿大的文化土壤并由此获得了自己的特色[④]。

---

① Branko Gorjup, “Introduction”, *Mythologizing Canada: Essays on the Canadian Literary Imagination*, Legas, 1997, p. 9.

② *Visionary Poetics: Essays on Northrop Frye's Criticism*, p. 47.

③ *The Bush Garden: Essays on the Canadian Imagination*, p. i.

④ Ibid., p. xxi.

弗莱的文学观念尤其对加拿大的诗歌创作产生了巨大的影响，马克姆·罗斯（Marlom Ross）证实说，弗莱最伟大的地方是给予作家以某种强有力的诚恳的信心，使他们相信他们会走出教区，与他们的同辈人站在同一个高高的崭新的土地上①。加拿大著名作家兼评论家玛格丽特·阿特伍德（Magaret Atwood）也曾明确地指出，弗莱对那些想要成为作家的人来说唯一的影响也是巨大的影响，就在于他很认真地对待这些人，“我不是很确信他怎样才能成功地做到这一点，正如很多年轻作家那样，我们是一群傲慢又自以为是的家伙，但他那样地对待我们。社会仍然是区域性的，文学与艺术实践一般都大量地存在疑问，弗莱使文学看来不仅是一项诚实的使命而且是必要的使命……他总是表明一点，作家写作的工作是必要的，而批评家评论他们的工作倒不是那么重要。如果批评家曾经那样去做了，作家早就逃离了他们。我曾经有着这样狭隘的观点，认为文学应该由作家甚至很多批评家来创造，但弗莱从来没有这种观点”②。我们无须列举更多的例子来证实弗莱在加拿大的巨大影响，但显而易见的是弗莱坚持着他神话学（文化）批评中对想象与创造力的大力强调，这不仅创造了他自己的加拿大想象，同时也为加拿大的文学鼓励了这种想象，而也正是这种提倡加拿大想象的观点使弗莱的文化批评思想在当代文化研究中的后殖民批评理论中发出了与众不同的声音，尤其是在我们经济与文化全球化的今天如何保持全球化文化与本土文化的平衡具有非常重要的借鉴作用。

---

① *Visionary Poetics*: *Essays on Northrop Frye's Criticism*, p. 51.

② Ibid.

第一节　弗莱的加拿大写作概述

弗莱自开始文学研究以来，就一直关注并评论着加拿大文学艺术的发展。他一生都致力于加拿大的文学与文化发展，为加拿大的文学与文化发展做出了巨大贡献，因此受到了加拿大人的热爱和尊敬，以致加拿大人热衷于提醒世界上其他民族的人，"诺斯洛普·弗莱尽管受到许多极具吸引力的职位诱惑，他的根基永远在加拿大，并把他的整个学术生命奉献给了加拿大"①。弗莱自己也承认说："我观察加拿大的文化景观已经有四十多年了，我感觉到研究加拿大的文化与研究世界其他任何地方一样，是非常有趣、非常有价值的一件事"②。弗莱的加拿大写作与他严肃的文学批评理论建构是同时进行的，这为弗莱提供了一个很好的机会反观自己建构的理论实践；同时他还从自己新的理论视角来观察加拿大文学文化的发展势态，这充分表明弗莱的文化批评并不是思辨或者玄想的结果，而是建立在西方英语文学的基础上实现的产物，加拿大作为西方英语文学里的新生儿受到弗莱的大力呵护与鼓励，成长为具有加拿大想象特色的创造。

弗莱关于加拿大的评论和论文最早开始于 1935 年与 1936 年，那时他开始评论加拿大的绘画与诗歌，将其作为他初步构想的神话批评理论的试金石。自 1936 年 1 月年轻的弗莱在《加拿大论坛》上发表对加拿大绘画的评论开始，到 1990 年 9 月他在加拿大图书馆的艾赛·威尔逊与哈锑·多瓦发表的结语以及同年

① *The Bush Garden: Essays on the Canadian Imagination*, p. xxi.

② *Division On A Ground*, p. 15.

的两个月后他在多伦多大学社会科学和人文研究委员会里所做的演讲，弗莱完成了贯穿在他整个学术生涯之中的加拿大写作与研究。他的加拿大评论实际上成为他理论的实验，尤其是在20世纪50年代中期他提出了神话原型批评理论后更是如此（这一点特别反映在他对加拿大诗歌所进行的评论里）。但弗莱的加拿大文学文化批评又使得“这些加拿大写作形成了一个整体，显示出弗莱从文学批评走向文化理论家的历程，而且这个走向是与他在他的非/加拿大写作中从文学批评家转向原始结构主义家的走向相平行的。同时值得强调的是，正是弗莱的加拿大写作贯穿在他几乎52年里，使他走过评论进入了文学批评，更深入到文化理论里”①。

弗莱加拿大写作的时期与特点可分成以下三个阶段：

第一阶段从弗莱1936年在伦敦开始接触和审视加拿大绘画并写下《伦敦的加拿大艺术》时一直到40年代末。在此阶段弗莱写下了关于加拿大的26篇评论和论文，开始关注到加拿大文学里大自然（自然环境）在加拿大诗歌里的奥秘以及对加拿大诗歌产生的巨大影响，这种认识后来一直萦绕在他的加拿大写作中。弗莱后来回忆说，他“就像一名护士，也就是，当友人拿来了一种还不是完全成熟的文化，但也表明了一些东西的文化”② 时，他开始了细心地呵护。在《伦敦的加拿大艺术》里他最初是从语言上审视七人组合（Group of Seven）的绘画，两年后他却开始从抽象概念甚至是绘画里所暗示大原型模式来分析比较汤姆森与霍拉特沃克大的绘画。弗莱对诗歌的评论则来自于他早期对加拿大绘画的评论，但“加拿大与它的诗

① *The Legacy of Northrop Frye*, p. 156.

② Ibid., p. 156.

歌”（1943年）及“加拿大英语诗歌的叙事传统”（1946年）这两篇论文奠定了他对加拿大诗歌的认识，使他在加拿大学术论坛上开始抒发自己的感觉与声音。在《加拿大与它的诗歌》和《加拿大英语诗歌的叙述传统》这两篇论文里，弗莱主要对史密斯编辑的诗歌新选集进行了评论。在他看来，史密斯新选集的出现是加拿大文学上的重要事件，因为“史密斯并不像一般编辑那样将阅读文本限定在以往的收集编撰上，他注重的是收集显示了整个英语领域不屈不挠的创造力和稳定品味的第一手资料”[①]。正是这些第一手具有加拿大特性的资料，体现了加拿大诗歌的成长和发展历程。但弗莱同时还发现，加拿大的诗歌普遍具有创造性的精神分裂症，产生这个症状的原因就是因为加拿大的双重身份，即加拿大“不仅是一个国家，而且还是帝国的殖民地”[②]。帝国与殖民地的环境都不利于诗歌的发展，反而形成了加拿大民众生活中的殖民性。加拿大历史上遗留下来的殖民地位导致了加拿大想象的毛病，就像冬天皮肤上的冻疮（frostbite），在文学创作上表现为“古板”（prudery）的特征，即加拿大的诗歌总是本能地寻求思想的习俗化或者普遍的表达方式。针对这种情况弗莱提出，诗人的任务不仅是要消除这种殖民性，而且还要打破在北美流行的两个普遍谬论，因为人们普遍认为加拿大是一个新的国家，只有在几个世纪后加拿大的经济发达时加拿大人才有能力来欣赏闲暇的副产品——文学作品。弗莱坚决反对这种看法，他明确地提出加拿大与其他任何国家相比算不上是一个崭新的国家或者说是年轻的国家，因为加拿大与其他的工业资本主义国家一样地成长；加拿大的

① *The Bush Garden: Essays on the Canadian Imagination*, p. 129.

② Ibid., p. 135.

诗歌也不年轻，因为加拿大的诗歌其实是经过诗人长期以来阅读与学习的产物，继承的是英语文学的悠久传统，还有大自然赋予加拿大诗人与众不同的灵感。在这个长期受帝国统治的国家（即使独立后也仍然无法抛弃他们的殖民意识）里，弗莱能意识到英语文学世界里的新生儿（加拿大文学）的自身特点，能自觉地把加拿大文学看作是对悠久的英语文学传统的创新，这在后殖民批评理论里无异于是以民族语言对抗帝国语言、以民族文学对抗帝国文学的尝试。这一点在弗莱《加拿大英语诗歌的叙事传统》一文里也得到了体现。弗莱在该文里明确地指出加拿大的英语既然是与英帝国的英语传统一脉相承，在叙事技巧与方法上大有相同之处。但具体来看，加拿大的诗歌更接近古老的英语诗歌而不是19世纪的浪漫抒情诗或20世纪的玄学诗歌，虽然“加拿大诗歌原本应该处于现代的习俗形式中，但尽管它具有抒情诗的形式，却没有抒情诗的精神，而且加拿大的诗歌没法获得足够的表述”①，同时加拿大诗人在表达古英语诗人感觉到的某种东西时却又不能抛弃已经与残酷的自然一道成为加拿大生活一部分的复杂的现代文明，因而在加拿大的诗歌里就体现了表达古老的神话与现代的文明之间的矛盾性，这也昭示了加拿大文学对帝国文学的背叛。

当然，弗莱也批判了加拿大想象的不足之处。因为他发现，在加拿大初期的诗歌里表现最多的是人们对大自然的全然恐惧。这虽然不是懦夫的恐惧，却也是一种受到控制而导致懦弱的想象。因为加拿大地理环境的独特之处，在加拿大诗歌里自然环境始终是加拿大诗歌里居主导地位的主题，诗人们描绘了人们在对生命漠然的自然里斗争受苦的过程，但同时也发现自然环境中人

① *The Bush Garden*: *Essays on the Canadian Imagination*, p. 151.

类生命的最高价值，这一点显示了加拿大诗人显然很难为加拿大之外的国家或者民族所理解并接受的价值观。弗莱还在诗人的笔下看到了神经麻木的潜意识，了解到诗人笔下所表现的在这个寒冷的北部天空下人烟稀少的国家所显露的忧郁感以及为了自己从苦难和孤独中抽身而出以获得一种宁静或者至少是一种相当的平静，诗人们的创造性思想具有可怕的孤立感，这使弗莱认识并发现"加拿大诗人对叙述强烈的偏好，尤其是对叙述与描述语言古怪的偏好，这对加拿大人来说是很特别的"①。应该说在这个阶段，弗莱开始了对加拿大文学的观察和思考，逐步对加拿大的文学与文化形成自己的看法，成为"从 30 年代晚期起一个持之以恒的观察家与评论家"②，成为集中在绘画与自身环境的文学上的论文撰稿人与评论员。

弗莱加拿大写作的第二阶段集中在 20 世纪的整个 50 年代。那时他从病危的 E. K. 布朗那里接替了一个职务——担任《多伦多大学季刊》的编辑，故此他比早先 10 年更多更近距离地接触并关注加拿大诗歌。他必须对每年出现的新的加拿大诗歌进行选刊，这进一步深化了他对加拿大文学的洞察力与理解力。在这 10 年期间，弗莱还承担着给《多伦多大学季刊》撰写年评的职责，当然弗莱把它当作是理解这个国家所具有独特艺术形式的神话模式的一个绝好的机会。他的这些评论后来都成了他在 50 年代建构的神话批评理论的"田野作业"，他的另一杰作——《批评的解剖》与这些努力也是分不开的。弗莱曾经说，"我很有兴

① David Staines, Introduction, Jean O'Grady and David Staines ed., *Northrop Frye on Canada*, Toronto: University of Toronto Press, 2003, p. xxvii.

② *Visionary Poetics: Essays on Northrop Frye's Criticism*, p. 50.

趣地看到伟大神话时代的回声在加拿大激荡，并采用了他们在别的地方找不到的形式”[1]。加拿大文学中反映出来的比较原始的生态以及对自然的畏惧，非常接近于弗莱对人类发展初期的神话的想象。因此在他看来，一本好的诗歌集在加拿大的出现其实就是一个历史事件，诗歌的读者也应该意识到他们是在参与历史建设。发展这种意识的目的，就是要推进创造一种相对有限的文化地平线，现实的中心就是人类所待的地方，它的四周是想象所能达到的地方。显然，弗莱力图在加拿大文学中找到具有加拿大真正特色的想象。

弗莱这个阶段的评论显示出他对加拿大所有诗歌都非常熟悉，而且对每本书都有翔实的评价。在加拿大诗人自己的环境语境中研究他们的诗歌时，弗莱一开始是慢慢地、后来是逐渐加强地强调，正如他 1950 年所做的，把他们置入一种国际的、非民族的语境里，即所有的文学语境中。他鼓励作家并赋予作家以信心，而相比鼓励发展并提高加拿大文化更重要的是，弗莱持之以恒地表述了文化本身的很多神话。弗莱一直坚持自然始终萦绕着加拿大的作家，“自然”也是哈代斯·奎比笔下的荒凉，“‘自然’在诗人看来，一开始是作为潜意识，然后是一种残忍的无意义的存在，再后就是人类思想里突然逃窜的潜意识与源泉。”[2] 在 20 世纪 50 年代中，弗莱阅读加拿大诗歌，传授关于加拿大文学的考试课程，并且写作他的《批评的解剖》，便很少有时间兼顾其他职责。然而这个时期，他也写作了几篇重要的诗学研究文章，进一步发展了他早期的两篇文章。1956 年他发表的回应史密斯（A. J. Smith）的专栏——《未成集的选集的前言》，重申并拓宽

---

① *Northrop Frye on Canada*, p. xxvii.

② *The Bush Garden: Essays on the Canadian Imagination*, p. 154.

了他早期论文的很多观点。他在《加拿大艺术》一文里，以新的视角探讨了加拿大风景。他在其他3篇评论里只是含糊的观点，现在他把他在50年代阅读的很多专栏的含糊观点融合在理论里。对弗莱而言，20世纪50年代的评论就像他早期的评论，在他的加拿大写作与他在非加拿大写作里对布莱克的研究起着同样的作用。“我认为对每一位批评家而言，计划将自己奉献给学术都是可建议的”，弗莱说，“发现一位文学作家把他作为自己的精神导师，无论他的论文主题是什么。当然我不是说任何的道德模式，但对我而言，在思想内的成长如此巨大，以致人们没有恐怖地感觉到它是人文研究中不可替代的体验。某种种子的转变也是从这里开始的”[①]。应该说，弗莱在第二阶段的加拿大评论与他的神话学批评是交织在一起的。他从加拿大诗歌里所反映的人类与自然的斗争中意识到加拿大文学的神话性，认识到加拿大文学的深层结构与其他民族文学一样具有关怀神话与自由神话的张力；但加拿大的文学更接近原生态化的神话，因此加拿大的民族想象也就具有它自身的特色。

弗莱加拿大写作第三个阶段是从20世纪60年代开始到后来他的整个晚期阶段，也是他的加拿大写作的最重要的阶段。在此期间，他不仅增加了评论加拿大文化的篇幅，更重要的是与他扩展的神话学批评一样，他开始更多地从社会文化的角度来看待加拿大的文学与文化发展，在历史与社会的语境中分析加拿大文学文化的特点，甚至不断地比较加拿大与美国文学文化发展的不同，更加鼓励加拿大作家走出美国的影响，创造出自己的想象。同时他还关注世界文学的发展，将加拿大的文学文化发展纳入世界文学发展的轨迹。在这个阶段，最突出的是

---

① *Northrop Frye on Canada*, p. xxxi.

弗莱为《加拿大文学史》所写的两篇结语。如果说在《加拿大文学史》结语中（第一版，1965 年）弗莱还只是着眼于加拿大文学自身发展的历程，那么 10 年后在《加拿大文学史》结语（第二版，1976 年）中，弗莱更多地分析了加拿大与美国文学文化的不同发展方向以及在强大的美国新殖民的情势下，如何寻求自己的发展机会与国家身份；如何在文学中创造自己民族的永恒。这显然与当时初步发展起来的后殖民理论分析不谋而合，从而使弗莱第三阶段的加拿大评论成为当代文化研究中后殖民批评的领域。

弗莱在“结语”（第二版）同年及其后的几年里他先后写作了《加拿大文化的民族意识》（1976 年）、《共享美洲大陆》（1977 年）、《作为相互渗透的文化》（1977 年）、《加拿大文化的今天》（1977 年）以及《穿越河流走出森林》（1980 年）与《没有鬼怪萦绕》（1980 年）等论文。其中，他从历史、经济、政治以及文学与意识形态等方面，将加拿大与美国的文化进行了详细的分析与对比，试图帮助加拿大人找到创造的力量，发现加拿大文化的凝聚力，从而摆脱美国经济与意识形态殖民地的控制。因此，他始终强调民族的创造力才是唯一能使一个民族独立于其他民族的力量，民族的创造力来源于民族文学，因此，杰出的加拿大文学将体现加拿大民族的想象与创造力，创造优秀的加拿大文化。

显然，弗莱对加拿大文学的想象与创造力是充满信心的。他认为，“从 1960 年以来的加拿大文学已经成为一门真正的文学，已经成为为全世界所认可的一门文学”[①]，而且那时的区域文化已经发展成为一种完整的文化，艺术家们已经继承了他们的前辈

① *Division On A Ground*, p. 30.

为他们绘制的、描绘的或写下的没有任何外在于它及其公众的批评家的文化传统。而在“结语”第二版里，弗莱已经欣喜地注意到加拿大的想象不再那么强烈地受到“我是谁?”这样的身份问题的困扰，而是迷惑于“我在哪?”，希望在世界文化中加深对民族自身的认识与定位。可以说，弗莱在这一阶段的加拿大写作为加拿大进行了特殊的定义，促使人们开始深刻地思考加拿大的问题，“弗莱激起的是对加拿大想象的思考，从精神上保护加拿大免受可怕的自然、可怕的殖民统治的伤害，这在今天仍然有力量刺激人们去思考，正如他在评论中对个别作家和艺术家作出的判断仍然有力量使人愤怒或使人高兴”①。

纵观弗莱进行加拿大评论的三个发展阶段不难看出，它们与他所一直进行的广泛的神话学批评是平行的、相辅相成的。尤其需要注意的是弗莱将自然环境作为加拿大想象的源头，无论是对殖民地之初的懦弱的想象还是建立联邦后直至第二次世界大战后加拿大文学的真正发展，自然环境赋予了加拿大独一无二的想象空间，也必将成为加拿大创造力的源泉。当然我们也将了解到在加拿大评论里，尤其是在第三阶段的加拿大评论里，弗莱已经从加拿大文学批评深入到加拿大文化批评内，从文本内的结构分析走向文学的社会语境分析以及对加拿大文化发展的探讨，这与他晚期的神话学批评思想是一致的，表现了他走向为一个包容文学批评的文化批评家的成熟。在下面的章节，我们将侧重在弗莱对加拿大文化发展的双重处境所展开的评述以及加拿大文学发展的自身特点，意欲以此来做后殖民批评意义上的解读。

---

① *The Bush Garden*: *Esaays on the Canadian Imagination*, p. ii.

第二节 弗莱加拿大评论的社会语境分析

弗莱从一开始走上学术研究之路开始便自觉地将加拿大文学、艺术和文化作为他进行理论探讨的对象，从中发现不少加拿大本土的创作特点，尤其是自然环境对人们思想、情感的影响。但除此之外他更发现，进入20世纪五六十年代以来的加拿大人开始出现一种对民族情感的认同回归，甚至是有意识地寻找自身文化的根源。针对这种情况，弗莱写作了大量的评述文章，对加拿大的社会与文化境况进行分析，不停地探索发现加拿大文化安身立命之所在；而也正是他的这种不懈努力，使得加拿大文化在不停地发展和补充。应该说，弗莱是一个颇具历史眼光和历史分析的思想家和批评家。他从加拿大的国家历史和文学创作中发现了加拿大文化发展的轨迹，在此基础上提出自己关于文化想象的观点。因此，我们要想充分了解弗莱在后殖民语境下对加拿大文化的建构，首先需要了解加拿大评论的社会语境。

我们认为，加拿大在20世纪主要呈现出国族主义、分离主义和多元文化主义三个相互关联的发展状态，这三个发展状态既向人们昭示着加拿大国家历史发展的历程，也展示出加拿大文化的发展轨迹。

首先，我们来了解加拿大的国族主义意识的发展历史。加拿大的国族主义意识主要表现在人们对自己国家的认同茫然或者认同矛盾，对自己国家定位意识的模糊性。

应该说，加拿大于1867年脱离英国宗主国的统治成为一个独立国以来，人们在接下来的几十年里还处于游移不定的状态，以致到20世纪初的时候出现了不断的质疑声。人们迷惑于加拿大的国家/民族身份而不断地反问自己“我是谁?”、“我在哪里?”迷惑于对身份的表述，加拿大的声音通常是双重声音，也是反讽的两种语言，尽管通常人们并不会把反讽看作辩护性修辞工具也不把它当作攻击性修辞工具，允许说话者发表演讲并同时机智地面对一个官方语言，也就是在一个占主要地位的传统内起作用，却又挑战传统——又没有完全由它占据①。当第二次世界大战之后美国逐渐崛起并成为西方经济和文化强国时，作为美国近邻的加拿大尤其受到其无所不在的消费文化的影响，曾一度完全为美国文化所征服。可以说，加拿大无处不在地受到美国文化产品的轰炸，加拿大被美国电视、书籍、杂志、音乐等所包围，以致有人甚至悲观地认为“尽管我们所有人都希望相信加拿大作为一个国家的身份，但加拿大实际上还是一个英美殖民地”②。在这种境况下，加拿大人特别渴望认识自己，因此也一直强化这种对身份的固执热情。有人曾对加拿大人的这种情况作了非常准确的评述，认为倾向于联邦或者加拿大主义的民族主义从它真正诞生的时候起，就是“一种困惑的、不符合逻辑的但又强迫嗜好运动的跨栏运动，这也必然是一种保留栏杆的行动。当然在篱笆的两边都有不愿意跳动的人，有一些由于我们独一无二民族性的创造性而不愿意运动的人，甚至还有一些希望离开的人。这些人都不是加拿大人。然而作为一个民族我们仍然在运行，尽管这种运动是不均衡的”③。

---

① Linda Hutcheon, *As Candian As Possible...Under the Circumstance!*, York University and ECW Press, 1990, p. 9.

② Tony Wilde, *The Imaginary Canadian: An Examination for Discovery*, Pulp Press, 1980, p. 2.

③ Malcolm Ross, Introduction, Malcolm Ross ed., *Our Sense of Identity: A Book of Canadian Essays*, The Ryerson Press, Toronto, 1954, p. x.

这种国家历史的发展导致了加拿大人对国家身份有着一种执著的寻找，“加拿大人有一种对身份的热情，他们仍然在时空里寻找身份，而且这种对意义的寻找使它本身成为了一种相连的民族特点”①。同时还因为加拿大虽然是一个资本主义国家，但却只能在二等帝国主义那里发言、嬉戏。面对这样一个明显的困境，加拿大人的民族身份看起来就显得是一种纯粹的虚构，因为加拿大从大英帝国那里继承了文学和文化传统，而美国又在经济与生态上对加拿大进行着全面的垄断和剥削。

因此，尽管加拿大人都有着对国家/民族身份认同的极大诉求，但这种诉求并不显得激进，这表现为一方面人们不断地认识到强烈的身份认同危机性和认同紧迫性，另一方面又犹豫不决，不知该如何取舍。针对这种情况，弗莱曾经通过分析加拿大的历史来分析人们的这种心态，以此批判持骑墙心理的人们，告诫人们坚定对加拿大国族认同的信心。

弗莱曾经激烈地抨击过人们对宗主国英国以及近邻美国的依赖和期望，同时也指出加拿大不同于美国的实质所在。他从加拿大的历史中发现，在美国独立革命中失败的托利党人涌入安大略省，他们仍然忠诚于英国，这促使加拿大在历史的选择中不可能成为美国革命的一部分，也由此将自己置身于一个特殊的位置上，继续成为英国的殖民地，以至于直到 1865 年才由英帝国帮助他们成立了联邦政府，组成一个国家。可人们对英帝国实际上是抱着非常矛盾的心理的。即使当时社会上大力宣扬对英帝国的忠诚（不过是些肤浅的忠诚），人们心中同时还有很多怨恨，认

---

① David Taras, “Introduction”, Beverly Rasporich and Eli Mandel ed., *A Passion For Identity: An Introduction to Canadian Studies*, Nelson Canada, 1993, p. 2.

为如果自己像美国人那样独立的话，英帝国会像对待美国那样以更大的尊严撤退到伦敦，那么加拿大人也就拥有了一个独立的国家。但无论怎么说，人们在这片土地上建立了联邦国家，在政治意义上获得了民族身份，拥有了国家旗帜，一段时期内还具有明显的军事力量，加拿大人逐渐开始认同自己的民族与国家特色。只是独立后的加拿大却没有机会发展自己的经济与文化，反而陷入了美国铺天盖地的新殖民主义中，从来没有摆脱过美国卫星国家的身份，到现在还一直受到美国经济势力与意识形态的渗透。这种处境使得加拿大人的民族意识和文化认同就更加显得飘摇不定，尴尬不已。正如弗莱一针见血地指出的，实际上加拿大还没有成为一个国家，就从一个前国家状态进入到后国家阶段，“19世纪上半叶加拿大预设成为一个国家，但只有在现代世界的后国家发展跟上它时它才成为一个国家”①。

其次，我们再来审视加拿大的分离主义。加拿大的分离主义既是历史的产物，曾对加拿大国家的完整产生过威胁，也由此形成了加拿大文化的一大特色。梳理加拿大的历史，这一特点清晰突出。

殖民者到来之前这里是一片广袤平静的土地，印第安人是这里的永久居民，但欧洲国家于16世纪进入加拿大后，他们的探险打破了这里的平静，将这里变成欧洲商人的原料供给地，成为英国人、法国人和美国人蜂拥而至巧取豪夺的殖民地。他们疯狂的掠夺加拿大的皮毛、木材以及其他原材料，甚至招募年轻的士兵不断地由水路运输到他们人口稠密的市场上去。原住民印第安人被迫迁徙，虽然加拿大定居者对原住民并

---

① Robert D. Denham ed., *Northrop Fry: The Eternal Act of Creation*, Bloomington: Indiana University Press, 1993, p. 148.

没有采取像美国那样血腥的措施，从而也没有美国的历史负罪感，甚至因为地理环境原因，欧洲殖民者在探险初期还与印第安人有交往甚至通婚，但最终很快加拿大成了殖民者的土地和市场。因此，在这种背景成长下的国家与其他国家的形成有着本质的区别，以致汤尼·威尔登说“我们成长在一个人工性的国家，一个由其他国家因为它们自身利益而创造的‘加拿大’，这种想象性的国家与我们实际生活在其中的国家是不相同的，与我们所了解的这片土地也不相同：在加拿大整个‘意识工业’繁荣在这个国家混乱的控制上”①。

最初统治加拿大的殖民者是法国人，法国在18世纪与英国殖民者的战争中失败，从而丢失了除魁北克之外所有的加拿大土地。弗莱认为，“18世纪法国失去了加拿大是因为他们没有兴趣保留它，几年后他们把路易斯安那卖给了美国，这也可以从中看出加拿大法语区的命运”②。不过，接替法国的英国宗主国对这片土地却没有表现出很大热情。因为英国的冷淡，加拿大法语区的存留产生了双语文化的加拿大，也由此导致了加拿大历史上持续不断的分离主义。加拿大法语区在18世纪通过魁北克法案获得了在这个国家与众不同的认可与地位，确保了魁北克的特殊地位。但也正因为如此，这个国家很快陷入两个民族的分裂中，任何想统一国家的尝试都变得几乎不可能。不过这个时期的加拿大尚未形成一个国家，不过是几个宗主国统治的殖民地国家。18世纪后期在北美发生了英帝国统治下的美国独立革命，毗邻美国

---

① Tony Wilde, *The Imaginary Canadian: An Examination... for Discovery*, Pulp Press, 1980, p. 1.

② Northrop Frye, "The cultural development of Canada", *The Modern Century*, Toronto: Oxford University Press Canada, 1991, p. 126.

的加拿大如果那个时候追随美国革命的脚步，或许它早已经像美国那样摆脱了殖民地位，但它的前进道路注定会是现在的样子，或者说加拿大人内在的性格与外在环境决定了他们只会选择这样去做。

加拿大的分离主义一直是一个严重的社会问题，魁北克作为加拿大独特的法国文化保留地一直期望保持自己法国文化的地方特色，并从加拿大的民族国家中独立出去。这一方面固然是加拿大国家历史发展不完善的产物，是英法两个帝国对加拿大的统治并遗留下来的文化与民族问题；另一个方面也是美国对加拿大的经济殖民和渗透所导致的。1774 年魁北克法案通过，加拿大法语区得以完整地保存它的语言和文化遗产，在殖民地获得了不同程度的认可和地位，获得了它的特殊地位，但也为以后的分离主义埋下了伏笔。“任何想要统一这两个民族的尝试都变得几乎不可能”①。弗莱曾表达他对这种分离主义运动的批判。“对我而言，这是一场倒退的、反历史的运动，体现在它对法国的新殖民态度与在魁北克以外加拿大法国人的傲慢态度……多年来它一直由通信媒体所控制，而且以联邦平等关系与分离自由建构的简单的情感超越经济事件。作为一种知识分子运动，甚至一场革命运动，这可能会确定一场纯粹象征的分离：如果它超越这一点，魁北克文化里的独特性就会是它的灾难”②。

这种分离主义直至现在的加拿大国家还持续存在，只不过在 20 世纪 80 年代经德鲁克总理的执政，开始逐渐朝向多元文化的方向发展，从而逐渐成为加拿大文化形成自身特色的基础。加拿

---

① *The Canadian Imagination: Dimension of a Literary Culture*, p. 14.

② *Northrop Frye on Canada*, p. 515.

大英语文学与法语文学的发展都表现了这一点。加拿大80年代以来实施的多元文化政策也是得益于此的，从而使加拿大因拥有多重身份而产生了它的身份特点。

第三，加拿大的多元文化主义社会语境。

加拿大的多元文化主义是20世纪60—80年代以来加拿大重新认识自己的一个新阶段，也为加拿大的特色发展开辟了道路。在60—70年代，加拿大开始在文化上发出自己的声音，不再问“我是谁”，而是问“这是哪”这个问题了。皮尔·特鲁多总理致力于加拿大的宪法回归，在1982年以加拿大宪法法案结束，将英国政府权利在加拿大法律上的最后余威清除了出去。同时，60年代出现的“多元文化主义”这个词开始取代加拿大的“双元文化主义”，联邦政府开始鼓励社会种族文化的多元发展。20世纪加拿大的移民政策导致的文化多元性使加拿大成为文化丰富与社会张力远远超出了双语主义与双元文化主义的国家。

生活于加拿大本土的弗莱深切感受到了加拿大历史发展所带来的文化矛盾和文化发展的复杂性，他一方面开始梳理加拿大的历史，以此来勾勒加拿大同英国和美国之间的关系，以让人们对加拿大有一个本质的认识，希望借此来推动了人们超越骑墙心理，并建立国族认同；另一方面他又深刻地批判了美国对加拿大文化的霸权和新殖民，努力呼吁人们在多民族的基础上建构多元主义文化。

第四，世界后殖民批评语境。

除了存在上述社会语境之外，弗莱进行加拿大文学和文化的评述还处于产生于20世纪70年代、90年代开始全球盛行的后殖民批评语境中。在此，我们将做一个简要的论述，从而将弗莱的加拿大评论纳入后殖民主义批评中。

后殖民理论是自20世纪70年代逐步兴起的一种文化批评理论和思潮，它的源头来自于欧洲帝国的全球殖民侵略与随之导致的经济全球化，随着四五十年代帝国的衰落与分裂殖民主义的终结，殖民过程产生的文化冲击与影响却并没有随着殖民主义的消亡而消失，因此，在70年代以巴勒斯坦裔美国学者爱德华·萨义德的《东方主义》为标志宣布了后殖民研究的开始，后殖民文学与文化研究也随之成为当代文化研究的主要课题之一。后殖民主义理论批评大师爱德华·萨义德在对西方学者的东方学研究中发现，西方学者眼中的东方并非是真实的东方，而是被他们想象和杜撰的东方[①]，这由此掀开了后殖民批评从边缘向中心运动的序幕。因此，人们在进行后殖民批评时，往往指涉的是曾经被西方帝国主义侵略和侵占的第三世界国家。但后来人们发现，与原宗主国同一语言且很大程度上为宗主国后继人的英联邦国家都应纳入后殖民批评的范畴。"'后殖民'一词包括从殖民时代到现在受过帝国统治过程影响的所有文化"[②]，指涉的是存在于欧洲帝国统治期间与之后的世界及其对当代文学的影响。因此非洲诸国，加勒比海诸国，印度、马来西亚、新西兰、加拿大、澳大利亚、新加坡、巴基斯坦、南太平洋诸国及斯里兰卡都属于后殖民文学。美国文学也应该包括在这个范畴之内，但因为美国目前的第一强国地位以及它所担任的新殖民角色，美国的后殖民性尚未被人所认识。这些后殖民文学在它们独特的地方特色之外的共同点就是它们都具有殖民经历，并通过强调自己与帝国中心的假设

---

① 参见爱德华·萨义德著《东方学》，王宇根译，生活·读书·新知三联书店2000年版。

② Bill Ashcroft, Gareth Griffiths and Helen Tiffin, *The Empire Writes Back: Theory and practice in post-colonial literature*, London and New York: Routledge, 1989, p. 2.

不一致，将自身置于与帝国的张力之间从而宣称了这一特性。

相对于曾经沦为前殖民地的第三世界的后殖民国家而言，其中的文学与文化变异比较突出明显，常常形成了某种混杂化的特点。而对于原英国殖民地后成为英联邦的诸国而言，后殖民性则更加隐秘，更加含混，也更难理顺。因为相对于一种新文化对本土文化的侵袭以致在长期的殖民过程中形成的混杂文化而言，与宗主国文化一脉相承却又被宗主国所抛弃并最终试图建构自身特色文化的英联邦国家而言，这种体会更加痛苦也更加迷茫，他们甚至试图像第三世界国家那样发展民族主义，却又无法准确地找到自己的民族和文化认同。因此，在这种情况下，弗莱对加拿大文化的评述从某种意义上说，是在试图解决这个危机，实际上他也在引导和鼓励着加拿大人在独立的国家中建构自身特色的文化。

从加拿大的历史来看，虽然加拿大的国家发展历史也是从殖民地走向独立国家的历史，但它比其他英联邦国家经受了更多的冲击。因为毗邻当代最强大的国家美国，一直受到美国的经济与意识形态的冲击和渗透，丧失了自己的独立性与特色，成为新殖民的产物。因此，加拿大不仅是一个经历了殖民过程的后殖民国家，而且还是一个美国新殖民主义下的经济与意识形态的殖民地，从而产生了加拿大与其他英联邦成员国及第三世界后殖民国家有所不同的后殖民性，具有它自身的特殊性与复杂性。加拿大的后殖民性有两点特殊之处：首先，与第三世界后殖民国家不同的是，加拿大的文学文化声音并不是由土著居民为他们的独立与文化发展所展开的对抗帝国中心而发出的，而是殖民统治者的后裔，后来成为加拿大居民的白种人所发出的声音。这些白人既是殖民者又是被殖民者。“当把加拿大文化称作今天的后殖民文化时，其所指的极少是土著文化，而土著文化才应该是那个术语更加准确的声音，仅就他们所表示的（法国和英国）殖民主义和殖民化过程给印第安人民所带来的破坏而言，他们的声音也许应该看作是加拿大的抵制后殖民的声音。……但正如拓荒者文学也是抵制帝国主义文化的反话语文学一样，它们在程度上以及甚至在殖民化的种类上仍然存在一种持续的差异”①。其次，加拿大强烈受到美国资本的“殖民化”，至少在文化上受到美国大众媒体的殖民化，这在全世界也已经成为了一种趋势，美国的强势文化正随着美国的强势经济和全球化进程推进到世界各地，但加拿大比任何国家都更强烈地感觉到这种影响与控制。加拿大人甚至认为在政治上受到南面邻国经常在武力和帝国主义冲动方面的威胁，因此大英帝国对加拿大社会文化的影响、加拿大对宗主国的忠诚心态以及美国对加拿大无处不在的经济与意识形态殖民渗透使加拿大的文化在后殖民讨论中具有极其重要的地位。对加拿大人而言，历史上真实的殖民者（英国）和当今可能的殖民者（美国）持同一种语言，这给试图聆听自己的“英语”语言的加拿大作家造成了问题。“由于许多加拿大人常常感到的这种双重后殖民焦点和对美国帝国主义的敏感，这些附加的问题只能使‘殖民’一词使用在加拿大语境中成为一个复杂问题”②。固然在讨论加拿大的后殖民性时，这种特殊的后殖民主义与第三世界的后殖民主义并不相同，而且还要考虑到加拿大是一个多民族的移民国家，定居在这个国家的一些移民并非来自被殖民的社会，因此往往自觉地抵制被标识为后殖民的标签。还有一些移民是没有选

---

① Linda Hutcheon, “Circling the Downspout of Empire”, *Past the Last Post: Theorizing Post-Colonialism and Post-Modernism*, New York: Harvester Wheatsheaf, 1991, p. 174.

② *Past the Last Post: Theorizing Post-Colonialism and Post-Modernism*, p. 175.

择，他们从西印度群岛、亚洲和拉丁美洲来加拿大，将这里看作是“由于别处的土地被拒绝而必然成为被占领的领域”，这些非欧洲移民的后殖民化历史与环境不容忽视。因此说加拿大的后殖民环境与文化的后殖民性更为复杂和多样性，在后殖民文化研究中更具有特殊的意义。

因此在弗莱看来，加拿大可以依凭的创造本国文化特色的唯一东西就是加拿大的写作和加拿大的想象。针对加拿大的后殖民环境，加拿大人并没有被动地接受，尤其是在文学写作上（这个代表着民族创造力和想象），加拿大人力图创造出自己的神话与文学，他们与第三世界国家不同的地方在于他们不是去恢复或重建某种在殖民时期被废弃了的原有文化（印第安人倒是可以），而是要发明出自己的本土文化，要确立自己的本土性。这样看来，加拿大人需要创造自己的历史神话和叙事。既然“民族不仅是文化充实、不断更新和深化的条件，而且是必要条件。正是为民族存在而进行的战斗才推动了文化的前进，打开了创造的大门。此后，只有民族才会保障文化所必需的条件和架构”①，民族聚集了文化创造不可缺少的各种要素，只有这些要素才能使文化可信、有效、有生命力和创造力；也只有民族性才能使民族文化向其他文化开放并影响和渗透其他文化。力图寻找加拿大民族与文化身份，成为加拿大历史学家和加拿大文学批评家的重要任务之一。弗莱作为加拿大伟大的思想家和批评家，不仅积极地参与到加拿大的文化建设中，而且给加拿大的迷茫和困惑打了一支清醒剂。他作为加拿大文化在国际上的代言人，在这种环境下对加拿大文化进行的分析，完全体现了他的后殖民视角和后殖民意

① 罗钢、刘象愚主编：《后殖民主义文化理论》，中国社会科学出版社1999年版，第293页。

识，因此从后殖民研究的角度分析弗莱的文化批评将具有非常重要的意义。

弗莱在晚期学术研究中对加拿大文学文化的社会语境进行了细致与深入的探讨，我们认为他的这种研究与20世纪70年代兴起的后殖民理论分析殊途同归，丰富了后殖民批评理论（尤其是关于“英联邦”国家后殖民性的讨论）。既然加拿大作为后殖民国家而言，且具有其他后殖民国家所没有的另外一个危机，那便是美国新殖民主义的渗透，因此加拿大是个具有双重殖民制约和统治的国家。因为加拿大的历史“是记录与几个宗主国联盟的殖民地历史，追溯加拿大的历史发展，也就是追溯加拿大成为法国殖民地，然后是英国殖民地，而最容易忘记的是美国的经济殖民地的时间过程”①，而美国文化霸权对全球化文化发展的今天，也开始渗透到全球其他民族国家文化中，对其他民族文化也产生了极大的冲击。因此弗莱对加拿大文学写作的鼓励以及对加拿大文学特色的评点既显示出他的后殖民批评主张，对整个后殖民理论来说就显得越发宝贵，更以他的主张阐发了人们对新时期美国新霸权文化的思考和应对策略。从这个意义上说，弗莱的加拿大文学文化评论就具有更加深刻的后殖民批评意义和借鉴意义。

第三节　弗莱的加拿大文学与文化研究

在上一节中我们探讨加拿大的社会语境，其中蕴涵了人们对国族意识的诉求，充满了后殖民精神，但加拿大的国族意识又在

① David Saines ed, “Introduction”, *The Canadian Imagination: Dimension of a Literary Culture*, Harvard University Press, 1997, p. 1.

分离的民族主义中被部分消解。弗莱深刻地认识到加拿大文学与文化的双重殖民处境，时刻关注着加拿大的文学与文化写作，他对这两种处境的睿智分析，使得他对加拿大文学与文化的形成及其特色的评述虽然不是刻意从后殖民批评理论着手，也没有从理论上对后殖民理论进行建构，但他采用的批评视角却正好证实了在当时的后殖民批评语境下，他对加拿大的文学与文化发展进行了后殖民性质的分析和研究。我们认为，弗莱主要从加拿大的国家民族文化以及加拿大文学的发展所进行的分析这两个方面体现了他的后殖民意识，尤其是他对加拿大民族身份的定位以及加拿大文化的发展之路，昭示了他一贯坚持的民族的创造在于文学文化想象力的观点。

一　双重殖民语境下的加拿大民族历史透视

弗莱清楚地认识到加拿大的殖民历史，并详细地分析了加拿大的历史形成与殖民主义特点，尤其是加拿大在国家形成与发展历史中与两个帝国（英国与美国）的关系，从而导致了他进一步对加拿大民族文化身份的定位。弗莱始终认为加拿大的环境决定了加拿大诗人的想象，不仅是地理环境，还有政治环境影响了加拿大文化的发展。加拿大独特的政治文化形态与文学表现也与其发展历史密切相关。在这里，弗莱实际上讨论了加拿大文化政治中的三重关系，即帝国主义、国族主义与民族主义（地方主义），在加拿大文化形成过程中的张力与作用。这里的帝国主义指的是前大英帝国与现在的美帝国。从加拿大的国家历史我们已经了解到加拿大是前大英帝国的殖民地，随着美国的独立、势力的壮大及其全球扩张，大英帝国的影响逐渐从加拿大消失，加拿大后来实际上已经成为了美国在经济与意识形态上的殖民地。民族主义（地方主义）则指的是加拿大具有本土意识的独特性以及在前大英帝国时期的分离的省份以及在独立后的英语区和法语区的分裂主义。国族主义主要是指在加拿大独立后作为一个统一的国家形成的国家民族意识，同时也指相对于美国在加拿大的殖民渗透而形成的反对美国、寻求自己文化身份的民族自我认识与定位。

（一）帝国主义与国族主义的张力

从加拿大的形成历史来看，加拿大的民族意识与其他后殖民国家不同的是：其他后殖民国家，尤其是第三世界国家的民族意识是在与反抗宗主国的殖民统治中形成的强烈的情感和意识形态；而加拿大的国家和民族意识则更多的是在强大的邻国美国的影响下而形成并发展的。弗莱对加拿大与英、美两大新老帝国之间的关系和矛盾的分析反映了弗莱充分认识到帝国主义与民族主义之间的张力，清醒地意识到应该如何在帝国主义的影响中发展民族文化的道路。

首先，弗莱对加拿大与英、美两国的相互关系做了一个非常详细深入的研究，尤其是对照美国的发展来梳理了加拿大的文化，他的目的就是要加拿大人认识加拿大本身，希望加拿大人不要妄自菲薄，应该走出自己的民族发展之路。他发现加拿大的国族主义在英国宗主国统治之下并没有表现明显，反而是在美国文化的侵略中形成的。这显然与其他民族国家文化的后殖民性是明显不同的。

从加拿大的民族形成来看，1945 年之前法国人与英国人是加拿大的主要民族（1945 年之后因为加拿大实行的宽松的移民环境，加拿大已经成为了一个多民族多元文化的国家），他们是从英国或法国移居到加拿大的定居者，作为英法后裔，身处严寒的自然气候与广袤但人烟稀少的地理环境中，这些定居者与大自然展开了异常艰苦的斗争，这使得他们对宗主国英国和法国具有一种强烈的依赖和忠诚心理。应该说这些定居者与宗主国之间并没有激烈的经济冲突，而且因为他们的依赖心理以及倾向宗主国的托利党在美国革命失败后成为主导加拿大政坛的领袖党，加拿大就更不会对宗主国产生任何对抗行为。

为了进一步认识到加拿大的形成历史，弗莱将加拿大与美国的历史进程作了鲜明的对比，试图找到加拿大在历史上与美国选择不同道路的原因。弗莱认为，加拿大与美国的不同自然环境以及由此而产生的经济利益冲突是两者选择道路的首要原因。美国具有绵延的东西部海岸线，边疆是一条朝向西部开放式循序渐进挺进的地平线，这使得美国的探索与修建铁路成为国家和民族想象中自然而然的最重要因素；而在加拿大，无论人在哪里，边疆都是一个圆周，加拿大没有可与美国文化中相对应的明显的南北边疆，也没有大西洋海岸线，从欧洲进入加拿大，必须乘船通过贝勒岛海峡进入圣劳伦斯河湾，然后沿着河流下到五大湖，由此形成了经济学家与历史学家所称的“劳伦斯轴心”，沿着劳伦斯轴心的是寻找皮毛与其他原材料而建立的人烟稀少的定居点。相比之下，从欧洲进入美国只要跨越大西洋就可以了，但进入加拿大则“像是被一片异化的土地沉默地吞噬”[①]。由于加拿大最初主要是成为帝国列强掠夺原材料与人口的产地而不是市场，加拿大只是形成了一些以不同的方式和目的并各自为政的定居点，没有发展与美国一样繁荣的经济市场。因此当美国因为利益冲突与宗主国英国发生了激烈的冲突并发动了独立革命，率先从殖民帝国中独立出来，且因此形成了自己的革命传统时，加拿大则仍然心甘情愿地依附于大英帝国。尤其是在美国发动独立战争时，加拿大选择的是坚决不模仿美国，并宣誓自己要对英国忠诚。一方

① *The Bush Garden*: *Essays on the Canadian Imagination*, p. 217.

面固然是因为在美国革命中忠诚于英国的托利党失败从而转移到加拿大继续他们的忠诚；另一个原因则是因为加拿大本来就是一个个隔离的社区，没有明确的国家目标，因此他们愿意维持着这种殖民状态，即使到 19 世纪大英帝国的衰败，他们也不过是在 1867 年将几个分裂的省份联合起来形成了英联邦属下的成员国之一。

当加拿大逐渐从英帝国的影响中脱离出来时，人们又强烈感受到美国强势经济和意识形态的入侵。弗莱针对这种情况批判过人们的假设心理，因为当时面对加拿大的这种情形，很多加拿大人就对加拿大的殖民历史提出过很多假设，尤其是他们在英国受到冷淡以及在联邦国家成立后又受到美国新殖民主义的渗透时，他们甚至假设，如果加拿大当初像美国一样发动独立战争，可能会受到更好的待遇。弗莱认为，其实身处加拿大之外的很多人太容易夸大英国对加拿大文化发展的影响与持续性，但其实英国对加拿大的影响在国际联盟以及第一次世界大战期间最为重要，因为加拿大与英国存在着内在承继和接受心理，所以矛盾并不突出。而美国的影响实际上却激起了加拿大极大的民族自尊心，成为加拿大人生活中既不能舍弃又痛恨自己不得不接受的矛盾心理，“如果我们把加拿大不是看作英国的北美，而是看作脱胎于在美国革命里的托利党反对取胜的辉格党并由此形成的某种完全属于美国自己的东西，我们将会更清晰地表达这种加拿大意识”①。由此可以看出，英、法宗主国的帝国主义在加拿大实际上是一个抽象的概念，加拿大存在的帝国主义与国族主义的张力更多地体现在与美国意识的对抗里。

但弗莱也意识到，加美两国的关系中，完全取决于美国对

---

① *Division on the Ground*, p. 66.

加拿大的政策，加拿大只不过是一个被动的接受者。美国在18世纪晚期开始达到国际发言权的顶峰，成就了一个华盛顿、亚当斯、杰弗逊和富兰克林的时代。他们随着自身经济与军事力量的蓬勃壮大对毗邻的加拿大虎视眈眈，试图一举统一北美，由此对加拿大发动了两场侵略进攻：第一次是1775年美国恼怒于加拿大的亲英以及反对美国独立的行为，开始侵入加拿大；第二次是在1882年的时候美国蠢蠢欲动企图一举吞并加拿大，从而成为支配北美大陆的唯一帝国，但他们遭到了惨败。聪明的美国人于是改为经济和文化渗透并获得了巨大的成功，加拿大人购买美国汽车，观看美国电视喜剧，全国上下到处充斥着美国的广告、电视以及消费品。对加拿大本国来说，加拿大人根本没有美国那样的蓬勃发展，甚至可以说他们没有18世纪。加拿大从17世纪法裔加拿大人的殖民统治，到美国独立革命后托利党人和大批海员的涌入，使加拿大直接从巴洛克时代进入了浪漫主义的扩张时代，但它从来没有获得像美国那样自我定义的时刻。美国高昂的斗志使它在18世纪就找到了自己的身份，保留了18世纪作为理性主义与启蒙时代对知识的强烈爱好，并以这种理性认识催生了独立宣言与宪法，使这种理性态度成为美国生活方式的中心原则。加拿大则没有经历启迪时代，也很少18世纪特征，因为英国与法国在18世纪的加拿大忙于攻占对方的堡垒。弗莱把这一现象归结为：加拿大作为一个国家出现并产生的民族身份里总有一种"进入遥远距离的离心运动，某种日益成长的巨人衣服从身上裂开以及某种皮带裂开的感觉"①。这也就是为什么在一战前加拿大人对国族文化发展的要求并不是那么强烈的原因所在了。

---

① *Division on the Ground*, p. 77.

其次，弗莱还进一步论述了在美国的影响和压力下所导致的加拿大对民族和文化身份的寻求。应该说，国族主义日益强烈的诉求也是为美国文化无所不在的渗透所催生的。

美国对加拿大文化的影响无所不在。即使加拿大固执地强调加拿大身份，逐渐形成了加拿大中心主义，它仍然无法抛开美国无孔不入的影响，因为“加拿大从来没有摆脱过美国卫星国的身份”①。加拿大人对美国又爱又恨，“世界上没有任何两个国家具有美国与加拿大的关系……百分之九十的加拿大人会说自己不是加拿大人，而是美国人”②，因为加拿大完全笼罩在美国的消费文化影响之中。弗莱认为，美国不仅影响着加拿大的大众文化，同样也影响着加拿大英语文学，如果说加拿大的叙事文学传统来自英国，那么美国的影响至少与英国的影响一样直接，“事实上加拿大人已经很少注意到英国，如果他们是一个主权国家，他们原本应该多关注英国”③。弗莱发现加拿大现在处于美国的轨道上，而且在可预见的将来还会如此。加拿大人并不抵制这个局势，不过他们在美国大众文化的影响下普遍产生了一种身份危机感，“尤其是在二战后要求定义加拿大的身份成为了这个民族的固执”④。早在多年前魁北克出现了一本名为《美国的白人奴隶》的书，很尖锐地指出加拿大的定居者（殖民者）与自由黑人奴隶除了在肤色上不同外，并没有什么其他差异，因为他们都是只具

① *Division on the Ground*, p. 16.

② Branko Gorjup ed., *Mythologizing Canada: Essays on the Canadian Literary Imagination*, Legas, 1997, p. 191.

③ *Division on a Ground*, p. 44.

④ Leon Litvack, “Canadian Writing in English and Multiculturalism”, Radhika Mohanram and Gita Rajan ed., *English Post-coloniality: Literatures from Around the World*, Greenwood Press, 1996, pp. 122.

有理论上的权利而没有实施的权利。

由此，加拿大一方面无法逃避世界上最强大的帝国、它的近邻对它的经济殖民与意识形态渗透；另一方面又极力地从文化的创造性层面寻求突破，试图找到自己的位置。由此在这两者之间产生了巨大的张力，使加拿大的民族身份与文化想象讨论成为在后殖民批评语境中甚至在全球化的现在民族文化如何体现全球性与地方性的辩证统一问题中的一个严峻考验。

加拿大对民族文化的探索是艰苦而长期的。在弗莱看来，这种尝试可开始于第一次世界大战前几年七人绘画组合所进行的充满灵感的加拿大风景画创作，这些风景画创作成为加拿大身份的标志。哈瑞斯（Harris）曾评论说："直到我们开始在艺术上创造生命我们才能真正理解过去的伟大文化与其他民族的伟大文化，这也意味着一个民族找到了它的灵魂。"

弗莱延续着艺术创造想象的宗旨，坚持认为只有由人类神话一直发展而来的人类的文学想象性，才是文化发展的根本。因而加拿大人只要坚持文学想象，加拿大的国族身份也就会形成自身的特色。弗莱甚至因此对文化身份进行了特殊定义，以迎合他对加拿大文化分析的需要。他认为，民族身份就是民族文化，而不是存在于文化之中，因此分析一个民族的身份就是分析这个民族的文化，但文化身份并不是一个简单的平面的意义，而是由不同的三个层面组成，最底层的是风俗与生活方式，"是人们吃、穿、谈话、婚娶、游戏、生产等不同的生活方式"①，文化身份的中间层面是传统与历史的产物，是由形成一个民族国家生活并为主流意识形态指明方向的不同的政治、经济、宗教以及其他机构形

① *Our Sense of Identity: A Book of Canadian Essays*, p. 191.

成。文化身份的最高层面是“一个民族特殊化的创造力的产物”[①]。因此根据弗莱对加拿大国家身份的定义，加拿大身份若要表现它的特殊性，最终便归结于它的文化创造力和想象力，即加拿大创造性的文学和艺术。

从加拿大的民族身份来看，最低层面的加拿大身份几乎不存在，无论加拿大英语区还是法语区，都与美国北部的文化相一致，加拿大的生活方式是完全的美国化，但这也是全世界的趋势。由于20世纪技术的发展，全世界的生活方式越来越与美国趋同，今天的加拿大民族与其他民族一样，正在生活方式上美国化、也在日本化或者共同市场化。甚至可以说，独立的加拿大实际上只不过是抛弃了革命的美国。中间层面的加拿大文化身份“加拿大人一直在这个领域感觉到被美国影响所包围并受到美国影响的威胁”[②]，这不仅是因为美国对加拿大实施的经济、意识形态的渗透，也因为加拿大本身的分离主义。“加拿大每一部分都有强烈的分离感，因为加拿大的每一部分都实际上是与其他部分相分离的”[③]。在加拿大，无论人位于哪里，边疆都是一个圆周。因此这个层面的加拿大文化身份是模糊的，也是与美国层层纠葛的，并有着强烈的焦虑感。弗莱于是将希望寄托在第三个层面上的文化意义，因为在这个层面上加拿大才真正拥有了自己的文化身份。加拿大显然拥有自己的文学、绘画、电影、戏剧及建筑，且因为自己这些方面的特色而日益受到国际同行的瞩目。因此只有创造具有加拿大特色的文学与艺术，才最能彰显加拿大的

① *Our Sense of Identity*: *A Book of Canadian Essays*, p. 191.

② *Mythologizing Canada*: *Essays on the Canadian Literary Imagination*, p. 191.

③ *Division on a Ground*, p. 59.

民族（文化）身份。弗莱同时还提醒说，从文化的角度分析美国的帝国主义和加拿大的国族主义，这两个国家应该有它们各自的文化表现，有它们自己的方式进行的艺术表现并形成自己的文化传统，因此人们并不要过多担忧文化的同化和全球化，但人们要警惕经济技术对文化发展的破坏作用，尤其是广告支配的亚文化与大众传媒所统治的文化。因为这种美国无名的、大众化生产的、没有思想的亚文化对所有具有创造力的文化艺术都是最具有杀伤力的，但它们之所以得以在全世界传播显然是因为美国是全世界高度工业化的社会。

弗莱批判大众文化（美国消费文化、流行文化）对最具想象能力的社会文化的损害，消费文化实际上对美国具有创造性的文化内核本身而言也是致命的，因为美国工业文化、消费文化将导致对文化的一致性的宣扬，将会使全世界的文化成为单一的、沉闷的既是美国的、又是日本的、也是德国的和俄国的文化，应该是所有真正的民族文化（包括美国在内）所极力制止的。弗莱的这种担忧和批判在 20 世纪 90 年代后期人们对全球化的分析和全球文化的探讨中得到了呼应，英国传播学家约翰·汤姆林森在分析全球化时代中文化的发展中也提到，世界日益被联结起来，这也“喻示着某种单城性（unicity）的意识：这是一种感觉，即世界在历史上首次正在变成一个具有单一的社会与文化背景的世界。在过去，如果说有可能把社会文化进程与实践理解为是一整套地方的、相对来说是‘独立的’现象的话，那么，全球化则使世界成为一个‘单一（single）的地方’”①。正如人们对全球单一文化的担忧，从而在全球化语境下纷纷对民族文化的认同和特

① 约翰·汤姆林森著：《全球化与文化》，郭剑英译，南京大学出版社 2004 年版，第 13 页。

色进行多种研究一样，弗莱也在挖掘着加拿大文化的特色。对此，弗莱还是信心百倍的。因为在他看来，加拿大没必要担心美国文化的渗透。只要加拿大拥有自己创造性的文化，即加拿大自己的创造性艺术，加拿大的民族身份就会是独特的、永恒的。显然，弗莱将文学特性的最高体现归结为创造性艺术的创造与想象。由此可见，弗莱的上述论述已经涉及当前在加拿大学术界广为人们谈论的全球化和文化认同问题，而弗莱的预见性作用也越来越为人们所认识。

弗莱区分了英帝国和美帝国对加拿大施加的影响，并认为，帝国主义尤其是美国的新殖民渗透与加拿大由此激起的国族主义观念之间形成了一种张力，这种张力实际上推动了最高意义上的具有创造性的加拿大文化的建构。一旦加拿大全部由美国意识所控制时，加拿大从某种意义上就失去了作为一个独立国家的意义；但只要加拿大人还能够创造文学，加拿大文化就一定具有超越同一性的特色；弗莱还同时强调，加拿大的国族主义应该超越分离主义的狭隘本土意识，在帝国主义（美国的新殖民主义）与国族主义之间找到平衡点，就会更加有益于加拿大文化的发展。

（二）国族主义与民族主义（地方主义）之间的张力

在这里我们需要明示一点的是，加拿大的民族主义主要产生于法语地区和英语地区之间对不同文化的认同所导致的政治主张和文化诉求的不一致。这是加拿大在国家形成过程中的历史原因所导致的。但民族主义所提出的分离主义政治主张使得加拿大面临国家分裂的危机，所以弗莱作为极度关注加拿大文化发展的思想家和知识分子，自然不能置之度外，他对如何解决国族主义和民族主义的矛盾也提出了很多真知灼见，对于我们今天处于民族不同文化矛盾中的国家文化发展也有不少借鉴意义。

首先，我们对民族主义的发展作一个初步了解，这样我们才能更好地理解加拿大文化中民族主义诉求的危机。

英国民族主义研究专家安东尼·史密斯对民族主义的形成和历史做过非常详细的研究，认为民族主义包括民族的形成和发展过程，民族的归属情感或意识，民族的语言和象征，争取民族礼仪的社会和政治运动以及具有普遍意义或特殊性的民族信仰或民族意识形态这些含义①。而且，民族主义不仅仅是一种政治意识形态，而且还是一种文化和“宗教”。民族主义要求重新发现和恢复民族的独特文化认同，这意味着回到居住于先辈祖土上的历史文化群体的真实本原。在对民族主义的历史趋势上做了概要分析后，史密斯将其放置于当代全球化发展的语境下，认为因为现代性的全球传播以及移民的全球流动，导致出现一种国际化的民族主义。但他也提出，因为不平衡的族群历史的存在，现代族群的遗产使得民族主义仍然在世界舞台上发挥着重要作用，其中“族群的历史和族群的文化就变得对民族化的证实和确认愈加关键”②。

弗莱其实正是在文化形态方面对民族主义进行分析，这也印证了史密斯对民族主义的分析，即民族主义不仅是意识形态层面的，而且是文化、宗教层面的。弗莱在统一、同一的意义上和关系中进行了加拿大的国族主义和民族主义分析。

在弗莱看来，国族主义与民族主义（地方主义）的张力与人们对统一（unity）与同一（identity）的讨论是一致的。这或者说是对民族性与地方性之间的讨论。加拿大作为一个国家本身并不是很完善，它的两个主要民族（法国人与英国人）一直处于分

① 安东尼·史密斯著：《民族主义：理论，意识形态，历史》，叶江译，上海世纪出版集团2006年版，第6页。

② 同上书，第147页。

裂之中，甚至魁北克作为加拿大唯一的法语区一直试图从加拿大这个国家中独立出来。因此弗莱说“加拿大的民族主义整体上说是一个积极的发展，其中自我意识远比侵略性强得多。大概身份仅是成为非军事的而且定义自己不同于他者的一种方式”①。这显然和加拿大人对自身认同是相一致的。

弗莱进一步分析说，在加拿大，人们讨论最多的是加拿大的同一/身份问题（Canadian problem of identity），而这个问题实际上也是一个文化与想象的问题，因此在弗莱眼中又是一个区域性问题。“同一是本土的、地方性的，植根于想象与文化作品内；统一相对而言是国家的/民族的，具有国际视野，植根于政治感情”②。统一具有意识形态的目的，在加拿大表现为统一民族感里的中心是加拿大的东—西方向感，也就是沿着圣劳伦斯——安大略湖为轴心的历史发展，而在这种统一的政治感与地方性的想象感之间的张力就是加拿大这个词义的核心。这也就是说，加拿大的地理疆界和历史发展构成了对统一、整一的加拿大认同，也形成了加拿大的国族认同。这原本是一个整合的概念，但如果因为不同民族之间的人们对此认同产生分歧或者混淆时，就会导致民族主义的问题。所以弗莱说，一旦这两者被混淆或者相互同化时，就会出现两种问题：当同一被统一同化时就产生了空洞的民族主义姿态，相应的统一为同一同化时就产生了现在叫做分离主义的省际孤立。既不能使地方的历史与文化遗产成为架构于国家之上的目标，也不能使国家抹杀地方的记忆，因此在这两难处境中，如何来协调同一与统一之间的关系以避免空洞的民族主义与严肃的分离主义问题则成为弗莱关注的重点。

---

① *Division on a Ground*, p. 75.

② *The Bush Garden: Essays on the Canadian Imagination*, p. xxii.

对于加拿大这种分裂主义（宣扬英、法定居者不同的民族文化），弗莱实际上并不赞同。他认为，当代加拿大文化成为一种文化并不是一个民族的发展，其实只是一系列的地方发展，就像在英属哥伦比亚（British Columbia）省发生的事情就完全不同于新布鲁斯威克或安大略省发生的事情，每一个文化中心都会具有它自己的特色，也会有其内在冲突。因此弗莱反对过分地宣扬不同民族的文化差异，认为无须担心文化的同化。因为在他看来，当一种文化发展到需要保护它的特色的时候，其实这种文化产品就成为出口产品——因为文化就像葡萄酒一样，是完全的本地生产但可以在异地销售。显然，弗莱坚持一个地方的文化必然会因为拥有地方的特色，即使是文化产品如文学也需要本土化和地方特色，但它同时又具有普遍性。

弗莱的这个观点对于我们全球化时代本土文化的自我保护主义来说也是一种启示。因为往往不同国族文化在寻求自身的文化特色时，往往将某种历史的记忆或者遗产并非活生生的植移，而是僵死的设置保护圈，作为一种死文化进行维护，反而使得文化遗产本身失去了价值和意义，成为空洞无物的摆设。

实际上，这里弗莱提出的就是多元文化主义的观点，就是任何文化都可以任其自由发展，这样才可以发展出具有旺盛生命力的民族文化。但不可否认的是，加拿大的民族主义、分离主义给加拿大带来了极大的麻烦。前文我们已经论述了分离主义形成的历史原因，在此不复赘言。我们强调的是弗莱针对这种情况一直进行协调的努力。所以，当20世纪80年代后期加拿大政府采取的多元文化策略应该说是对他的观点的呼应，或许对他来说也是一种安慰。“多元文化主义成为一种政治建构，被它的批评者看作是加拿大早期移民政策产生的集体历史罪恶感的标志，作为一种同化的复杂形式，或将注意力从对身份的质疑转向的一种战略，不可否认的是作为这个国家的种族形成深刻变化的结果”[①]。因此我们说，弗莱在后殖民语境下对加拿大历史与文化所作的精辟论述证明了弗莱对民族文化的关怀以及他始终不渝坚持的文学关怀论。他的这种文化观点反过来又指导着他的文学研究，从而使他的文学研究明显地高于他的同时代人：既有着广阔的文化视野，同时又不失细致的理论分析。

还需要指出的一点是：弗莱既然以多元文化主义来作为调和国族与民族主义之间的矛盾，他始终秉持的武器还是文学的想象。正如本克迪克特·安德森在《想象的共同体：民族主义的起源与散布》中提出来，认为民族是想象的政治共同体[②]，弗莱也认为民族的想象贯穿于他们的文化创作中和文学想象中。因此他通过对加拿大文学艺术的关注，试图以此建构整体的国族想象，以此来超越持分离主义意识的民族主义。我们认为，他的这种努力在推动加拿大的整体国族文化发展起到了重要的作用，同时也为我们对民族主义的思考提供了一个新思路。

总而言之，我们认为，既然弗莱身处一个后殖民批评的语境中，他对加拿大文学与文化形成的历史以及社会环境的论述必然带有某种后殖民批评的意识。虽然他没有介入到关于后殖民理论的诸多讨论中，但他却选择了一个独特的视角讨论了加拿大文化中的后殖民性，并涉及了诸如文化身份、文化张力以及双重殖民性问题等这些广为后殖民理论家所关注和讨论的问题，这就使得他无法回避后殖民理论中如何建构文化本土性、如何处理文化的

---

① *English Postcoloniality：Literatures from Around the World*，p. 131.

② 本克迪克特·安德森著：《想象的共同体：民族主义的起源与散布》，吴叡人译，上海世纪出版集团 2005 年版，第 6 页。

他者等问题并提出自己的解释，那就是在文学艺术中建立自己民族的创造力。而且他始终认为，只有一个民族的想象力才能使这个民族免于同化，才能使自己的民族真正具有竞争力。无论是在后殖民的环境里，还是在今天的全球化进程中，他的这些观点都非常具有借鉴性和重大的意义。

二 加拿大文学的后殖民性

比尔·阿什罗夫特、盖瑞斯·格瑞费斯与海伦·提芬在《帝国逆写》的介绍里曾经解释了这样一个问题，即：既然后殖民国家获得了政治独立，为什么殖民性问题还是根本相关的问题？他们发现，正是因为英国与欧洲等一些大国在19世纪对殖民地进行的语言、教育与文化渗透，导致在殖民地产生了殖民地文化与宗主国文化之间的同质性，并通过文学经典大量地表现出来，与此同时它又使殖民地的本土文化边缘化，但随着国家独立运动的进行与成功，越来越多的殖民地开始以本土的英语语言（小写的english）对抗宗主国正宗的英语（大写的king's English），从而开始了本土文学与文化从边缘挺进中心的运动。如前所述，加拿大虽然有一些例外，殖民地上掀起民族口号的固然仍旧是定居在加拿大土地上将土著居民赶至一隅的宗主国的英法后裔，他们的文学传统也依然来自于宗主国，但由于所处环境的不同，实际上他们的语言也不是纯正的英语，正如美国英语与澳大利亚英语一样，是具有自己特色并带有地方口音的另一种英语，况且加拿大的自然环境决定了加拿大民族想象的特色，这很大程度上决定了加拿大文学艺术的特性。因此可以说，加拿大的创造性文化带有浓重的后殖民特色。

（一）从加拿大文学的发展阶段反观其后殖民性

弗莱对加拿大文学的后殖民性有着非常清醒的认识，我们只要看看他对加拿大文学发展的三个阶段的透析，就可以发现他完全认识到在加拿大文学的发展过程中存在着反抗宗主国文学传统、力图创造出自己的文学以及在文学中寻求民族身份等后殖民性。弗莱将加拿大文学分为三个主要发展阶段，分别为殖民文学、反殖民文学与多元文学，这不仅与加拿大国家历史发展阶段一致，而且从另一方面证实了弗莱的观点，那就是文学是一个国家（民族）创造性文化的最佳体现，一个国家（民族）文学有多发达，这个民族的想象力就有多么发达。

第一阶段：殖民文学——指的是建立联邦前的殖民文学，是舶来的文学、进口的文学。既然是殖民地褊狭的阶段，那么文学与文化主要体现为外来文化的标准，加拿大文学也表现为在外来文化标准下的褊狭特点，因为对外来东西的模仿是无法建立自己的文化的，从而也导致了这一阶段加拿大文化的落后。与同时期加拿大的历史一样，加拿大的文学发展也是谨慎的、缓慢的。最早的文学兴起于18世纪对本土工业如渔业、皮毛业与伐木业的叙述，“这些早期的写作都是由来这个国家的访问者们用于自己及其国家利益使用并开发土地资源的目的，更多的是描述新发现土地富饶的自然资源”[①]。这个时候的加拿大虽然地域幅员辽阔，自然资源丰富，但自然环境也相对恶劣，而且加拿大并不存在相当于美国文化中一直很明显的由北向南的推进，也没有美国因为反抗重商主义发动的独立战争，而是甘愿成为提供原料及资源之国，从而使加拿大人心理上产生了一种文化自卑感。弗莱认为，加拿大的重商主义导致了加拿大长期以来（至少有一个世纪）文化成为了一些比较繁华的中心进口的产品之一，同时这些进口的

① *The Canadian Imagination: Dimensions of a Literary Culture*, p. 6.

文化标准反而成为这些繁华中心建立的标准；地方文化的特色是为了迎合外来干涉标准而建立的，加拿大文化的困窘与落后就是建立在这种模仿之上的。

这个阶段的文学特征主要表现为对西方文学感伤主义与浪漫主义的模仿。弗莱认为莱斯卡伯特的诗歌宣告了加拿大文化发展的第一阶段，即没有复杂的地区或殖民的阶段、趋于模仿的地方文化。莱斯卡伯特是一位诗人，当时定居在皇家海港的小哨所基地。他曾写下一首充满着怀旧情绪的诗歌，内容是关于他看到他的同乡坐船返回法国的事情，极具英国感伤主义的情调。诗里充满的是他看着轮船离去时的绝望感，好像生命中有意义的东西也随着轮船的离去而消失了。在这里产生了一种田园牧歌式的想象。既然初到加拿大的白人不可能真正承袭印第安神话，作家们就都想方设法使自己与西方的文学传统衔接起来。当时妇女写作的繁荣突出地表现了这一点。因为当时狩猎、捕鱼、农耕以及田间劳作都是男人的工作，女人则留在家里做家务，坐在炉火边构思着她们的想象。她们通过阅读西方文学经典，将自己纳入到这样的系统中，因此加拿大初期的文学就像英国文学那样是坐在家里的有闲阶层精致地培养的文化。所以弗莱说“在加拿大文学里有某种持续到我们现代的东西，那就是在比较严肃的作家那里女人的优越性”①。

在这个远离家乡的领土上，加拿大的作家们强烈地怀念着往昔乡土，思念着一种恬静的生活和有保障的世界以及自由自在地与周围的大自然接触，甚至对那种时光不再来的悠然自得、泰然自若充满留恋。故此，所有描写小镇生活的小说里都反映出这种怀乡之情。19 世纪的诗人无法摆脱大自然的缠绕，他们意识到

① *The Eternal Act of Creation*：*Essays 1979－1990*，p. 140.

自己面对的自然是一个无法意识到的谜，或者说是死亡之谜。因此诗人们在感情上的反映主要表现为充满哀怨及忧伤，无限的孤寂和恐惧，至少也是对往昔充满着怀念之情。同时，因为地理环境的原因，使得在加拿大某个地方如果出现了一个个小小的居民群落，紧紧围困在一切群落的便是边界，因而加拿大人心中的疆界就是一个圆周，“人们处处感到文化中心近在咫尺，就像大自然论距离并不使人感到疏远一样。由于自然或政治的障碍，加拿大至今还处于隔膜的状态，即使世界已经进入交通极其迅速的时代，也未能消除人们心理上的这些障碍”[①]。在这种环境下，人们存着对大自然的恐惧以及与原住民的冲突，导致产生了一个又一个独立的、与英国美国文化隔离的、由地理前沿与心理前沿所包围的孤立的小社群。这种社群被迫遵从团结他们在一起的法律与秩序，但仍然面对着没有思想的威胁和可怕的地理环境，因此形成了弗莱所认为的“戍边心态”。体现在文学作品里的是一种封闭感与凄苦情绪。加拿大文学的“戍边心态包括了加拿大大量的想象性情感，甚至持续到 20 世纪”[②]。从加拿大的文化发展来说，这显然存在大大的不利，因为“对一个社会而言，戍边是在严格的原则和阶级分歧之下；作为一个文化而言，它会形成一种暴民制度，对任何可能削弱社会紧密感的表述、意识及观点都持警惕态度”[③]。

因此我们说，模仿与“戍边心态”构成了加拿大文学第一阶段的景观，同时又深入到潜意识里，深刻地影响着加拿大后期的文学想象。在弗莱看来，从欧洲移民过来的加拿大定居者在殖民

---

① 《诺斯洛普·弗莱文论选集》，第 293 页。

② 同上书，第 141 页。

③ *The Eternal Act of Creation*: *Essays 1979—1990*, p. 144.

统治期间，文学上固然在纯粹模仿欧洲的文学创作，但因为地理环境的差异，导致心理上与写作上的“戍边心态”，从而使加拿大文学在内容与表现上都不同于宗主国的文学。弗莱认为这不仅成为加拿大初期文学的象征，更重要的是奠基了加拿大想象。因此可以说，它既彰显了加拿大的殖民历史与人们的殖民心态，也预示了加拿大文学在同一英语文学体系中创造的开始。

第二阶段：反殖民文学的尝试，这个阶段从建立联邦到第二次世界大战结束，突出体现为对加拿大身份的寻找与思考。因为殖民历史的原因以及对土著居民的镇压，加拿大社会“19 世纪倚重观念的东西，就其性质而言与英国维多利亚时代的情况并无二致”①，因此可以说，加拿大文学思想发端是建立在历史的基础上，而不是神话的基础上，加拿大文学思想继承的是英国的文学观念。但当加拿大成立了自己的国家后，加拿大的诗人和作家开始发现创造加拿大自己的文学灵感来自英勇的探险者，甚至到印第安人文化发源之处的神话里寻找创作题材。加拿大人也从来无法摆脱自然环境施加给他们的影响。对加拿大人而言，大自然既是残酷无情的，同时又赋予了他们富饶与美丽。因此在加拿大文学里以通俗和动情的社会形式出现的田园神话得到了充分地发挥。当人们都乐观地期待着在这个新鲜的国度创作出新鲜的文学作品时，弗莱则清醒地指出，实际上人类从来不直接生活在大自然中，而是生活在文化或文明的观念结构之内，作家不是从自然界或是从经历中获得灵感（虽然自然和经历可以间接提供一些内容）。文学的形式是从文学本身发展而来的。作家的素质主要取决于他如何利用已经读过的东西，而不取决于他所处环境中的不同因素。因此，并非一个新的环境就可以创造完全新颖的文学。

① 《诺斯洛普·弗莱文论选集》，第 266 页。

这显然给加拿大文学形成自己的特色提出了难题。

我们还应该注意到，这个阶段的加拿大实际上处于一种矛盾状态之中：一方面美国越来越对加拿大施加影响，“人们虽说出于无意，却把加拿大看作是一块英国殖民地，一个保守的美国翻版，只是在背景上添上花色纷呈的法裔居民和土著群体”[①]，加拿大不仅在贸易上而且在心理上均是一个殖民国家；另一方面加拿大人普遍形成一种认识，那就是从文化上和历史上说，加拿大只有成为一个国家，其命运才能得到维系，而民族性是自我属性的根本。可是弗莱发现反过来看加拿大却正朝着一个后民族国家的世界迈进，而且加拿大在这一方向上已比大多数的小国家走得更远。在加入英联邦后过去的一个世纪中，对于加拿大这个国家最重要的，并不是加拿大作为一个国家已经有了百年的历史，而是在过去的百年中，加拿大一直在意识上从一个前民族国家向一个后民族国家过渡[②]。不过弗莱从这个阶段的加拿大文学里已经发现了开始表现加拿大本身的东西，尤其是从史密斯的“未结集的选集”里他意识到加拿大作家已经在创造着本土的文学，批评家也开始从模仿发展为开始有见地的选择好的作品，“加拿大诗歌里的特性有助于使加拿大的想象更清楚地表达给加拿大读者，使他们认识到真正的文学价值，无论他们的文学价值与其他的文学价值恰好相同与否”[③]。因此在《灌木园》中，弗莱极力推崇正在成长中的加拿大文学，在 1965 年的《加拿大文学史》结语（第一版）中他很有信心地指出，文化史有其发展的规律，其中

---

① 《诺斯洛普·弗莱文论选集》，第 310 页

② 诺斯洛普·弗莱著：《现代百年》，盛宁译，辽宁教育出版社 1998 年版，第 4 页。

③ *The Bush Garden: Essays on the Canadian Imagination*, p. 161.

一条规律类似有机体的规律，即必须经历一个阶段，且如亚里士多德所说的，要具有相当的规模，一个社会的想象力方才可能扎根并树立起自己的传统，加拿大虽然从未有过美国文学曾在独立战争与南北战争之间以及在美国的东北部经历过的这样一个阶段，加拿大英语区最早占有的也只是一部分荒原，接着构成北美洲及帝国的一部分，然后便成为世界的一部分，而且加拿大过于迅速地经历这一场剧烈的变革，以致无法在任何一场变革的基础上建立起一种文学传统，加拿大的特征与帝国心态还渗透着荒野的气息①；但只要一个地区的文化成熟了，它就会更加意识到新思想和意识形态、新叙事技巧和穿过世界的想象新形式的多样性，而且就会开始回应这些，然后成为一个国际习俗的一部分。这样的一个习俗并不像吃住的流行风格那样产生一致性和大众生产，而且很少是植根在作家自己群体的土壤中。弗莱还发现在文化中至少在文学中有一个很奇怪的法则，那就是最特别的环境最有机会成为世界吸引力。显然民族背景的多样性是为文化所支持的，而且任何作家或艺术家会探索任何他认为不同于他本地的、民族的或者宗教背景的东西。但当他成为一个成熟作家时，他的视野开阔了，他想要以他自身的品德为人所阅读而不是以一个民族的特别性为人阅读。

值得一提的是，弗莱从这个阶段的文学还发现了帝国主义与地方主义对文学产生的影响。在他看来，加拿大的诗人普遍存在着一种创造性的精神分裂症状，而导致这种症状的原因就是因为加拿大不仅是一个国家，更是一个帝国内的殖民地。但作为一种文化形态，只有在国家状态下才能最好地发展，因为对主流文学发展而言，帝国太大，地方 region（殖民地）则太小。“帝国与地

① *The Bush Garden*: *Essays on the Canadian Imagination*, p. 219.

方两者内在都是反诗学的环境，但显然它们同时出现，形成了我所称的作为加拿大生活里的殖民性”①，故而国族主义是为弗莱所努力提倡并努力培养的精神，实际上他始终认为加拿大的民族主义体现在加拿大民族的想象中，即加拿大的创造艺术里，在文学、绘画、建筑等创造性活动中。加拿大的文学发源于英国文学，继承了英语的语法与文学观念，但加拿大的大自然赋予了加拿大人独特的想象以及加拿大人在长期殖民状态中形成的文化自卑以及“戍边心态”，显然这样就产生了只有在加拿大文学里才存在的既有哀怨孤寂的情绪又有对理想世界的憧憬以及对生活的体味与感悟。

应该说，弗莱对加拿大创造性的文化是充满着期待的。他在纪念加拿大成立百年的庆典上明确地表达这种愿望。“‘加拿大’这个词有一个来自葡萄牙语的引申义，意为‘无人在此’。‘乌托邦’一词的词源与它有点相似，或许真正的加拿大就是一个无人跻身其中的理想。我们为之奉献了自己忠诚的加拿大，是那个我们没有能够创造出来的加拿大。……与所有民族国家都一样，我们真正的属性，恰好是我们所没有能获得的那一种属性。它在我们的文化中表现出来，却不是我们在生活中所能获得的，它就像布莱克笔下的新耶路撒冷，它将被建造在绿色而欢乐的英格兰大地上，但正因为它还没有在那里建起，所以只不过是一个实实在在的理想”②。

第三阶段，多元性文学，是从 20 世纪五六十年代以来加拿大新的文学文化发展，是经济政治已经符合一个充分成熟的西方民主，文化也处于一个自我发展的时期，加拿大的文学开始形成

① *The Bush Garden: Essays on the Canadian Imagination*, p. 135.

② 诺斯洛普·弗莱著：《现代百年》，盛宁译，辽宁教育出版社 1998 年版，第 88 页。

具有国际性的东西。这也与弗莱的多元文化主张是相呼应的。

从1970年以来加拿大政府实行的移民政策吸引了世界各国的移民，不同的种族文化以及不同的语言形成了加拿大的多元文化，“多元文化、多民族性成为加拿大一个不可否认的现实……二十世纪移民带给加拿大的文化多样性已经使加拿大拥有远不只是双语主义与双元文化主义的文化丰富性与社会张力”①。加拿大在当代已经不再是地球的顶端，而是“位于所有大国的中心”②——南方是美国，北方是苏联，西方是日本与中国，东边是欧洲共同体，加拿大以拥有多重身份保持了自己的特色。这个阶段的加拿大英语文学出现了文字大爆炸，作品数量的猛增导致了其质量的变化，“我们发现，若从文化方面来讲，‘加拿大’其实成了西起温哥华、东至纽芬兰的阿瓦龙半岛之间许许多多小小的地区的聚合体”③。人们一直紧随着美国文学的脉搏，而美国文学本身就具有浓厚的地域性。美国的大众文化仰仗广告控制着电视、新闻及出版大肆传播，严重威胁着加拿大文化特性的发展。加拿大时代真正的文化必须针对当今的大众文化采取正其道而行之的形式，促进真正的文化向其终极目标发展，创造一个真正的文化环境。

针对这种现状，弗莱提出了他在文学理论研究中所一直致力的主张，那就是宣扬文学的力量，文学的想象创造能力。弗莱认为在全球化时代只有科学与学术得到了提高，因为科学与学术没有国界。但小说与诗歌是有国界的，它们尤其局限在一个特殊领

---

① Linda Hutcheon, “Introduction”, Linda Hutcheon & Marison Richmond ed., *Other Solitude: Canadian Multicultural Fictions*, Toronto: Oxford University Press, 1990, p. 2.

② *Northrop Frye on Canada*, p. 669.

③ “批评与环境”，《诺斯洛普·弗莱文论选集》，第304页。

域，同时又是无限渗透性的疆界，开放在世界各地。因此在加拿大文学里左拉、埃拉斯姆斯、蒂斯拉理以及密尔等人在世界文化里既代表着加拿大文化的出现，而且也是加拿大对这个世界可能拥有永恒尊敬的唯一的贡献。同时很多来自加拿大白人家庭的诗人与作家把自己看作是土著居民的文化后代，并帮助土著继续他们的传统。在弗莱看来，文学越生动有活力，就越会繁荣跨文化传递，加拿大的文学也一定会创造出完全独特的加拿大特性。

总而言之，加拿大文学创造了加拿大文化的特性就在于加拿大在自然环境里形成了自己的文学想象。加拿大的环境为加拿大的想象提供了丰富的材料，并进而赋予了加拿大文学独特的气质。加拿大人无法摆脱大自然的影响，这种影响甚于英国观念的继承以及美国大众文化的渗透，毕竟与其他国家不同的是，加拿大本身就是一个“拥有环境更甚于拥有传统的国家”[①]。加拿大人在第二次世界大战后意识到文学创造力对他们民族的重要性，以多种声音和多重身份来构成自己的特色显然是一种合适的选择。弗莱作为加拿大文学与文化在国际上的代言人，完全理解了加拿大文化的所在，并将加拿大看作为他研究批评与环境关系的一种文化实验室，这些都表明弗莱在努力辨识着加拿大文学不同于其他民族文学的特色所在。但弗莱坚持认为，加拿大是一个定居的、文明的国家，是世界秩序的一部分，其中所面对着人类的社会与精神问题，而不只是一个人类与自然面对面接触的前沿国家。这反映了弗莱并不期待加拿大文学以奇异的自然景观在文学中描述作为加拿大文学的特色，他希望加拿大的作家能在这种不同的自然环境下创造出普遍人性的认识与体味，或者说是在思想与环境之间产生出一种张力，从而使加拿大从文学想象中获得最

① *Division on a Ground*, p. 167.

终的创造力。

（二）建构加拿大的文学神话

针对弗莱对加拿大文学三个发展阶段的分析，我们发现他最终还是回归到一向主张的关于文学本质的探讨，希冀在加拿大建立自己的文学神话，因为他相信，文学是一种有意识的神话，随着社会不断发展，神话故事逐渐演变为讲故事的结构原理，但神话观念却变成了思维中惯用的隐喻，因此在一种充分成熟的文学传统中，作家们都生活在一个传统的故事及形象的系统之内，虽然加拿大的文学观念不是建立在加拿大本土的神话基础上，却与加拿大的自然环境有着密切的关系。由此一方面它可以继承西方文学传统里的田园神话；另一方面形成并建立在加拿大现实基础上的社会神话。

前面我们对加拿大的自然环境以及对诗人的影响做了一个详细的分析，但下面我们将特别论述以弗莱的眼光来观看，加拿大文学如何在特殊的自然环境里发展自己的想象神话。毫无疑问，自然环境一直在加拿大文学中占据非常重要的地位，在文学作品里既表现为作家们对恶劣自然环境的描述和由此产生的哀怨孤寂情绪，同时也反映了作家们受到英国文学里传统田园神话的影响，将这里的自然环境表达为他们对理想世界的憧憬以及对生命的体味与感悟。

弗莱了解到，在 19 世纪加拿大诗歌充溢着哀怨孤寂的情调，但随着伤感的田园神话的形成，与之相对应的富于想象的神话也逐渐产生了，并构成了田园神话的更加温柔及质朴宜人的一面，从而使描写田园生活成为一种重要的传统。在这类文学传统中，虽然大自然仍然令人可畏、神秘莫测，但它已代表着一种可以见到的秩序，受到人类任意的破坏；又是一个超乎尘世的统一体，人类的智慧却在残害它、肢解它。由此弗莱得到启发，他强调正是加拿大的环境决定了加拿大的想象，赋予了加拿大文学独特气质，因为加拿大本身就是一个“拥有环境更甚于拥有传统的国家”[①]。加上他在20世纪50年代为加拿大诗歌写年评的10年间获得了对加拿大语境、对加拿大时空的深刻理解，使他将加拿大变成为“研究批评与环境关系的一种文化实验室”[②]。弗莱以“戍边心态”描述了加拿大初中期阶段的文学反映，加拿大著名作家玛格丽特·阿特伍德（Magaret Atwood）也表达了她类似的看法，她曾用“幸存者”这个词来描述当时恶劣环境下早期的定居者，“对早期探险者与定居者来说，在面对‘敌意的’成分以及本地人时很少能够幸存下来，因此挖出一块地方，找到一种求生的途径是他们的生活方式”[③]。在她看来“幸存”这个词已经成为了加拿大文学的主题，而且还是加拿大民族性格的一部分，体现了加拿大人没有安全感和长期带有一种难以忍受的焦虑感。

应该说，他们都认识到，虽然加拿大的自然环境不容人们忽视，昭然表现为诗歌所描述的人们对自然环境的惧怕、焦虑和想象，除此以外，加拿大还存在着另一种神话体系，那就是由社会本身所产生的、其目的是要说服我们去接受现存的社会价值观。弗莱认为加拿大的通俗文学就体现了这种社会神话。在他看来，19世纪的作家创作的故事普遍表现为如愿以偿的模式，“戍边心态”非常适合这种意义上的通俗文学的发展。同时，发展起来的传奇文学和情节剧也可以起到巩固社会神话体系方面的作用。但到20世纪后，随着加拿大社会对其环境的理解日益深刻，个人

① *Division on a Ground*, p. 167.

② *The Eternal Act of Creation*: *Essays 1979－1990*, p. 139.

③ Margaret Atwood, *Survival*: *Thematic Guide to Canadian Literature*, Toronto: House of Anansi Press, 1972, p. 32.

有能力脱离群体的标准和态度，在这种情况下，就为讽刺或者现实主义文学的产生准备了条件。但此时文学表现的不再是个人与自然的隔阂，而是演变为个人与社会之间的隔阂。这时的社会已经变得非常复杂，其内部已经滋生了各种尖锐矛盾。富于想象力的作家可以在文学的世界里各得其所，作家会摆脱道格拉斯·勒庞所说的“一个没有神话的国度”，进入到一个神话的天地，甚至去印第安文化的发源处寻找灵感。

弗莱对20世纪加拿大的文学则充满着欣喜，因为他发现“加拿大的文学想象力已走过了四处勘测的阶段，现已踏上安家立业的阶段了”[①]。弗莱并不赞同加拿大作家一味地引用西方文学传统里的田园神话，20世纪初期的加拿大作家们摆脱了浪漫地想象而更加现实地对待加拿大的现状。弗莱区分了创作浪漫作品的作家与创作现实作品的作家之间的差别，发现前者总是抱着常规的价值观，所选题材又通常是远离他们自己时代的；而后者则写当代生活，因此在创作意图上更加严肃，更关心如何去动摇作家那老一套的态度，体现在诗歌里为一种浪漫主义传统，与爱国主义及理想主义的主题紧密交织在一起，另一种传统更崇尚理智，具有较多国际性倾向，两种传统也形成对比。这种浪漫主义与现实主义的差别反映了作家们对文学的不同社会态度及观念认识。所以弗莱认为，寻觅足以识别加拿大的特征，仅是浪漫主义发展的间接的末流，与浪漫主义的其他形式一样，经常陷入另一种批评谬见，即认为文学是从大自然或客观经历中汲取活力，在一个新兴的国度里，必然会产生新的文学。但弗莱也意识到，实际上人类从来不直接生活在大自然中，而是生活在文化或文明的观念结构之内，作家不是从自然界或经历中获得灵感，虽然自然

① 《诺斯洛普·弗莱文论选集》，第269页。

和经历可以间接提供一些内容，而文学的形式又是从文学本身中发展而来的。作家的素质主要取决于他如何利用已经阅读过的东西，而不取决于他所处环境中的不同因素。

当然弗莱也承认，田园神话值得称许的是它对一种社会理想的憧憬，弗莱甚至把它作为社会神话的核心。他指出，格罗夫在小说《美洲探索》里试图探索到这个社会被埋没的真正的社会理想，虽然他最终没有找到，而我们应该比格罗夫更进一步去找出他所寻觅的神话的特点，这种神话虽然是以美洲为背景，但却具体涉及加拿大。如果说田园神话情真意切或抒发了对旧日乡土的眷恋，使作家的主体进入一个幻觉的世界，从而加深了主体与客体分离的感受，那么如果我们颠倒这个过程便会产生真正的神话。神话最初是基于主体与客体的一致，这是文学创作在发挥想象力方面首要的一步。因此我们必须求助于加拿大文学中最明显属于神话创作的方面，而且会发现这种神话手法更集中在诗歌而不是在小说之中。原因有一点，那就是诗歌创作中不存在面向大众的商业文化时，诗人不至于受引诱去到因袭的社会俗套中寻求庇护。换句话说，弗莱认为前面所述的田园诗传统的这两个方面彼此并不矛盾，反而是相互补充的。有经验的一端是人类生活与自然间生活融为一体，另一端则是自然界险恶、骇人的成分与人们死亡的愿望彼此呼应。文明世界在征服自然景观后，把一种格格不入的抽象模式强加于它。随着这一过程的推进，作家们越来越把它看作是虽然属于人类却已丧失人性的东西，无异使真正的人性变成为自然界的一部分；而这个大自然虽然遭到人类的不断破坏，却依然是不可侵犯的。弗莱认为，“在文学想象力中的确存在着某种继承、连续性的东西。作家在创作态度上总是受其前辈们的影响，或受前辈创作时的文化气候的制约，不管作家们是否意识到这一点。另外，若不是通过对文学本身的研究，作家的经验和敏感是无法找到表现的形式的”①。

弗莱一直持之以恒地、从未间断地表述着文化本身的很多神话，他的很多批评观点都成为预言；诗人关于加拿大是一个人类与自然面对面接触的一个先锋国家的观点注定会被这种观点所取代，即认为加拿大是一个定居的、文明的国家，是世界秩序的一部分，其中所面对着人类的社会与精神问题。更重要的是弗莱重申看来萦绕着加拿大乡下功能的独一无二的神话，那就是“戍边心理”，与自然走到一起的、奇怪的那种密集在一起被包围的社会以及对和平王国的寻找。萦绕的对宁静的想象既是针对人类的也针对自然的，相对于构成美国实体的技术想象的恐惧、想象的不稳定性和情感的骚动与不满，人们感觉到在他所居住的国家、思想与没有思想一直存在着一种环境的张力。他在评论加拿大艺术家时认为他们是在亲近大自然，因此我们可以说弗莱就是一个文化信仰的传教士，正如他在评论哈利斯的论文里评价哈利斯是“一个传教士，也是一个探索者，不是那种毁灭一切不同于他信仰的传教士，而是使他的信仰对他人来说真实的传教士。正如一个新的国家不可能成为文明，如果没有探索者与先驱们进入荒原的孤独，如果没有这些人追随自己的想象，超越不可避免的孤独，最终达到艺术传统栖息的地方，社会想象也不可能发展起来”②，而他自己正是这样的人。

根据上述分析我们可以得出结论：弗莱的加拿大写作虽然是以加拿大作为个体对象进行的文学文化评述，却是与他整体上的神话批评观念是相一致的。既然他处于后殖民批评环境里，他对加拿大文学与文化形成的历史以及社会环境的论述必然带有后殖

① 《诺斯洛普·弗莱文论选集》，第289页。

② *The Bush Garden: Essays on the Canadian Imagination*, p. 212.

民批评的意识。虽然他没有介入到后殖民批评的诸多讨论中，但他讨论了加拿大文化中出现的后殖民问题诸如文化身份、文化张力以及双重殖民性问题，这使得他无法回避后殖民理论中如何建构文化本土性、如何处理文化的“他者性”（otherness）等问题提出了自己的解释，那就是在文学艺术中建立自己民族的创造力。他始终认为只有一个民族的想象力才能使这个民族免于同化，才能使自己的民族真正具有竞争力。无论是在后殖民环境的昨天，还是在全球化发展的今天，他的这些观点都非常具有借鉴性和重大意义。同时还有一点我们需要强调的是，弗莱清醒地认识到加拿大文学对西方文学传统的承继性，但他寄希望于加拿大自己的神话，他认为加拿大的自然环境为加拿大文学提供了独特的想象空间，他们可以由此形成具有加拿大特色的文学与文化，为此他们甚至可以从印第安神话中寻求源头与帮助。

综上所述我们认为，弗莱始终把神话的想象与社会功能作为文学的核心，即使是在对加拿大文学文化所做的个案研究中他也依然如此。他对加拿大文学与文化颇具后殖民主义的批评不仅充实了他的神话（文化）批评，更使他成为当代文化研究中后殖民批评的重要人物。

第五章　弗莱与当代文化研究

在《前言》部分我们曾经简单地梳理了文化批评与当代文化研究的关系，在本章我们将详细地分析弗莱文化批评与当代文化批评的继承性和发展性，以及弗莱文化批评在当代文化研究中的地位。

第一节　文化批评与当代文化研究的辨析

当代文化研究是特指自20世纪50年代以理查德·霍佳特和雷蒙德·威廉斯为先驱的英国当代文化研究领域，他们在英国学术界以阿诺德、利维斯所宣扬的文学的文化学研究为出发点，并超越了先辈们的精英文化意识，打破了高雅文化与低俗文化之间的界限，从而拓展了文学研究的领域，使得作为整体生活方式的文化被纳入到大范围意义上的文学研究领域。20世纪70年代以在伯明翰大学建立当代文化研究中心为标志，昭示着其已经形成为体制内的跨学科研究，范围早已大大超出了文学的领地，进入到了探讨青年亚文化、流行文化和传播文化的范畴，进而进入到探讨人类一切精神文化现象的境地。当代文化研究对传统学科建设提出了挑战，虽然呈现出学科模糊性，但也并非没有自己的特色。根据中国学者陶东风教授的归纳，他认为当代文化研究体现出三个方面的特征：首先，文化研究固然没有固定的、与众不同的方法，但这恰好意味着它对于方法的选择是实践性、策略性的，更是有自我反思与语境取向的。其次，文化研究表现为它一直集中关注文化与其他社会活动领域之间的联系，而不是把文化作为一个孤立自足的整体，或者说它理解的"文化"本身就接近文化人类学的文化概念，指的是生活中一切非生理性的方面。文化研究第三个基本特征表现为它是一种高度参与的分析方式。它认为社会是不平等地建立的，不同的个体并不是生来就享有同样的教育、财富、健康等资源，同时，文化研究的伦理取向与价值立场坚决地站在最少拥有此类资源的、被压迫的边缘群体一边①。从他的分析中我们了解到，文化研究并不是一成不变的，而是经历了几次伦理学的转向。第一阶段是在文化研究的早期，以汤普森、霍加特、威廉斯等人为主，他们受到马克思人道主义学说的影响，关注并为工人阶级个体以及由这个个体组成的群体的内在道德价值辩护，并且批判资本主义的生产模式。第二阶段则出于对亚文化、性别与种族的伦理关注，替代了初期对工人阶级的伦理关注。第三阶段主要表现为文化研究在结构主义影响下放弃原子主义的视角，把结构作为道德分析的单位。这种转向又被称作是从文化主义向结构主义的转化。从他的分析来看，文化研究在50年代完成了文学批评向文化批评的转变，并在之后的年代里越来越倾向于社会政治文化的转变，因此当代文化研究以致成为无所不包的精神文化研究。针对当代文化研究的这种发展状况，中国学者王宁教授的分析更具有综合性。他认为文化研究

① 参见陶东风，"文化研究导论"，转引自文化研究网 http：//www.culstudies.com。

呈现出三种发展趋势，分别为："对文化本身的理论探讨和价值研究；基于一种跨越学科界限和区域界限的总体化的文化研究；以及一种基于对形式主义文学批评之反拨的文化批评"[①]。第三种文化研究趋势是秉承自马修·阿诺德、F. R. 利维斯以及雷蒙德·威廉斯发展而来的文化批评传统，既着重在对文学进行文化学视角的批评和研究，同时也指将广义的文化现象当作文本进行批评。如前所述，弗莱应该被认为是处于这一线上的文化批评家，他是一个坚持文学批评为基础但将文学批评放置于百科全书式的社会语境下思考的文化批评家。

一 文化批评概述

文化批评既是当代文化研究的源头，又称为当代文化研究大潮流中的一部分。从文化批评的发展脉络来看，马修·阿诺德、F. R. 利维斯以及雷蒙德·威廉斯都是其核心人物，因为他们的文化批评主张一直到现在还在发挥着一定的影响作用。

文化批评与文化研究的不同也在于他们对文化概念的不同理解和发散以及对待文学的态度。如前所述，文化概念作为"英语语言中两三个最为复杂的词语之一"[②]，在 18 世纪开始具有现代意义。从柯勒律治开始，文化作为一种精神的培育已经在发展它的现代意义，而且对后来的文化批评的形成和文化研究的发展都起到了重要的作用。但真正对文化的概念产生重要影响的人是英

① 王宁：《后现代主义之后》，人民文学出版社 1998 年版，第 183—184 页。

② Raymond Williams, Keywords: A Vocabulary of Culture and Society, Fontana: Croom Helm, 1976, p. 76.

国批评家马修·阿诺德和 F. R. 利维斯。在阿诺德那里，文化成为对完美的追寻和对美与智的追寻，通过对希伯来精神和希腊精神的学习，最终将获得人类的完美和救赎[①]。而在社会上达到这种文化或者说获得这种文化，他认为需要依赖于诗歌的教育，因为诗歌展现了人类最优秀的自我。利维斯进一步发展了阿诺德的这种文化观念，认为文化是经典文学所承载的精神传统。但与阿诺德不一样的是，阿诺德心仪希腊和罗马的古典文化，也乐意用当代欧洲文化（如法国文化和德国文化）为参照批判英国的陋习；而利维斯则非常看重本土资源，时时追念未被工业文明和资本主义生产方式所破坏的“有机共同体”的人际关系和生活艺术。

显然在阿诺德和利维斯的眼中，文化是充满着精英意识的，作为人类精神的最高境界。到 20 世纪 50 年代文化的精英意识开始受到挑战，雷蒙德·威廉斯拓展了文化的意义，文化开始成为既包括经典更包括对日常生活价值的认识。在威廉斯看来，文化是“一种整体的生活方式”，并具有三个层面的意思：“首先是‘理想的’文化定义……文化是人类完善的一种状态或过程”，“其次是‘文献式’文化定义……文化是知性和想象作品的整体，这些作品以不同的方式详细地记录了人类的思想和经验”。这两个层面的定义类似于阿诺德与利维斯对文化的理解，而“最后，是文化的‘社会’定义……文化是对一种特殊生活方式的描述，这种描述不仅表现艺术和学问中的某些价值和意义，而且也表现制度和日常行为中的某些意义和价值。从这种定义出发，文化分析就是阐明一种特殊生活方式，一种特殊文化隐含或外显的意义

① 参见马修·阿诺德《无政府主义：政治与社会批评》，韩敏中译，生活·读书·新知三联书店 2002 年版。

和价值。”①

从文化概念的发展轨迹我们还可以了解到，文化批评并非是以文化作为研究对象的批评，而是以马修·阿诺德为先驱、F. R. 利维斯、雷蒙德·威廉斯等为主要代表的坚持文学研究为基础的文学的文化学批评，是抛弃以往文学研究所人为设置的内部与外部之分，将文学置于整体的文化语境，从而探讨处于不同文化环境中的文学研究。文化批评到英国伯明翰当代文化研究中心那里就被扩张成为宽泛的文化研究，坚持文学批评为基础的文化批评反而成为当代文化研究的一个方向。我们认为在新世纪的文学理论和文化研究趋势下，这种文化批评势必在将来的文学文化研究中起到越来越重要的作用。

纵观文化批评的发展，我们可以发现文化批评的以下几个特点：首先，一个很重要的问题就是对经典文学的研究。当代文化批评开始于对新批评形式主义的反拨，影响最大的是开始于英国的“文化研究”学派，即由利维斯的主张而形成的“利维斯主义”。利维斯将文学作品分为高雅的与低俗的，他在《伟大的传统》里提出要在文学史上甄选一些真正的小说大家，即“那些堪与大诗人相比美的重要小说家——他们不仅为同行和读者改变了艺术的潜能，而且就其所促发的人性意识——对于生活潜能的意识而言，也具有重大的意义”②。或者说，在利维斯看来，文学知识的传播需要通过教育体制来实现，这样便可以使得载入经典的高雅文学作品能够为更多的读者大众所欣赏。而为了实现这一

① 罗钢、刘象愚主编：《文化研究读本》，中国社会科学出版社 2000 年版，第 125—126 页。

② F. R. 利维斯著，袁伟译：《伟大的传统》，生活·读书·新知三联书店 2002 年版，第 4 页。

目标，首先需要有一种经过严格选取的文学经典书目，它的核心应当是基于英国文学“伟大传统”的名著，即包括简·奥斯汀、亚历山大·蒲伯、乔治·爱略特等这些能够培养有着敏感道德意识的读者的大作家的作品，因为这些作品都是经受了时间的考验和读者大众的筛选。不过利维斯的经典文学意识在20世纪50年代受到他的学生威廉斯等人的质疑，尽管利维斯提出将文学放置在社会文化语境下进行观照这个观点，超越了新批评的文本自足性，拓展了文学研究的视野，但他所秉承的精英意识在二战后随着社会阶层的变化而逐渐变得不合时宜。二战后以下层阶级崛起的理查德·霍佳特和雷蒙德·威廉斯为主要代表使文化研究逐步走出早先的经典文学研究领域，开始关注社区问题和人们的现实生活中出现的其他一系列问题，并汇入到当代文化的研究大潮中去。其次是在文学研究中形成了一种整体文化观。无论是阿诺德的研究，还是利维斯或者威廉斯的批评，他们始终是将文学纳入到文化的视野中，从而摆脱文学研究领域的狭隘性。这在上述文化批评的发展脉络上早已窥豹一斑。

二　当代文化研究对文化批评的冲击

威廉斯是文化批评与文化研究的承上启下者。他既继承了利维斯等人的文化批评方式，又开拓了文化概念的外延，使得文化走下高高在上的圣殿，从而成为与人们生活息息相关的事物。可以说，威廉斯与他的同时代人霍佳特将文化批评拓展成为当代文化研究的巨潮，并使得在这股大潮里，文学研究所专注的经典文学均被束之高阁，并且被限定在一个极其狭窄的圈子里得到纯“经验式”的观照。

霍佳特与威廉斯发展的早期文化研究呈现出两个特征：其一是一种“介入性的分析形式”，即专注于对各种文化现象做细致的分析，其二是把各种文化现象放在一个大的社会语境下来考察。可以说，后来文化研究的走向社区、走向现实生活之趋势大都与这两个特征有着密切关系并以此作为基础。这两者的观点都超越了利维斯的精英意识，将文学批评纳入更宽广的文化研究的领域。20 世纪 60 年代以来，文化研究吸取了马克思主义理论和法国解构主义研究成果，文化研究对文化形式的研究从注重文学经典逐步转向了其他文化形式，其中包括影视制作、文化生产、音乐、传播、爵士乐、服饰等通俗文化艺术甚或消费文化。因此当代文化研究打破了高雅文化与大众文化之间的界限，使文化走出了象牙塔并回归到人民大众之中，为大众所欣赏所享受。这时，经典文学开始处于一种非常尴尬的处境，甚至有人提出了我们是否还需要经典文学这样的问题。

王宁教授认为，当代文化研究对经典文学研究的冲击主要表现在“非边缘化”和“解构性”这两个方面，首先体现在文化相对主义对所谓主流文化的挑战和解构①。在他看来，欧洲中心主义一向以其世界的优越地位将他们的经典文学看作是整个世界的文学经典，但近十多年来由于东方和第三世界文化的崛起，西方文化经典受到挑战，一向为欧洲经典文学置于边缘地位的东方文学及其文化在当代文化研究中不再为人所忽视。因此经典文学研究既受到亚文学类型（如大众文学文化）的冲击，又遭遇到其他民族文学的挑战，使西方经典文学日趋边缘化。不过，文化研究能够促使原有的经典裂变但却不能提供新的经典；但我们也需认识到在当代文化研究的主潮中，一大批在欧美理论批评界享有盛誉的一流学者开始注意到了文化研究的不可忽视的影响以及其对文学研究（尤其是经典文学研究）的冲击作用，但他们采取的态

① 《超越后现代主义——王宁文化学术批评文选之 4》，第 194 页。

度并非对立，而是因势利导，使无所不包的文化研究的大语境之下仍有文学研究的一席之地。这样，把文学研究置于这一广阔的语境之下非但不会削弱经典文学研究的地位，反而能实现当年利维斯的愿望，即通过经典文学的确立和启蒙来提高整个民族的文化素质。

既然随着文化研究领域的扩大化，西方经典文学研究日益陷入了式微处境，一些学者必然会发出了“经典的挽歌”的哀叹，而另一些学者则竭力为经典文学的地位与美学文学价值呐喊，最典型的有哈罗德·布鲁姆（Hanorld Bloom），他于1994年出版的鸿篇巨制《西方的经典》站在传统的立场上表达了对当前颇为风行的文化批评和文化研究的极大不满，对经典的内涵及内容做了新的调整，对其固有的美学价值和文学价值进行了辩护。布鲁姆认为，我们一旦把经典看作为单个读者和作者与所写下的作品中留存下来的那部分的关系，并忘记它只是应该研究的一些书目，那么经典就会被看作与作为记忆的文学艺术相等同，而非与经典的宗教意义相认同。显然，文学经典是由历代作家写下的作品中的最优秀部分所组成的，这样经典也就成了在那些为了留存于世而相互竞争的作品中所做的一个选择，不管你把这种选择解释为是由主导地位的社会团体、教育机构、批评传统做出的，还是认为由那些感到自己也受到特定的前辈作家选择的后来者做出的，写下这些经典作品的作家就可以被称为经典作家。根据布鲁姆对经典文学的研究，他发现确定一部文学作品是不是经典，并不取决于普通读者，决定它在文学史上的地位主要有三种人：文学机构的学术权威，有着很大影响力的批评论文和拥有市场机制的读者大众，其中前两类人可以决定作品的文学史地位和学术价值，后一种人则能决定作品的流传价值，有时也能对前一种人做出的价值判断产生某些影响。由此可见，在经典构成的背后是权力的运作机制。而20世纪西方文学学术研究和批评的历史演变正是体现了这三者之间的相互作用和相互制约关系。经典文学是在历史的长河里长期积淀下来的成果，因此可以说“所有旨在扩大旧经典或构成新经典的努力，都会首先对经典化有待发生的历史时刻作出阐释”[①]，而20世纪对西方的文学经典进行遴选的学者就有T.S.艾略特、F.R.利维斯、克林斯·布鲁克斯、诺斯洛普·弗莱、M.H.艾布拉姆斯以及保罗·德曼，他们无不首先对自己的经典化努力因应时代要求和如何发挥积极作用进行一番特定的阐释。

因此我们有信心相信，在当代文化研究的大潮中，文化批评终究会以它对文学研究本身的坚持、整体的文化语境观和人文关怀重新为人们认识到文学的力量。

第二节 弗莱与文化批评

文化批评的发展显然无法避开马修·阿诺德、F.R.利维斯、雷蒙德·威廉斯等人的努力。如今我们在这条线上还要加上为人所忽视的诺斯洛普·弗莱，因为弗莱的文化批评主张与前者是一脉相承的，在某种程度上还是对前者三人文化批评的推进。

首先让我们了解马修·阿诺德的文化批评主张：

马修·阿诺德在文学批评史上起着承前启后的作用，甚至被批评家认为是“自柯勒律治之后最富有影响力的英美批

① 科内尔·韦斯特，“少数者话语和经典构成中的陷阱”，罗钢、刘象愚主编，《文化研究读本》，中国社会科学出版社2000年版，第198页。

评家”[1]。阿诺德作为一位重要的文化批评家在于：他超越了文学批评局限于自身建设的研究，试图将英语阅读者的观点提升到一个更加宽广更加宏大的范围，即在文化的环境中进行审视文学，重新设立了经典批评，而且最重要的是，他在一种日益敌视的环境中一直以顽强的勇气重新评判文学的传统价值。

阿诺德将文学的领域拓宽到文化批评的领域，主要基于他对文化的理解以及文化和诗歌之间相互关系的理解。这一点在他的《文化与无政府主义》一书以及《当代批评的职能》一文中得到了充分的阐释。阿诺德在《文化与无政府主义》里首先对文化进行了定义和分析。自古以来对文化的定义不胜枚举，然而阿诺德却抛弃了先人的说法，对文化进行了自己的定义。首先，他批驳了当时在英国普遍为人所接受的认为文化只不过是出于科学热情而已，认为除了科技的因素，“有一种观念将特别可称为‘社会性’的动机列为文化的基础，而且视之为文化根基中主要的、卓著的部分，这些动机包括对邻人的爱心，纠错解惑、排忧解难的愿望，以及让世界变得更美好、世人更幸福的高尚努力。”[2] 在这里，阿诺德的文化概念就成为源于对完美的热爱，文化即是对完美的追求。这样的定义近似于宗教的教义。阿诺德自己也承认，他的文化定义很接近宗教的含义，但与宗教却并不相同，“文化同行善的热情之区别，就在于文化既具有行善的热情，也具有科学的热情；它需要着实堪称为天道和神的意旨的见解，而

---

① Gary Day，“Introduction”，Re-reading Leavis：culture and literary criticism，New York：St. Martin's Press，1996.

② 马修·阿诺德，《文化与无政府主义》，生活·读书·新知三联书店 2002 年版，第 7 页。

绝不会随意以自己粗糙的构想和计划来代替之”[①]。而且他认为，文化并不是要个人独善其身，而是应该将其他人也一并带往完美的历程，这样一来，文化就应该以完全不带偏见的态度研究人性和人类经验后所构想的完美；而如果某一种能力过度发展而其他能力则停滞不前，就不符合文化所构想的完美。他指出，在这一点上文化就超越了人们通常所认识的宗教。

既然文化是实现和追寻完美的历程，那与诗歌又有什么关系呢？阿诺德发现，文化是以美好和光明为完美的品格，在这一点上，文化与诗歌气质相同，遵守同一律令。也就是说，阿诺德认为，诗歌主张美、主张人性在一切方面均应至臻完善，这是诗歌的宗旨；而宗教的主旨却是克服人身上种种显而易见的动物性的缺陷，使人性达到道德的完善。因此他认为，尽管诗歌的主张不如宗教那么有成效，但它仍然是真切而宝贵的思想，诗歌的主张若与宗教观念总有虔诚之心的干劲活力结合，就注定会改造并统制宗教的主张[②]。

因此在阿诺德看来，只有文学或者最宽泛意义上的诗歌，唯一能够推动他所称之为文化的光明的思想活动。从某种意义上说，阿诺德将他的诗歌研究有效地与文化理想结合起来，扩展了文学批评的视野，从而使得文学批评具有文化批评的意义。

第二，F. R. 利维斯的文化批评主张。

利维斯是英国19世纪末20世纪初著名的批评家，他以他的批评主张集结了一群人在他的周围，并形成了所谓的“利维斯主

---

① 阿诺德还认为，文化即是探讨、追寻完美，这可见他将文化看作是实现完美的过程。见《文化与无政府主义》，生活·读书·新知三联书店2002年版，第8页。

② 同上书，第17页。

义”。1992年有人统计，利维斯在英语文学课程中最受欢迎的批评家排行榜上身居第二名。第一名是罗兰·巴特，第三名是特瑞·伊格尔顿[①]。利维斯非常赞赏阿诺德的文化主张，并进一步将阿诺德的主张推进，认为“文学批评并不只是与文学有关。……对文学的严肃兴趣也不仅仅是文学性的，实际上，文学研究不仅应该是严肃地参与，而且文学研究还很有可能来源于一种对社会平等、社会秩序以及社会健康等问题的关注，这一点还应该是前瞻性的”[②]。这表明，利维斯的文学批评本质离开了他对社会与文化的关注就根本没法正确理解。也正如他所指出的，在他所有的作品中蕴涵的是他对社会文化健康的前瞻性。他的基本假设是现代文明是千疮百孔的，而他主要关注的就是推动、舒缓并弥补这种状况的活动的发展。显然利维斯的这种观点与阿诺德关于文化的定义是一脉相承的，只不过利维斯比阿诺德走得更远。当阿诺德将文化作为抵制和对抗无政府状态的法宝时，利维斯公然宣布现代文明是大众文明，是不健康的社会，需要经典文学来进行疗伤以便创造一个更加美好的社会。利维斯强调，“文学批评家的任务就是进行文学批评。人们总是很乐意看到，当批评家写作或者谈论政治或社会事件时，即使不是有意地，也很容易渗入他在文学研究中所获得的洞察力和理解力。但批评家特殊的职责却是将自己的批评服务于他至高无上的权力。如果他对现代英国将会是一个什么样子没有一个很清醒的认识，他的职责就做得很不好。如果他告诉自己或者他人，这一点很重要，因为一

---

① Gary Day, “Introduction”, *Re-reading Leavis: culture and literary criticism*, New York: St. Martin's Press, 1996.

② F. R. Leavis, “Introduction”, *Determinations*, The Folcroft Press, Inc., 1969, p. 2.

个有能力的文学阅读者将会参与进来，以他的能力本性，比他的邻居更能理解并欣赏当代社会进程，他就误导了并产生了混乱和糟糕的演示”①。

利维斯主张文学的社会批判作用，重视少数精英创造的价值判断对社会公众的影响。他认为：“有一种观点是超越阶级的观点，那就是一种知识的、美学的道德活动，它并不纯粹表述阶级起源和经济环境；还有一种‘人类文化’是必须通过培养人类精神的自动性才能获得。”② 在他心中始终认为：在任何时期只有非常少部分的人关心文学艺术欣赏，而也只有这少数人能够不受干扰地做出第一判断。因此他相信依靠这些人的文学价值判断，才可以继承人类的精神。他关注文学的社会地位和影响，因为这“应该是我们时代文明真正的潜在的力量”③。由于憎恨现代文明，利维斯将高雅文学、经典文学提到了至高的境地，一如他在与 C. P. 斯诺关于两种文化的辩论中所说的那样，他始终坚持只有一种先进文化，那就是文化传统。“在利维斯看来，斯诺对两种文化的论述，概括了现代社会把文化平庸化、走向一种娱乐形式的趋势。混淆艺术与娱乐之间的区别，不可避免地会导致艺术掺假和平庸化。他认为斯诺抓住了公众的想象力，迎合了公众默认的低下的标准和口味”④。针对利维斯关于文学的价值判断以

---

① F. R. Leavis, “The Responsible Critic”, in *A Selection From Scrutiny*, ed. F. R. Leavis, Cambridge: Cambridge University Press, 1968, p. 297.

② F. R. Leavis, *For Continuity*, Cambridge: The Minority Press, 1933, p. 9.

③ F. R. Leavis, *English Literature in Our Time and The University*, Cambridge: Cambridge University Press, 1979, p. 2.

④ 傅大为，“两种文化：冷战坚冰何时打破？关于‘斯诺命题’的对话，”《中华读书报》2002 年 2 月 6 日。

及由此生发的经典文学和少数人的文化论，雷蒙德·威廉斯曾高度赞扬了利维斯对当代文化批评和文化研究做出的贡献，同时也指出利维斯对文学研究和文化研究的精英态度的顽强执著："（利维斯）学派的联结模式被人们认真地广泛地解读为一种对谁处于局内和谁处于局外所抱有的基本的先入之见，在这方面，当然也包括其消极的方面，他们始终保持并强调他们本阶级的作风"①。

利维斯在不遗余力地进行文学研究的保卫战时，他针对的是从美国进口的机器文明所带来的大众文化，所宣扬的是以经典文学为代表的人类最高最完美精神的精华。在他看来，既然现代文明毁坏了传统的社会文化，机器文明改造了现代社会，那么坚持经典文学才能维护伟大的传统与文化。但坚持经典文学并不是意味着延续新批评研究的那种方式，脱离社会环境对文本做所谓的细读，而是延续经典文学中所蕴藏的文化深意，将这些文化传统和文化遗产来抵抗现代社会的大众消费文化，通过文学艺术维持人类社会的连续性。而人类也只有保持文化的连续性，才可能在科学和技术日益统治的社会里保留和发展人类目标和价值的完整感，这是一场精神与物质的较量，甚至是一场艰苦的战斗，"我们显然要为我们的生活文化遗产——人类创造性生活的深刻连续性——战斗，这是一场值得进行的战斗，而且应该把它当作不会失败的战斗"②。这场战斗中的主角就是经典文学作品。利维斯认为唯有以经典的文学来对抗在现代社会日益发展的大众文化，才能找到现代社会发展的出口，因此他强调文学的使命感和道德

① 王宁：《超越后现代主义——王宁文化学术批评文选之4》，人民文学出版社2002年版，第211—212页。

② F. R. Leavis, *Nor Shall My Sword*, London: Chatto and Windus, 1972, pp. 94—95.

影响，甚至把文学批评作为延续文化传统解决现代文明产生的社会危机的最佳途径。“F. R. 利维斯主张文学要有社会使命感，能够解决20世纪的社会危机，因此，民族意识、道德主义和历史主义以及一种侧重文学自身美感的有机审美论，成为利维斯文学批评的鲜明特征”[①]。

由此看来，利维斯进一步发展了阿诺德的文化概念，并将文化看作是抵制现代文明的方式，他寄托于英语语言所创造出来的经典文学所承载的社会文化内涵来拯救为现代机器所破坏了世界，尤其是他将文学置于文化的语境，注重文学本身的文学特性，创造了文化批评的研究方法和批评实践。

第三，雷蒙德·威廉斯的文化批评主张。

对利维斯的精英文学思想提出挑战的是当代英国最有影响的马克思主义批评家雷蒙德·威廉斯。雷蒙德·威廉斯1958年出版的《文化与社会：1780—1950》（*Culture and Society：1780—1950*）一书，超越了利维斯所坚持的精英文化意识，站在马克思主义的立场，批判了高雅文化与实际社会生活的脱节，从而提出了文化是一种整体的社会生活方式，摒弃了“高雅文化”与“低俗文化”之间的樊篱，从而开拓了文化研究的视野，将文化研究带入一个更为宽广的领域。

在威廉斯看来，文化既包括阿诺德和利维斯所提出的作为人类文明之精华的文化，也包括人类用来理解其生活经验及历史条件所采用的复杂和动态的表达方式。而对于文化的这个社会定义，威廉斯从三个方面进行了进一步的阐述：第一，文化总是一种特定的生活方式；第二，这种生活方式是某些意义和

---

① 陆扬，“利维斯主义与文化批判”，《外国文学研究》2002年第1期。

价值的表达方式；第三，文化分析应该以澄清某个特定生活方式的隐含和明确的意义与价值为目标。他提出的文化的这个社会意义强调了社会制度和习俗的整合性质，因此不仅使文化概念突破了英国追求高雅文化的一贯传统，而且开启了一个以“文化与社会”为主题的传统。以整体的观点看待文化，构成了对以往文化观的批判。在威廉斯看来，英国文化传统历来是“文化”与“社会”脱节，“高雅文化”与“作为一种整体的生活方式”的文化的脱节，现代大众文化正是利用这种脱节获得了特有的能量和诱惑力。

基于这样一种文化认识，威廉斯脱离了利维斯主义的精英文化，追求一种共同文化。这种共同文化将是统一的，不过它不是在社会统治集团与虚假社会认同性的基础上达到统一，而是在真正的共同经验的基础上达到统一。威廉斯在展开其共同经验的观点中转向了英国工人阶级文化传统，他认为英国工人阶级运动的传统组织和制度（其中包括工会），形成了这种共同文化的主要特征。

威廉斯对文化批评的影响是深远的，因为正是从威廉斯开始文化批评逐渐脱离文学领域，开始逐渐发展成为后来多元化的文化研究；而基于文学批评的文化批评也逐渐成为呈现为多样化的文化研究中的一个领域。

既然文化批评的主要领地是文学，因此它可以称之为是扩大了范围的文学的文化学批评。至于文化批评发展的成因，加拿大批评家 A. C. 汉密尔顿给予了非常精辟的论述。他认为过去一直宣扬经典文学的社会作用，以为经典文学会使社会底层被压迫民众受到作品中表现的“甜蜜与光明”的主题熏陶，促使他们得到精神和道德的升华，因此以往的文学研究都采取历史取向，这个取向强调历史的重要性甚于文学本身。但到 20 世纪 30 年代，新批评运动结束了文学的历史批评的统治地位，将人们的视野集中在研究文学本身的重要性上，即形式重于内容。而20世纪70年代解构主义的出现使新批评发展到它逻辑意义上的尽头。且在20世纪80年代，新历史主义又发出了回归历史取向的文学研究的呼声，它表现为两种互相关联的形式——英国的文化唯物主义和美国的文化诗学。这两种形式都将文学看作是对历史的记录，它不可避免地成为某一文化运动中的产物，而并不能作为虚无缥缈的美学客体游离于文化之外①。

第四，诺斯洛普·弗莱的文化批评主张。

从弗莱文化批评的发展之路来看，它发端于20世纪50年代的《批评的解剖》，这一时代的英国正好发生了以霍佳特与威廉斯为首的文化研究运动，文学批评开始走出形式主义的束缚，走向宽广的文化语境。弗莱的《批评的解剖》与威廉斯的《文化与社会》都出版于20世纪50年代，尽管弗莱从未谈到雷蒙德·威廉斯，也不涉及他的主要作品《文化与社会》，但弗莱与威廉斯却有着密切的联系。汉密尔顿认为，在利维斯主义这条线上，雷蒙德·威廉斯是尝试理解弗莱文化概念的中心人物，尽管他并不受制于任何影响，但威廉斯认为弗莱是“当代文化研究的四五个人中因为他们作品的实质与影响需要上去面对的一个人”②。弗莱与威廉斯之间共同的联系应该是阿诺德。我们只要回顾他们对文化所做的定义，显然很容易认识到这一点。威廉斯将文化定义为“一个民族所有的生活方式”，表现为一种完美的标准、一种

① 《弗莱研究：中国与西方》，第4页。

② David Boyd and Imre Salusinszky ed, *Rereading Frye: The Published and Unpublished Works*, Toronto: University of Toronto Press, 1999, p. 112.

思维习惯、艺术、一般的智力发展、一种整体生活方式、一个表意系统、一种情感结构、生活方式中各要素的相互关系以及从经济生产和家庭到政治机构的所有一切；而弗莱则将文化身份定义为三个层面的意义，分别为不同的生活方式、文化历史的产物以及民族的创造力。我们可以从弗莱关于文化的三个定义中，发现威廉斯以及阿诺德的影子。弗莱认为文化的第一层意思是“习俗或者生活方式，人们吃喝、穿、谈话、婚嫁、生产等类似活动的不同方式”，这一点威廉斯也认同他描述的文化为“民族的整个生活方式”。但弗莱还认识到并在这层意义上增加了一个中间意义，这层意义与社会有关，即“文化还是传统与历史的产物，组成不同的政治、经济、宗教或其他机构，形成一个国家的生活，为意识形态指点方向”。这层文化作为共享的传统显示了阿诺德将个人与社会相联系的教育契约的影响。这导致弗莱把文化称为“教育体系的社会证明”并把无阶级的社会看作是“文化的最终化身”。弗莱文化定义的第三个层面显示了他自己的特点，被他称之为“最高层面”，即文化是一个国家/民族特殊创造力的产物①。文化来源于神话的叙述为弗莱第三层定义提供了基础，导致他把文化定义为“一个人类社会不可摧毁的核心，只要它还是一个人类社会而不是一群乌合之众的集合”。弗莱在他的文化身份定义里强调了他最主要的主题之一，那就是我们并不直接生活在自然中而是“生活在文化或文明的建构里”。因此，汉密尔顿提出，“弗莱是我们这一代的文化批评家，因为他在诗歌里表达了主要神话学的声音。他最特别的是他唤醒我们已经知道神话学的能力。正如他在《伟大的代码》里解释的，他作为老师的战略

---

① Robert D. Denham ed., *Northrop Frye*, *The Eternal Act of Creation*, Bloomington: Indiana University Press, 1993, p. 169.

就是‘使学生认识到他已经潜在了解的东西，包括打破他头脑里阻碍他了解他已经了解的东西的压迫’，这有助于解释在他的时代弗莱为什么是最受欢迎的文学批评家”①。

相对于威廉斯的文化观，弗莱更有文学情结。他和利维斯同样是将文学放在整体的语境下来观照，只不过弗莱的文学既具有阿诺德与利维斯的精英意识，同时也具有威廉斯的非精英反叛。他从文学语句的关联中，寻找着潜伏于文学字面意义之下的机构，一直追溯到古老的希腊和《圣经》神话里，形成了他以《批评的解剖》为起点、摆脱形式主义文本批评又开拓文学研究的跨学科方向的研究，从而他的巨著《批评的解剖》成为他文化批评的起点。与利维斯一样，弗莱不仅关注文学所赖以存在的读者社群，赞同通过教育体制来宣扬人文传统，培养有想象的理想，使获得人文教育的学生保留与社会的疏离感，但弗莱超越了利维斯的道德经典意识，把一向为人所贬斥的亚文学类型神话纳入经典的范畴，并将其作为所有文学的起源，同时他还注意把尚处于“边缘”和非经典地位的加拿大文学置于一个多元文化语境和世界背景之下来考察。基于对意识形态的思考，弗莱晚期从神话着手，详细地阐述了关怀神话与自由神话的意义以及在文学上的反映，无疑将在当代文化批评中越来越为人所重视，他的文化思想也将为人们所重新认识。

综上所述，我们认为，弗莱其实已经以自己的研究证明了他在积极地参与到这场文化研究的热潮中，但他未必像威廉斯等人那样置经典文学于不顾，相反他非常重视经典文学的作用，对经典文学做了自己的定义。尽管他认同经典文学的社会作用，但却不赞同批评家强行对经典文学诉诸的价值判断等。他从神话中引

---

① *Rereading Frye*：*The Published and Unpublished Works*, p. 118.

进想象功能与社会功能，从而使文学超越了当代文化研究中把文学看作政治文本的作用，完全成为人类为实现自己生活理想的想象。这使得他的文化批评思想因为坚持文学的文学性而在当代文化研究中占有一席之地。

第三节　弗莱与利维斯的文化批评比较

如前所述，利维斯是当代文化研究的先驱，他以《细察》(scrutiny) 刊物为基地，在 20 世纪二三十年代集结了一批如他一样持精英文化观点的道德家构建着英国的经典文学，努力推动着这些经典文学的推广和发展，希望以此来改变美国工业文化带给英国文学文化的危机。他的文化批评主张极具代表性，甚至被人们称之为利维斯主义，把持有类似观点的其他批评家称之为是利维斯主义线上的文化批评家；弗莱也可以被称之为是利维斯主义线上的文化批评家。正是因为利维斯文化批评的代表性和极大影响力，所以，在这一节，我们将论述弗莱与利维斯的文化批评主张的异同。

弗莱与利维斯并没有直接接触，他也不是利维斯的学生，但弗莱在 20 世纪 50 年代与威廉斯不谋而合都试图超越形式主义的自足性。威廉斯从社区文化那里寻找到突破口，而弗莱则从神话研究中发现了文学的内在结构，两者都是从经典文学之外的文类中着手，为当代文化研究开辟了道路。所以，弗莱也是利维斯线上的文化批评家。但我们认为，弗莱与利维斯在一些主张上并不尽相同，因此比较弗莱与利维斯文化批评主张的异同，以助于我们更清晰地掌握弗莱的文化批评特点以及他在当代文化研究中为人所忽视的影响。

弗莱的文化批评始于 20 世纪 50 年代，他晚期对神话学理论的建构与探索完全论证了文学是社会文化的产物，要求文学批评处于社会语境下进行观照的主张，这个主张与自 50 年代英国的文化研究学派发展而来的当代文化研究其中一个发展趋势是一致的，那就是对形式主义批评进行的反拨，因此从这个角度来说，我们认为弗莱与利维斯主义是一脉相承的，在当代文化批评中发展了利维斯主义的批评主张，并且克服了利维斯主义的精英意识，以坚持文学批评的百科全书式语境论丰富了当代文化批评。

一　弗莱与利维斯的经典文学主张

我们认为，经典文学的形成与时间是密不可分的，因为“时间检验的实质，主要在于发现哪一些作品具有可以被称为经典的优点，有益于我们的生活……经典，经受时间的检验，有一种共同的感觉存在于爱好大致类似的人中间，这些观念是不可分割的”①，由此，利维斯提出文学经典应该是经过了长期的时间检验，而且能够在道德和价值观念上对人产生巨大影响的著作。他由此提出文学的社会批判作用，并将经典文学提到了至上的位置。

相对于利维斯以道德和价值判断来归类经典的做法，弗莱显然是很不一样的。弗莱对文学史的论述体现了他对文学经典的自我认识过程，那就是以他对神话学的研究而遴选的想象的经典，简·高拉克（Jan Gorak）将弗莱的这种经典认识认为是走向“乌托邦”的未来，提出弗莱经典作品的背后就是弥尔顿和布莱

---

① “时间的检验”，《重新解读伟大的传统——文学史论研究》，钱善行主编，社会科学文献出版社 1993 年版，第 218—219 页。

克为新耶路撒冷所描述的蓝图[①]。

与利维斯一样，弗莱同样提出了超越阶级和社会意识形态的文学，那就是产生自神话并在作品之间形成内在结构的人类永恒的想象。这种想象存在于人们对文化的过去、现在以及未来的认识，因此是涵盖整个人类永恒的存在。20世纪很多人都尝试着对经典这个概念进行重新定义，但没有人能够超越弗莱的解释。针对弗莱的这种经典文学意识，高拉克认为，“在弗莱不同于新批评与新历史主义者的一生里，他毫不改变他为想象经典奋斗的目标。在一系列的论文与重印的演讲里，弗莱反对机构化地尝试以统一的经典来代替垂直悬浮的神话经典”[②]。弗莱的神话经典意在重建过去的文化，形成文化认识的统一体，这至少从弗莱的三本书——《可怕的对称》、《批评的解剖》和《伟大的代码》中我们可以发现弗莱重新建立了一个完整的文化过去。在这些书里弗莱并没有提供对具有争议的经典所进行的详细论述，但论述了他自己对西方文学复活的原型与主题的理解。因此与利维斯的经典不同的是，弗莱的经典是没有公然价值判断的经典，没有固定的模式与疆界，没有涉及特别作品或者作者的经典。换句话说，他以任何方式反对艾略特与利维斯富有影响的经典，反对古典线上组织的经典和按照大量已死的作者的时间顺序排列一整套重要作品的经典。因此我们可以说，弗莱是要寻求一种方式来改变我们对经典的认识，而不是攻击经典作品。

利维斯强调对作品作出价值判断，是因为利维斯一直认为现

---

① Jan Gorak, “Northrop Frye and the Visionary Canon”, *The Making of the Modern Canon: Genesis and Crisis of a Literary Idea*, London & Atlantic Hignlands: Athlone, 1991, p. 120.

② *The Making of the Modern Canon: Genesis and Crisis of a Literary Idea*, p. 121.

代文明毁坏了传统的社会文化，机器文明改造了现代社会，只有坚持经典文学才能维护伟大的传统与文化。他认为机器给现代社会带来了许多便利，但也毁坏了古老的生活方式。正因为机器技术的不断快速发展变化，古老的生活方式遭到破坏，新的社会文化生长就受到了阻碍。利维斯指出，机器带给人类的便利主要体现在大众生产中，对人类的理想生存状态没有任何益处①，现代文明强烈威胁了社会的发展，因此他对突出体现了大众文化的美国文化进行了大力抨击。在严肃思考如何解决大众生产与大众文化产生的社会文化灾难时，利维斯将希望寄托在文学作品上，认为只有文学艺术才是维持人类社会连续性的关键，人类只有保持文化的连续性，才可能实现在科学和技术日益统治的社会里保留和发展人类目标和价值的完整感。

显然，利维斯的这个主张弗莱未必接受。弗莱当然也赞同文学的社会作用，以文学为研究根本来对抗在科学的渗透下文学批评以及人文教育的日益衰微，与利维斯一样，试图从阿诺德的人文主义文化论里找到论据，但他反对将文学作品诉诸以个人道德好恶的评价。弗莱曾在“论价值判断”里这样说道：“在批评里对价值的追求就像在美国宪法里对幸福的追求：人们可以对已经陈述的目标具有某种同情，但他会为措辞/语法感到遗憾。人们不可能追求幸福，因为幸福并不是一个可能的活动目标；幸福更是一种对活动的情感反应，是我们从追求某种别的东西里获得的情感……文学研究的价值感也是如此”②。他进一步指出，一个

① F. R. Leavis and Denys Thompson, *Culture and Environment*, 1933, London: Chatto and Windus, 1964, pp. 1—2.

② Northrop Frye, “On Value Judgement”, LS. Dembo ed., *Criticism: Speculative and Analytical Essays*, The University of Wisconsin Press, 1968, p. 37.

人不可能以达到价值判断的目标来研究文学，因为研究的唯一目标应该是知识。而价值感是个人性的，是不可预测的，变化的，不可交流的，不能阐述的，而且主要是对知识的直觉反应。他说："在知识里面文学作品的语境是文学，在价值判断里，文学作品的语境是读者的经验。当知识有限时，价值感是天真的；当知识提高时，价值感也随之提高，但必须等到知识提高之后。当两种价值判断起冲突时，除了更大的知识没有什么可以解决这个冲突"①。因此弗莱提出学者的工作并不是去作出价值判断或使判断成为批评的目标或者起点，但他也争辩说价值判断尤其为加拿大批评提出了特殊问题。他在1965年出版的《加拿大文学史》初版结语里充满回忆地说："如果做出评价是一个人的指导原则，加拿大文学批评将仅仅成为一个揭开虚伪面纱的工程，留下的只是可怜地掉光了每一片优雅与尊严羽毛赤裸裸的云雀"②。不过即使弗莱这样说，但批评家们认为"作为一个评论家他并没有犹豫去作出价值判断，而且无论他的批评有多严肃，每一只云雀都装饰着完全充满着优雅和尊严的羽毛"③。正因为他不赞同在进行文学批评的同时进行道德价值判断，所以他对于文学价值的论述始终保持着警惕心。他认为加拿大没有一个经典作家，而所谓的经典性就是指对具有比他（她）的最优秀的读者更优越的观念而言；而且弗莱还认为批评家不应该用艺术来支持社会或者社会事业，至少批评不应该基于这样的目的，因为这些目的会导致道德或者革命的视角，这会迷惑有利于将来的现在。弗莱始终认

---

① Northrop Frye, "On Value Judgement", LS. Dembo ed., *Criticism: Speculative and Analytical Essays*, The University of Wisconsin Press, 1968, p. 37.

② *The Bush Garden: Essays on the Canadian Imagination*, p. xv.

③ Ibid., p. vii.

为，当批评家阐释作品时，他在谈论他自己的诗人；当他进行评价时，或者至多是作为他的时代代表的自己。也就是说，每个时代留给自身的是不可信的文化归类，而批评家除非是比世界已经看到的更伟大的天才，在他的品位信心上同样具有狭隘性。因此弗莱得出结论，只要批评意味着评估，“批评家在批评谁”这个问题的答案就证明了是批评家在批评他自己。因为正如当批评家正在讨论的诗歌是一首好诗，如果批评家说出来了，这个陈述就形成了部分的他自己个人的修辞，但作家的价值感不可能逻辑地成为批评讨论的一部分：它仅可能心理的修辞性地与讨论有关。而价值感，正如现象学的人们所说的是前叙述的。但尽管弗莱反对将文学作品做出个人的价值判断，但他并不排斥文学经典的存在与价值意义，所以在弗莱本身而言，他实际就在甄选了经典文学，即想象的经典。

因此我们认为，从弗莱与利维斯主义的观点来看，他们都表达了在文化研究（主要是大众文化研究）侵蚀文学批评的时代对文学传统的强调。不同的是，弗莱强调文学的想象性并以最具有想象性的文学作为他经典的首选；而利维斯则以宣扬高尚道德精神的文学作为他的经典名目。因为利维斯对道德的强调导致他在经典文学的甄选上必定进行了价值判断，而这恰好是弗莱所一直抵制并试图避免的事情。但无论怎么说，在当代文化研究的大潮下，无论是弗莱想象经典还是利维斯的道德经典，它们都突破了形式主义批评的语言牢笼，走向了文化批评。

二 弗莱与利维斯的人文主张

从弗莱与利维斯的经典文学观点来看，两者有着密切的联系，应该可以归纳为同一类型的文化批评者。弗莱与利维斯的关系最重要的是在于他们对传统“社会契约”的关心而彼此相连，所以汉密尔顿提出“弗莱属于文化史上三个重要作家的线上，他们是马修·阿诺德、F. R. 利维斯、雷蒙德·威廉斯”[1]。弗莱在《阅读世界》里谈论了“社会先于个人，个人不是自主地出生于社会，而是被迫接受精神与物质环境的传统，这一点他仅能以极其有限的能力加以改变”[2]，而且他在《批评之路》里强调社会契约与自由神话及关怀神话的关系，并提出教育契约是实现关怀理想的一种可靠途径，这些都表明了这一点。

弗莱的这种观点与马修·阿诺德承继关系很为明显。我们认为弗莱继承了阿诺德的许多人文性观点，这在弗莱论述文学的社会语境观以及他的教育观里表现尤其突出。弗莱多次将他的关怀理想追溯到人文主义者马修·阿诺德那里。在《文化与无政府主义》里，阿诺德定义文化为“对完美的探究和追寻，而美与智，或者说美好与光明，就是文化所追寻的完美的主要品格”[3]。阿诺德支持文化是连接所有人通过他们彼此的关怀与价值进入社会的连续力量，正如他解释的“（文化）寻求废除阶级，成为已知与已思考的最好，使所有人都生活在一种甜蜜与轻松的环境中，在那里他们可以思想、享受自由，没有约束”。这个观点毫无疑问吸引着弗莱，弗莱早在《可怕的对称》里就提出了“阿诺德关于文化与社会的观点是保守的、传统的、又是进化的；布莱克的观点是激进的、天启性的、革命的”；弗莱在《批评的解剖》“暂时的结论”里运用了阿诺德人文教育的思想，指出阿诺德的人文主义思想就是寻求没有阶级的文化，文化的最终目的是获得自

---

① *Rereading Frye：The Published and Unpublished Works*, p. 107.

② *Reading the World：Selected Writing 1935－1976*, p. 209.

③ 马修·阿诺德著，韩敏中译，《文化与无政府主义》，生活·读书·新知三联书店2002年版，第41页。

由；而在《批评之路》里弗莱依然回到阿诺德那里，认为阿诺德的文化论点为人文学科的研究和教学提供了一种真正的社会维度。阿诺德在《文化和无政府主义》里提出了三个社会阶层的概念，分别为野蛮人、非利士人和群氓，并把他们作为文化所导致的最终无阶级的因素。弗莱指出，就它们是阶级而言，它们运用手段图谋权力就会妨碍和遏制文化的发展：对于阿诺德来说，如果想通过提高其中一个阶级的支配地位来达到一个无阶级的社会，那就是一个非常荒谬的悖论。因此，“像卡莱尔敦促的那样恢复贵族统治只会创造一个新的野蛮社会；无产阶级专政会把社会降低到‘平民’状态，而在阿诺德维多利亚时代的英国，资产阶级的支配地位正在产生出市侩作风”[①]。弗莱提出的自由神话显然与阿诺德的文化概念至关重要，因为虽然阿诺德所说的那个概念的人文主义的语境已经不复存在，作为一个阶级的概念，自由几乎很难与放任主义或者剥削的自由区分开来。因此，阿诺德提醒英国的中产阶级读者要在追求自由的同时关注平等；而这个平等的思想对弗莱而言是关怀神话的核心，即无论一个人的出身如何，只要因为他存在，我们就要尊重他。

相对于弗莱，F. R. 利维斯也继承了阿诺德的这种文化概念，但他更忧虑文化的未来。在早期的小册子《多数人的文明少数人的文化》里，利维斯引用阿诺德的文化观点作为开始，但他继续悲叹“文化的未来是……灰暗的，没有多少空间希望标准化的文明驯熟包裹整个世界”[②]。对利维斯而言，唯一的希望就是

---

① 诺斯洛普·弗莱著，王逢振等译，《批评之路》，北京大学出版社1998年版，第117页。

② F. R. Leavis, Nor Shall My Sword, London: Chatto & Windus, 1972, p. 169.

确认文化与知识分子精英的价值，结果利维斯的批评在对失落的、有组织的社会（这个原本不存在的社会）的怀旧与对现在“技术本雅明”时代的谴责之间交替。汉密尔顿认为，在他们的时代，利维斯与弗莱都极端化为强调价值判断与批评理论的批评家，但利维斯是弗莱为英语研究辩护的盟友，赞同弗莱认为文学批评是一门学科，大学是文明的创造中心，尤其是文化研究中文学传统的地位①。

利维斯的人文教育思想影响了弗莱。利维斯是这样定义大学的功能的：“真正的大学是文明世界的意识和人文使命的中心，是文明的创造中心——因为拥有意义和人文智慧、所依赖的活生生的遗产，我们的时代才可以到处维持集中了创造力的产物”②。基于这个认识，他越加意识到文学在教育中的地位，因为文学是和我们一样地存在，也应该是我们时代文明真正的潜在力量。他说，并非凭着大学英语学院的辩护就应该在世界上产生许多有辨别力的批评家和大量受过教育的读者：创造这一点就纯粹是使它非自然化，而且这也不是凭借纯粹的文学教育，也不是凭借教育。它其实凭借的是准备好这个国家所需要的受过高等教育的公众，他们应该是有智慧的，意识到他们的责任，有资格成为国家的和有影响力的人群。只有这样的一群公众才可以决定性地影响政客与政治家形成他们的思想、统计、规划和实施的知识分子的和精神的气候。利维斯还认为大学并不纯粹是学习、科研和指导的地方，而应本身是许多伟大的公众的凝聚力，是国家所需要思想和良知的精神团体。利维斯认为我们必然对快速多元化的明显效果存有疑虑，我们就越应强烈坚持并认识到作为中心意义的东

① *Rereading Frye: The Published and Unpublished Works*, p. 112.

② *English Literature In Our Time And The University*, p. 3.

西，即继承的社会意义。我们也必须深化大学必要的新概念，这个概念就是——重要的继承意义；这也是对人文性深刻的最终的需要的回答——这个需要是先进的工业文明的产物，没有其他回答，只有在大学里才可能将所需的新功能发展成它的机构。

弗莱未必欣赏利维斯的精英意识，但与利维斯的教育观念倒是有异曲同工之妙。两者都认为大学是人文思想的中心，但利维斯希望以经典文学来教育少数人并使之成为改变政治和社会的精英，而弗莱则希望文学以其想象帮助人们超越现实达到理想的彼岸。因此弗莱的文化批评更具有开放性和革命性。

综上所述，我们认为，弗莱在当代文化研究中以其坚持文学研究的语境立场成为利维斯线上的文化批评家先驱之一。但弗莱毕竟不同于利维斯，弗莱更多的是从神话批评以及对神话的社会功能中发现了文学研究需要结合宗教、历史、社会与文化的环境来研究，这种研究也不同于将文学作为论述历史发展的资料或者社会文化现象的陈述，而是表现了一种人类实现自己的理想世界的想象。总而言之，弗莱是一个以神话批评贯穿西方整个文学文化历史的伟大的文化批评家。他思想的开拓性与预见性使他各个时期的批评都可与当代思想潮流相联系，从而使他的批评思想具有恒久的研究价值。

第四节　弗莱在当代文化研究中的地位

从弗莱文化批评的发展之路来看，它发端于20世纪50年代的《批评的解剖》。这一时期在英国正好发生了以霍佳特与威廉斯为首的文化研究运动，文学批评开始走出形式主义的束缚，进入宽广的文化语境。英国50年代的文化研究学派奠定了当代文化研究的基础，霍佳特与威廉斯毫无疑问是当代文化研究的先驱，在这之后的文化研究从几个不同的方向进行了发展，其中之一就是弗莱所坚持的文化批评。

针对弗莱文化批评的特色，汉密尔顿的归纳对我们很有帮助。他将弗莱文化批评在当代文化研究中的特色归结为三个方面，分别为：第一，弗莱有意远离文化研究，他有自己的一套研究术语。在当代文化理论家中，雷蒙德·威廉斯被归类为社会主义者，弗雷德里克·詹姆逊是马克思主义者，阿兰·辛非德是文化唯物主义者，霍米·巴巴是后殖民主义者，但我们很难将弗莱归为哪一类；第二，弗莱不像有的文化批评家那样是出于对形式主义取向的不满才转向文化批评的，他作为文化批评家的立场是一贯的。他的文化意识和将文学置于文化之中的观点是根深蒂固的。他首先将文学作品置于其特定的文化背景之中，再将这两者置于西方文化的大背景之中考察乃至探讨它与其他文化的关系；第三，有些文化批评家运用文学来阐释或强化自己的理论，弗莱则与他们不同，他将文学本身看成是处于文化之中的整体。他现在或许被忽略，但随着时间的流逝，其作用力会不断地产生反作用力，我们有理由预见到将来研究文学本体问题的实用主义取向的回归①。汉密尔顿认识到弗莱与利维斯以及威廉斯在文化批评观念上的密切联系，也意识到弗莱的文化批评观念，因此提出弗莱会被学术界公认为20世纪最重要的文化批评家、文化理论家和文化史学家。我们认为，弗莱文化批评的意义除此以外，最重要的还是他坚持了神话学批评里阐释的关于想象的教义。想象既是他神话学批评的核心，也是他继承阿诺德等人关于提倡人文教育观点的基础，更是宣扬加拿大批评的途径。因此在当代文化研

① 《弗莱研究：中国与西方》，第5页。

究中，弗莱的文化批评以其在宗教与社会文化的整体语境下对文学想象的张扬确立了他的当代地位。

当然，研究弗莱的文化批评其实也是一个开放性的课题。因为弗莱本身就是一个百科全书式的人物，他的作品深受宗教的影响，所以又常常具有启示性与预见性。他从始至终把神话作为我们人类文化与文明的源头，由此生发了文学艺术（纯粹的想象世界）与权力、意识形态（现实生活）的两大领域，从中他发现文学是引导我们通向理想世界的第三种经验，文学从神话那里继承下来的关怀作用通过作品表达了人类追求自由、追求幸福，突破现实意识形态权威束缚的希望；他将自己的这种理想诉诸文学教育（人文教育），尝试以文学的想象形成的创造力构建或者改造现实社会；同时他以加拿大文化作为他的理论基地，宣扬文学产生的创造力与建构性，期待以文学艺术作品来实现加拿大文化突破历史上的双重殖民性，走出帝国主义和民族主义的双重阴影，使加拿大文学文化以其独特的个性屹立在世界民族文化之林。因此我们可以说，弗莱是一个伟大的文化批评家，他的文化批评观点不仅从某种程度上与英国文化研究先驱 F. R. 利维斯的文化批评观点相似以致弗莱可以被归类为利维斯主义线上的文化批评的先驱之一，而且弗莱从观照整个西方文学文化的发展到局部对加拿大文学文化的后殖民视角透视都展现了弗莱是一个独特的文化批评家。他在文学批评中对神话与文学的批评，提出的文学批评的社会语境说、文学史观、文学的社会关怀性、人文教育观以及加拿大文化的双重后殖民性，这些都预示了弗莱坚持着他一贯的独立风格使之不能归属于任何文学文化批评流派，但他研究的内容显然是当代文化研究的范畴，因此可以说弗莱是当代文化研究中坚持文学的文化学批评的伟大文化批评家，同时他还是一位伟大的坚持文学为基本的人文教育的教育批评家，以后殖民理论视角批评加拿大文化的后殖民文化批评家。

综上所述，我们认为弗莱作为文化批评家的独特之处主要体现在以下几点：

首先，在当代文化研究的热潮中，弗莱能够始终坚守文学研究的基地，他不是把文学理解为政治的文本或者文本的政治学，而是坚持文学的文学性即代表着人类的想象，这种想象是超越社会文化的一切，包括权力话语和政治意识形态，也是人类赖以生存并发展的基础。从这个角度来说，弗莱的文化批评是与科学主义背道而驰的。但与普通的文学批评家的不同之处在于，弗莱并不局限在孤立的文本审美性等方面的论述与研究，他早就意识到文学的形成和发展以及产生的作用离不开社会文化的土壤。因此，文学的文学性只有在社会文化的大语境下才能发挥它的真正作用，也就是通过文学教育帮助人们进行想象或者实现想象。既然早在他的《批评的解剖》一书里他就已经发现了文学与文学之间的相互作用和联系，揭示了其潜在的文学结构；那么同样，无论人类的想象最终会达到哪里，只要有想象存在，人类最终就是自由的，也最终是可以获得自由的。

其次，作为一个文学批评家和文化批评家，弗莱以人类古老的文化源头——神话作为自己研究的立足点，梳理了人类社会发展的历程；尤其是从语言方面，详细地分析了权力的话语以及意识形态等诸如此类的政治意识发展的始末。与马克思主义批评家不同的地方是，弗莱所谓的意识形态并非完全是政治的和社会形态的，它更多表示的是精神的关怀，而且是产生自神话学，既包括从神话那里承继下来的社会权威功能，同时还表示为一种社会环境与作为一种想象的文学之间产生了相对的张力。

第三，弗莱并非完全无视当代文化研究所产生的影响。他把加拿大的文学与文化研究一方面作为自己理论实践的方式，另一方面他对加拿大文学文化所展开的分析其实无意中将他自己纳入了后殖民理论批评的领域。尽管弗莱并非采纳后殖民理论家的批评方式来讨论加拿大作为“他者”的形象，他意识到加拿大文化夹在两个帝国（英国和美国）之间的两难处境。加拿大与英帝国之间的关系，反映了加拿大作为殖民地和后殖民地与宗主国之间的错综复杂欲舍难弃的关系，但他更多地着墨于与新殖民帝国——美国的关系，这不仅是因为加拿大作为美国的近邻所遭遇的痛苦，而是在全球化的今天，美国经济势力渗透到任何一个国家都必然会遇到的处境。因此弗莱的分析无异于在全球化发展的今天，帮助我们清醒地认识到经济全球化形势下如何保持民族文化的本土化这个问题。

第四，也是最重要的是弗莱为人文工作者提出了一个命题——如何在经济控制一切的社会环境下进行我们的人文教育。文学教育是否就是经典文学教育？文学在大众文化充斥一切的处境里是否应该具有高尚的目标？弗莱的答案是肯定的。他始终认为，只有文学可以赋予我们想象的空间，只有文学可以帮助我们建立自己的理想国。文学教育虽然不能急功近利地帮助学生掌握一门谋生的技巧，却会净化他们的心灵，帮助他们描绘美好的前景，使这个社会更多地施以人道的关怀，从而达到认识世界的目的。

因此在我们看来，弗莱秉承的始终是西方传统的人文思想。尽管西方的文学批评经历了形式主义批评的文本自足性、结构主义批评的反拨以及解构主义的回归过程，弗莱对此坚信不疑。他虽不是一个基督教徒，却笃信自己的文学研究立场，那就是文学是想象的最终场所，它有能力帮助一个民族一个文化实现其创造力，创造出与其他民族不一样的民族特色。在他年轻时从布莱克的诗歌里无意中窥破了神话的奥秘，从此便一发不可收拾。他根据人类学家、心理学家以及历史文化学家的研究成果，逐步认识到了神话的最终作用。对他来说，神话不再像以往人们所认识到的远古的虚构故事，而是具有文学与意识形态的双重作用。更重要的是，弗莱从神话里发掘到关怀的功能，使由此发展而来的文学深深蕴涵着关怀神话与自由神话的作用。这显然超越了文学的审美性，进入到了社会文化的层面，使弗莱成为一名贯穿西方文学与文化发展始末、包容万千的文化批评家；同时我们还认为，弗莱与阿诺德、利维斯以及威廉斯的人文批评观点是一脉相承的。弗莱虽然强调文学批评，但不是把文学批评作为历史批评的脚注，也不是将文学批评扩展为消失了的文学特性的文化研究，他注重的恰恰是文学与社会的相互作用，因此在当代文化研究中，弗莱的文化批评将越来越为人们所重视，他的研究使文化批评在当代文化研究中的意义越来越突出，既为文学批评者树立了信心，也为文化研究领域的拓展探索了出路。

余论　共融的视界:弗莱文化批评对中国文化批评之启示

前文中我们已经详细阐述了弗莱如何发展了他的文化批评观念，如何体现了文化批评思想的具体特点，并将弗莱放置在当前文化研究的语境下，提出弗莱是一位伟大的文化批评家的观点。他的伟大之处在于他始终坚持文学批评的立场，坚持对文学想象的期待，因此他的文化批评观对当代文学批评尤其具有重要的意义。弗莱在他的文化批评中以神话作为轴心，既建构了以人类文化与文明为结构的神话学批评，又以文学教育作为培育想象的可能，同时还以加拿大作为理论的实验，从而使他的文化批评体系细致完整。我们认为，弗莱的文化批评观对中国学术界来说，不亚于一场“及时雨”，使文学批评能够从当代文化研究的迷雾中辨别方向，重新为文学批评树立信心，同时还为人文教育提供了一种借鉴。

20 世纪 90 年代是中国文学批评界比较热闹的时代，传统的文学批评开始出现了文化研究的转向。报刊、杂志开始大量地讨论文化问题，其涉及面之广、参与人之多堪称为 20 世纪之最。一方面人们受到西方文化研究的影响，大规模地引进、介绍与运用西方的文化理论，越来越多地突破以往的经典文学研究，将触角伸向消费主义、大众传媒、大众文化、印刷文化、建筑与艺术、全球资本主义的经济活动与文化对话，市场与政治等问题；另一方面又受到传统文化观念影响，对西方的文化观念和理论保持着一定的距离，谨慎地观察着这些理论在中国学术界的传播与实践，以清醒的意识批判着西方文化思想。俞吾金尖锐地指出，当代中国文化研究中出现了三种情况，分别为“主体的误置，即主体在探讨各种文化现象和问题时，并没有把自己理解为九十年代的中国人，而是用其他人的立场取代了自己的立场；……主体的偏失，即主体未能把握作为九十年代的中国人所应把握的客观的价值导向，而是用纯粹主观的偏颇之见，亦即主观的价值导向取代了客观的价值导向；……主体的虚化，即主体在探索任何文化现象（如文化人物、文化事件、文本等）时，都力图清除掉主体可能带入的任何价值因素和情感因素，所谓‘纯客观地’研究一切对象，或者换一种说法，是只作事实判断，不作价值判断”[①]，他将这三种情况归因为社会的转型与人们主观的原因，认为是人们未能很好地消化从西方社会引进的社会文化理论而只是生吞活剥，再加上没有很好地与中国实际相结合，结果导致了主体的迷失与错位的现象。他的这种观点代表了一部分人的认识，对我们在处理西方文化思潮观念时不失为一支清醒剂。当然还有很多学者针对文学批评领域的文化化以及当代文化研究都提出了质疑，我认为王宁的解释很有代表性。他在回答文化研究的崛起会不会对文学研究形成一大冲击，会不会预示着传统意义上的文学研究的消亡这个问题，指出：文化研究不可能导致文学研究的消亡，但的确对传统的文学研究（尤其是经典文学研究和

① 参见俞吾金“主体迷失与价值错位——对当前文化研究的批判性反思”，《社会科学战线》1995年第2期。

比较文学研究）构成了有力的挑战，甚至对高等学校的英文课程的设置以及英语文学学科的存在都有着某种“威胁”，但无论文化研究怎么发展，都无法取代有着悠久历史的整个文学研究或其他人文学科，而且西方社会面对文化研究的冲击和挑战不仅对原有的英文课程设置进行了较大的改革，而且把一些原先的边缘话语力量也包容了进来，一些比较文学研究所或中心也改名为比较文化研究所或中心，从而扩大了以往的研究视野和领域，这对当今中国的一些学术机构的调整也有着明显的作用[①]。当然这里还存在着中国接受西方文化研究的语境问题。据陶东风的介绍，他认为源自西方的文化研究理论主要在20世纪80年代末到90年代被陆续介绍到中国，同时也被不同程度地运用于当代中国文化研究，成为90年代文化批判的主要话语资源之一（尤其是在大众文化研究与后殖民主义批评中），但在中国本土产生了极大的错位与变形，甚至违背了西方文化研究的精髓与灵魂，很多中国学者发现需要在中国的实践下来参照文化理论，在大众文化研究里，人们没有把中国的大众文化放置在整个社会关系中来分析，从而导致了中国的大众文化批判带有明显的知识分子个人情绪色彩以及精英主义的价值取向；而在后殖民批评与第三世界批评领域，则忽视了第一世界国家与第三世界国家（或发达国家与发展中国家）的历史与文化错位，搬用西方文化理论的话语乃至话题的现象同样十分普遍。他认为不少批评者不是把西方文化研究的反思精神、批判精神继承过来，用以批判本土语境中的支配性压迫力量，而是简单地把西方文化研究的批判对象当作自己的批判对象，以致

---

① 参见王宁“文化研究：西方与中国”，《国外文学》1996年第2期。

导致了文化理论的跨语境移置过程中的简单化错误[①]。

毫无疑问，我们在研究弗莱文化批评的同时也必然要参照中国的文化批评视野，力图能从弗莱文化批评的认识和理解中获得中国文化批评的最大实践。我们认为弗莱的文化批评对身处广泛学习与吸收当代文化研究成果的中国学术界具有非常重要的意义，可以警醒我们加强重视已经被极大地扩展了边缘的文学批评，帮助我们重新树立在人文教育中强调文学教育的重要性，同时提醒我们认识到当代后殖民批评的地区特殊性，尤其是在经济全球化、文化全球化（实际也是美国经济文化全球化）的今天，帮助我们坚信地方文化的有效性和可能性，恢复我们传统的民族文化和地区文化。

文学批评作为传统的研究领域目前已经被文化研究极大地拓宽，并显示出学科的混杂性和模糊性。20 世纪 90 年代中后期就曾出现了关于比较文学与比较文化的辨析，认为文化研究的讨论实际上宣告了文学研究的死亡。我们认为，弗莱的文学文化批评在这个讨论问题上可以给我们不少启示。我们已经了解到弗莱从不犹豫他的文学批评立场，更把自己的文学批评立场作为安身立命之所。他既坚持文学的想象，要求文学批评作为文学与社会的调解者；同时又始终认为文学本身就是文学社会的产物（当然只有在广阔的社会语境下才可以真正寻到它的位置，真正发挥它的社会作用）。因此，弗莱的文化批评总是涵盖历史、宗教、社会以及文化等因素。但弗莱的文化批评意义上的文学批评并不是作为社会意识形态的解释者，或者对历史批评的文学脚注，他所要求的就是超越意识形态的文学想象，即使社会意识形态可以对其

① 参见陶东风“文化研究：西方话语与中国语境”，《文艺研究》1998 年 3 期。

进行压制与迫害，但作为人类自由的第三种经验，它总会到达理想的彼岸。因此，我们无须抱怨大众文化研究或者后殖民批评对文学批评带来的影响以及由此产生的文学批评的文化化，这反而是弗莱所追求的目标——既然文学来自于神话，并与意识形态具有辩证的关系，那么文学必然是与社会以及意识形态发生联系的。我们只有以文学的意识克服社会的束缚，才能最好地体现文学的作用。

弗莱的人文教育思想在日益重视科学主义的当今中国，无疑具有非常重要的实践意义。中国自 20 世纪初大范围地吸收与介绍西方文明与文化，尤其是自 80 年代制定了以经济发展为重心的国策以来，产生了类似于西方的科学主义与艺术人文的发展矛盾。据冯天瑜的分析，中国科学与文学的矛盾具有两重性：一是高速发展的科技与经济导致了科学发展与文学创作的萎缩；另一方面则体现为中国传统人文教育与我们所接受的西方人文教育之间的矛盾，这种矛盾则体现了两种不同文化的撞击[①]。他辨析了中西人文主义的不同，认为中国传统人文传统旨趣，重在“人文”与“天道”契合，“民本”与“尊君”构成一体之两翼，因此中国人文传统未能直接推引出近代精神，没有指向近代民主，却导致王权主义。而西方人文主义强调的是发展个人的自由意志和个性解放。针对这种情况，张应强提出要以科学主义与人文主义的整合达到解决矛盾的目的[②]。我们认为，中国人文教育在二十世纪初因为对西方文化的大力吸收，产生了对西方人文主义的认同，因此在当前大学教育里科技教育与人文教育的矛盾，我们

① 参见冯天瑜“略论中西人文精神”，《中国社会科学》1997 年 1 期。

② 参见张应强“论科学教育与人文教育的整合”，《高等教育研究》1995 年第 3 期。

可以提取弗莱的人文教育主张，以此作为我们大学教育的参照。

弗莱一直把人文教育看作是心目中的理想教育，而文学教育则是人文教育的核心。他认为文学教育不仅能够培养人们的想象能力（想象能力在他看来是创造的来源所在），而且可以将人们从社会的约束中暂时地解放出来。而且与当代中国大学教育不同的是，弗莱反对社会教育机构培养的只是为了适应社会变化而获得谋生技能的人才，他要求以文学教学（文学批评）来培养学生获得从诗歌里所传递出来的想象，获得其中描绘的美好前景，使这个社会具更多的人道关怀，以此实现学生获得极大的创造力。当然弗莱并不是一个出世宣扬者，他也不是以文学的想象来蒙蔽人们对现实的认识，他比其他批评家更多地认识到从神话发展而来的文学所具有的人类普遍的关怀性，具有人类普遍的精神结构和社会结构，因此对文学的认识和理解，尤其是从文学中获得想象的快乐，将更有利于社会的发展和创造力的培育，因为想象是无穷的，具有无穷的力量。而也正是因为想象赋予了我们对另外世界的美好认识，才使得我们可以有目标去前进。因此中国人文教育在科技教育冲击下日渐萎缩的今天，我们可以借鉴弗莱的观点，帮助人们重新认识到人文教育的作用和重要性。

还有一个方面我们需要注意的是弗莱对我们进行后殖民批评的提示。从弗莱对加拿大文学文化的批评中我们认识到，尽管加拿大在经济上是一个与美国和欧洲列强一样古老的国家，属于发达国家之列，但它因为政治、历史等诸多原因以及它毗邻美国的事实，导致了加拿大在文学与文化发展中处于后殖民国家的行列，在宗主国文化以及民族文化的矛盾中艰难地建设着自己的文化。弗莱以文学创作来解决加拿大的民族认识矛盾，他希望加拿大作家创作出自己的民族文学，这势必会推动对民族身份的认识。我们认为，在全球化发展的今天，美国经济与文化在全球的无孔不入，我们绝难置身之外。因此弗莱认为想象创造力可以建构一个民族身份的解释，可以帮助我们重新认识文化身份的定义，从我们悠久的民族文学中寻找到标志民族文化发展的途径。

综上所述我们认为，弗莱的文化批评对中国的文化研究界是具有非常重要的启迪作用和现实意义的。

参考文献

英文资料

1. Northrop Frye, *Northrop Frye's Fearful Symmetry*: *A Study of William Blake*, Toronto: University of Toronto Press, 2004.

2. Robert D. Denham, *Northrop Frye*: *An Annotated Bibliography of Primary and Secondary Sources*, Toronto: University of Toronto Press, 1987.

3. Robert D. Denham, *Northrop Frye and Critical Method*, University Park: The Pennsylvania State University Press, 1978.

4. Murray Krieger ed., *Northrop Frye in Modern Criticism*, New York: Columbia University Press, 1966.

5. A. C. Hamilton, *Northrop Frye*: *Anatomy of his Criticism*, Toronto: University of Toronto Press, 1990.

6. Jonathan Hart, *Northrop Frye*: *the Theoretical Imagination*, New York: Routledge, 1994.

7. Alvin A Lee and Robert D. Denham ed., *Legacy of Northrop Frye*, Toronto: University of Toronto Press, 1994.

8. Jean O'Grady and Wang Ning ed., *Northrop Frye*:

Eastern and Western Perspective, Toronto: University of Toronto Press, 2003.

9. Imre Salusinszky, *Criticism in Society*, New York: Methuen, 1987.

10. Northrop Frye, *Fables of Identity: Studies in Poetic Mythology*, New York: Harcourt, Brace & World, 1963.

11. Northrop Frye, *Spiritus Mundi: Essays on Literature*, Myth and Society, Bloomington: Indiana University Press, 1976.

12. Fredric Jamerson, *The Political Unconscious: Narrative as a Socially Symbol Act*, New York: Cornell University Press, 1981.

13. David Boyd and Imre Salusinszky ed, *Rereading Frye: The Published and Unpublished Works*, Toronto: University of Toronto Press, 1999.

14. Graham Hough, *An Essay on Criticism*, London: Duckworth, 1966.

15. Roger Fowler ed., *A Dictionary of Modern Critical Terms*, New York: Routledge & Kegan Paul, 1987.

16. M. H. Abrams, *A Glossary of Literary Term*, 6th Edition, Holt, Rinehart and Winston, Inc, 1993.

17. Northrop Frye, Sheridan Baker, George Pertins ed., *The Harper Handbook of Literature*, New York: Harper& Row, 1985.

18. Ian Balfour, *Northrop Frye*, Boston: Twayne Publisher, 1988.

19. Northrop Frye, *Fearful Symmetry: A Study of William Blake*, Princeton: Princeton University Press, 1947.

20. Robert D Denham ed., *Myth and Metaphor: Selected Essays, 1974—1988*, Charlottesville: University Press of Virginia, 1990.

21. Northrop Frye, *The Secular Scripture: A Study of the Structure of Romance*, Cambridge: Harvard University Press, 1976.

22. Eva Kushner, *The Living Prism: Itineraries in Comparative Literature*, Montreal: McGill-Queen's University Press, 2001.

23. David Cayley, *Northrop Frye in Conversation*, Concord Ont: House of Anansi Press, 1992.

24. John Ayre, *Northrop Frye: A Biography*, Toronto: Random House, 1989.

25. Northrop Frye, *Architects of Modern Thought: Twelve Talks For CBC Radio*, Toronto: Canadian Broadcasting Cop., 1959.

26. Marc Manganaro, *Myth, Rhetoric, and the Voice of Authority: A Critique of Frazer, Eliot, Frye & Campbell*, New Haven & London: Yale University Press, 1992.

27. Robert D Denham ed., *Northrop Frye on Culture and Literature: A Collection of Review Essays*, Chicago: University of Chicago Press, 1978.

28. Robert D. Denham ed., *Northrop Frye on Literature and Society: 1936—1989*, Toronto: University of Toronto Press, 2002.

29. Robert D. Denham ed., *Reading the World: Selected Writing 1935—1976*, New York: Peter Lang, 1990.

30. S. Krishnamoorthy Aithal ed. , *The Importance of Northrop Frye*, *Humanities Research Centre published*, Century Prints, 1993.

31. Ford Russel, *Northrop Frye on Myth*, New York : Garland, 1998.

32. James Thorpe ed, *Relations of Literary Studies*: *Essays on Interdisciplinary Contributions*, Modern Language Association of America, 1967.

33. Eleazer M. Meletinsky, *The Poetics of Myth*, New York: Garland Publishing Inc. , 1998.

34. Henry A Murray ed. , *Myth and Mythmaking*, New York: Beacon Press, 1960.

35. Lars Ole Sauerberg, *Vision of the Past-Vision of the Future*: *The Canonical in the Criticism of T. S. Eliot, F. R. Leavis, Northrop Frye and Harold Bloom*, New York: Maomillan Press Ltd, 1997.

36. Northrop Frye, *The Double Vision*: *Language and Meaning in Religion*, Toronto: University of Toronto Press, 1991.

37. Michael Dolzani ed. , *The "Third Book" Notebooks of Northrop Frye, 1964 — 1972*, Toronto: University of Toronto press, 2002.

38. Robert D. Denham ed. , *A World in a Grain of Sand*, New York: Peter Lang. , 1991.

39. Northrop Frye, *The Educated Imagination*, Toronto: Canadian Broadcasting Corporation, 1963.

40. Northrop Frye, *The Stubborn Structure*: *Essays on*

Criticism and Society, Ithaca: Cornell University Press, 1970.

41. Northrop Frye, *Anatomy of Criticism: Four Essays*, Princeton: Princeton University Press, 1957.

42. Northrop Frye, *The Critical Path: An Essay on the Social Context of Literary Criticism*, Bloomington: Indiana University Press, 1971.

43. Northrop Frye, *The Great Code: The Bible and Literature*, New York: Harcourt Brace Jovanovich, 1982.

44. Northrop Frye, *Words with Power: Being a Second Study of The Bible and Literature*, San Diego: Harcourt Brace Jovanovich, 1990.

45. Jean O'Grady and Wang Ning ed., *A New Direction in Northrop. Frye Studies*, Shanghai: Shanghai Foreign Language Education Press, 2001.

46. Raymond Williams, *Keywords: A Vocabulary of Culture and Society*, Fontana/ Croom Helm, 1976.

47. Angus Fletcher ed., *The Literature of Fact: Selected Papers from the English Institute*, New York: Columbia University Press, 1976.

48. Northrop Frye, *Creation and Recreation*, Toronto: University of Toronto Press, 1980.

49. Jean O'Grady and Goldwin French ed., *Northrop Frye's Writing on Education*, Toronto: University of Toronto Press, 2000.

50. James Polk ed., *Division on a Ground: Essays on Canadian Culture*, Toronto: Anansi, 1982.

51. Northrop Frye, *On Education*, Markham Ont: Fitzhen-

ry & Whiteside, 1988.

52. Robert D Denham ed., *A World in a Grain of Sand: Twenty-two Interviews with Northrop Frye*, London: Peter Lang, 1991.

53. Northrop Frye, *The Stubborn Structure: Essays on Criticism and Society*, London: Methusen, 1970.

54. Northrop Frye, *On Teaching Literature*, New York: Harcourt Brace Jovanovich, 1972.

55. Eli Mandel, *Center and Labyrinth: Essays in Honour of Northrop Frye*, Toronto: University of Toronto Press, 1983.

56. Robert D. Denham and Thomas Willard ed., *Visionary Poetics: Essays on Northrop Frye's Criticism*, New York: Peter Lang Publishing, Inc, 1991.

57. Branko Gorjup, *Mythologizing Canada: Essays on the Canadian Literary Imagination*, Legas, 1997.

58. Northrop Frye, *The Bush Garden: Esaays on the Canadian Imagination*, Toronto: Anansi, 1971.

59. Jean O'Grady and David Staines ed., *Northrop Frye on Canada*, Toronto: University of Toronto Press, 2003.

60. Bill Ashcroft, Gareth Griffiths and Hellen Tiffin, *The Empire Writes Back: Theory and Practice in Post-Colonial Literature*, London and New York: Routledge, 1989.

61. David Saines ed., *The Canadian Imagination: Dimension of a Literary Culture*, Harvard University Press, 1997.

62. Tony Wilde, *The Imaginary Canadian: An Examination... for Discovery*, Pulp Press, 1980.

63. Northrop Frye, *The Modern Century*, Toronto: Oxford

University Press, 1967.

64. Robert D. Denham ed. , *Northrop Frye*, *The Eternal Act of Creation*, Bloomington: Indiana University Press, 1993.

65. Beverly Rasporich and Eli Mandel ed. , *A Passion For Identity*: *An Introduction to Canadian Studies*, Nelson Canada, 1993.

66. Ian Adam and Helen Tiffin ed. , *Past The Last Post*: *Theorizing Post-Colonialism and Post-Modernism*, New York: Harvester Wheatsheaf, 1991.

67. Radhika Mohanram and Gita Rajan ed. , *English Post-coloniality*: *Literatures from Around the World*, Greenwood Press, 1996.

68. Linda Hutcheon, *As Canadian As Possible Under the Circumstance*!, York University and ECW Press, 1990.

69. Malcolm Ross ed. , *Our Sense of Identity*: *A Book of Canadian Essays*, Toronto: The Ryerson Press, 1954.

70. Linda Hutcheon & Marison Richmond ed. , *Other Solitude*: *Canadian Multicultural Fictions*, Oxford: Oxford University Press, 1990.

71. Margaret Atwood, *Survival*: *Thematic Guide to Canadian Literature*, Toronto: Anansi, 1972.

72. Jan Gorak, *The Making of the Modern Canon*: *Genesis and Crisis of a Literary Idea*, London & Atlantic Hignlands: Athlone, 1991.

73. F. R. Leavis, *For Continuity*, Cambridge: The Minority Press, 1933.

74. F. R. Leavis, *English Literature in Our Time and The*

University, Cambridge: Cambridge University Press, 1979.

75. F. R. Leavis and Denys Thompson, *Culture and Environment*, 1933, London: Chatto and Windus, 1964.

76. F. R. Leavis, *Nor Shall My Sword*, London: Chatto and Windus, 1972.

77. F. R. Leavis, *Determinations*, The Folcroft Press, Inc., 1969.

78. Gary Day, Re-reading Leavis: culture and literary criticism, New York: St. Martin's Press, 1996.

79. LS. Dembo ed., *Criticism: Speculative and Analytical Essays*, The University of Wisconsin Press, 1968.

80. Northrop Frye, *A Study of Romanticism*, New York: Random House, 1968.

81. Northrop Frye, *The Well-Tempered Critic*, Bloomington: Indiana University Press, 1963.

82. Alvin A Lee and Jean O'Grady ed., *Northrop Frye on Religion: Excluding The Great Code and Words with Power*, Toronto: University of Toronto Press, 2000.

83. Robert D Denham ed., *The Diaries of Northrop Frye: 1941—1955*, Toronto: University of Toronto Press, 2001.

84. Jan Gorak ed., *Northrop Frye on Modern Culture*, Toronto: University of Toronto Press, 2003.

85. Robert D Denham ed., *Northrop Frye's Notebooks and Lectures on the Bible and Other Religious Texts*, Toronto: University of Toronto Press, 2003.

86. Robert D. Denham ed., *Northrop Frye's Late Notebooks, 1982—1990: Architecture of the Spiritual World*, To-

ronto: University of Toronto Press, 2000.

87. Sarah M. Corse, *Nationalism and Literature: The Politics of Culture in Canada and the United States*, Cambridge: Cambridge University Press, 1997.

88. Jr. O. B. Hardison ed., *The Quest For Imagination: Essays in Twentieth-Century Aestheticd Criticism*, Cleveland & London: The Press of Case Western Reserve University, 1971.

89. Jeffery Donaldson, *Frye and the Word: religious contexts in the writings of Northrop Frye*, Toronto: University of Toronto Press, 2004.

90. Gary Day, *Re-reading Leavis: culture and literary criticism*, New York: St. Martin's Press, 1996.

91. F. R. Leavis, *Determinations*, The Folcroft Press, Inc., 1969.

92. F. R. Leavis, *A Selection From Scrutiny*, ed. F. R. Leavis, Cambridge: Cambridge University Press, 1968, p 297.

93. F. R. Leavis, *For Continuity*, Cambridge: The Minority Press, 1933.

94. F. R. Leavis, *English Literature in Our Time and The University*, Cambridge: Cambridge University Press, 1979.

95. F. R. Leavis, *Nor Shall My Sword*, London: Chatto and Windus, 1972.

96. F. R. Leavis and Denys Thompson, *Culture and Environment*, 1933, London: Chatto and Windus, 1964.

中文书目

1. 诺斯洛普·弗莱著：《伟大的代码：圣经与文学》，北京大学出版社 1998 年版。

2. 诺斯洛普·弗莱著:《批评之路》,北京大学出版社 1998 年版。

3. 诺斯洛普·弗莱著,吴持哲编:《诺斯洛普·弗莱文论选集》,中国社会科学出版社 1997 年版。

4. 王宁、徐燕红编:《弗莱研究:中国与西方》,中国社会科学出版社 1996 年版。

5. 王宁著:《比较文学与当代文化批评——王宁文化学术批评文选之 1》,人民文学出版社 2000 年版。

6. 王宁著:《二十世纪西方文学比较研究——王宁文化学术批评文选之 2》,人民文学出版社 2000 年版。

7. 王宁著:《文学与精神分析学——王宁文化学术批评文选之 3》,人民文学出版社 2002 年版。

8. 王宁著:《超越后现代主义——王宁文化学术批评文选之 4》,人民文学出版社 2002 年版。

9. 陈厚诚、王宁主编:《西方文学批评在中国》,百花文艺出版社 2000 年版。

10. 哈罗德·布鲁姆著:《影响的焦虑》,生活·读书·新知三联书店 1989 年版。

11. 米歇尔·福柯著:《知识考古学》,谢强等译,生活·读书·新知三联书店 2003 年版。

12. 汪民安著:《福柯的界线》,中国社会科学出版社 2002 年版。

13. 让—皮埃尔·韦尔南著:《神话与政治之间》,生活·读书·新知三联书店 2001 年版。

14. 斯拉沃热·齐泽克等著:《图绘意识形态》,南京大学出版社 2002 年版。

15. 勒兰德·莱肯著:《圣经文学》,春风文艺出版社 1988 年版。

16. 安东尼·史密斯著:《民族主义:理论,意识形态,历史》,上海世纪出版集团 2006 年版。

17. 梁工主编:《西方圣经批评引论》,商务印书馆 2006 年版。

18. 本克迪克特·安德森著:《想象的共同体:民族主义的起源与散布》,上海世纪出版集团 2005 年版。

19. 罗钢、刘象愚主编:《文化研究读本》,中国社会科学出版社 2000 年版。

20. 拉曼·塞尔登编:《文学批评理论——从柏拉图到现在》,北京大学出版社 2000 年版。

21. 韦勒克、沃伦著:《文学理论》,生活·读书·新知三联书店 1984 年版。

22. 克利福德·格尔兹著:《文化的解释》,上海人民出版社 1999 年版。

23. 汪晖、陈燕谷主编:《文化与公共性》,生活·读书·新知三联书店 1998 年版。

24. 特·伊格尔顿著:《当代文学理论》,中国台北:南方丛书出版社 1988 年版。

25. 弗雷德里克·詹姆逊著:《语言的牢笼:马克思主义与形式》,百花洲文艺出版社 1995 年版。

26. 李惠国、黄长著主编:《流变与走向——当代西方学术主流》,社会科学文献出版社 2001 年版。

27. 理查德·沃林著:《文化批评的观念:法兰克福学派、存在主义和后结构主义》,商务印书馆 2000 年版。

28. 爱德华·泰勒著:《原始文化、神话、哲学、宗教、语言、艺术和习俗发展之研究》，上海文艺出版社 1992 年版。

29. 卡尔·荣格著：《心理学与文学》，生活·读书·新知三联书店 1987 年版。

30. 卡尔·荣格：《荣格文集：让我们重返精神的家园》，改革出版社 1997 年版。

31. 弗雷泽著：《金枝：巫术与宗教之研究》，民间文艺出版社 1987 年版。

32. 维柯著：《新科学》，商务印书馆 1989 年版。

33. 斯宾格勒：《西方的没落》，黑龙江教育出版社 1988 年版。

34. F. R. 利维斯：《伟大的传统》，生活·读书·新知三联书店 2002 年版。

35. 罗钢、刘象愚主编：《文化研究读本》，中国社会科学出版社 2000 年版。

36. 迈克尔·泰纳著：《重新解读伟大的传统——文学史论研究》，社会科学文献出版社 1993 年版。

37. 马修·阿诺德著：《文化与无政府主义》，生活·读书·新知三联书店 2002 年版。

38. 弗莱著：《现代百年》，辽宁教育出版社 1998 年版。

39. 斯图尔特·霍尔编：《表征》，商务印书馆 2003 年版。

40. 弗朗西斯·马尔赫恩编：《当代马克思主义文学批评》，北京大学出版社 2002 年版。

41. 特瑞·伊格尔顿著：《文化的观念》，南京大学出版社 2003 年版。

42. 巴特·穆尔—吉尔伯特著：《后殖民理论——语境、实践、政治》，南京大学出版社 2001 年版。

43. 罗钢、刘象愚主编：《后殖民主义文化理论》，中国社会斯特名誉校长阿尔文·李教授、多伦多大学弗莱研究中心吉·奥·格拉第博士的鼎力相助。李教授作为弗莱的学生和目前正在编辑的《弗莱选集》的主编，给予了我很大的帮助，为我的弗莱写作提出了很多新视野和有益的建议。与格拉第博士关于弗莱批评思想的讨论也使我受益匪浅。多伦多大学英语系琳达·哈琴教授与比较文学系前主任伊娃·库什纳教授为我的弗莱研究提出了非常有帮助的建议。此外，弗莱中心的沃德·马克伯林先生、玛格丽特·伯格斯女士也给我提供了无私的帮助，为我查找资料提供了很多方便，在此我一并表示衷心的谢意。

感谢南京师范大学外语学院的陈爱敏教授。陈教授既是我的师长，又是我的兄长，无论从学习还是生活上都给我以细致入微的帮助；他的睿智、谦和、能干总能在我迷茫不知所措时为我指点迷津。

特别感谢深圳职业技术学院校长（原深圳大学副校长）、深圳大学比较文学与比较文化研究所所长刘洪一教授。刘教授在我面临人生的十字路口时对我伸出援手，使我能在美丽的深圳大学安心从事我的教学和科研工作。感谢文学院相南翔教授对我的指导和帮助。感谢比较文学与比较文化研究所副所长吴俊忠教授、周明燕教授对我的关心帮助。感谢深圳大学科研处刘懿萱女士为我的论著出版多方联系，并使我的论著得以顺利出版。

我还要特别感谢我的爱人黄德华。他是我精神的伙伴，心灵的港湾。正是他的理解、支持和鼓励，使我能够在遭遇困难时坚强挺住，坚定我从事学术研究的决心和信心。如果说我能有任何的成就，那都是和他的支持和鼓励分不开的。

最后，我还要感谢中国社会科学出版社的黄燕生编审。她为我的论著出版进行了辛苦的编辑和校阅，精美的装帧是与她的认真工作分不开的。

由于本人学识有限且时间仓促，该书难免挂一漏万，不足之处，还请大家批评指正。

江玉琴

2009 年 9 月